The Heart of What was Lost
失落之心

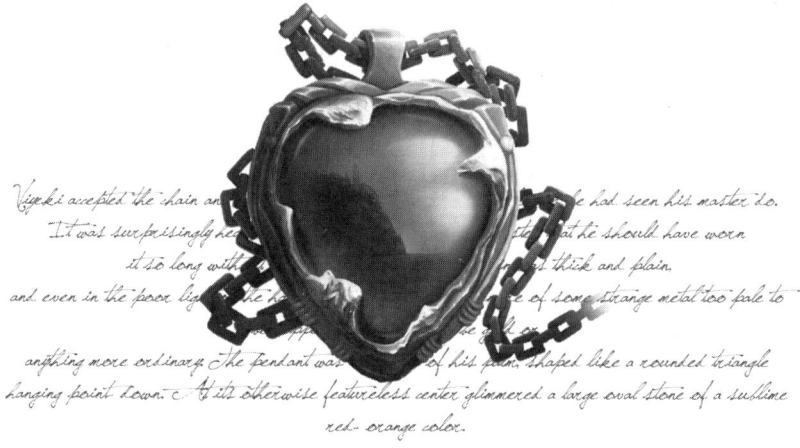

[美]泰德·威廉姆斯/著　邹运旗/译

重庆出版集团　重庆出版社

THE HEART OF WHAT WAS LOST:A Novel of Osten Ard By Tad Williams
Copyright © 2017 Beale Williams Enterprise.
Maps by Isaac Stewart.
This edition arranged with The Lotts Agency Ltd. through Andrew Nurnberg Associates International Limited.
Simplified Chinese Translation Copyright © 2020 by Chongqing Publishing House Co., Ltd.
All Rights Reserved.

版贸核渝字(2018)第047号

图书在版编目(CIP)数据

失落之心 /(美)泰德·威廉姆斯著;邹运旗译. —重庆:重庆出版社,2020.1
ISBN 978-7-229-14297-1

Ⅰ.①失… Ⅱ.①泰… ②邹… Ⅲ.①长篇小说—美国—现代 Ⅳ.①I712.45

中国版本图书馆CIP数据核字(2019)第147894号

失落之心
SHILUO ZHI XIN
〔美〕泰德·威廉姆斯 著 邹运旗 译

联合统筹:重庆史诗图书信息咨询有限公司
责任编辑:邹 禾 唐弋淄 陈 垦
特约编辑:屈 畅
责任校对:刘小燕
装帧设计:何珏琦

重庆出版集团 出版
重庆出版社

重庆市南岸区南滨路162号1幢 邮政编码:400061 http://www.cqph.com
重庆出版社艺术设计有限公司 制版
重庆市鹏程印务有限公司 印刷
重庆出版集团图书发行有限公司 发行
E-MAIL:fxchu@cqph.com 邮购电话:023-61520646
全国新华书店经销

开本:890mm×1230mm 1/32 印张:7.25 字数:186千
2020年1月第1版 2020年1月第1次印刷
ISBN 978-7-229-14297-1
定价:42.00元

如有印装质量问题,请向本集团图书发行有限公司调换:023-61520678

版权所有 侵权必究

作者序

"奥斯坦·亚德"系列是我生命中十分重要的作品,它们也拥有许多读者。多年以后,在原有故事的基础上书写续篇的计划经常让我望而生畏,有时甚至会把我吓倒,但这其中也充满了许多乐趣。

本书《失落之心》开启了奥斯坦·亚德的新篇章,也填补了"回忆,悲伤与荆棘"系列第三部留下的重大历史空白——换句话说,就是风暴之王战争结束、北鬼被打败后又发生了什么。

诚实地讲,我从来没有过重返奥斯坦·亚德的打算,至少不是以如此正规的方式。但多年以来,各个领域的朋友们都会问我一些问题:"你真的不打算回到奥斯坦·亚德了?""那对双胞胎后来怎样了?他们出生时的预言又是怎么回事?得了吧,别告诉我你真不想写续集!"若不是他们没完没了地追问,这事可能真的不会发生。

读者们问得多了,我也开始认真考虑。最终我有了思路,明白了自己应该讲述一个什么样的故事。所以现在,借着这部小长篇,以及随后将要完成的几篇大部头,本人正式回到了这片阔别多年的土地。

笔者将本书献给各位读者。你们一直想更深入地了解奥斯坦·亚德,想了解西蒙、米蕊茉、宾拿比克、希瑟与北鬼的传奇经历,想了解首个三部曲之前的奥斯坦·亚德历史,以及三部曲末尾那"多多少少算是大团圆结局"后又发生了哪些故事。你们对这些人物和地点竟然爱得如此深沉,大大超出了本人的预料。最终,我让步了,但我同时也很高兴。感谢你们所有人的支持与喜爱。我会竭尽全力回应各位的鼓励。

The Heart of What was Lost

欢迎回来！至于那些刚刚来到奥斯坦·亚德的新朋友们，我会向诸位隆重介绍一位大英雄，雪卫西蒙。在首个三部曲结束时，他曾对某位朋友说过这样一句话：来吧，拜托，来跟大伙儿团聚，你会见到满满一屋子朋友——其中有些你还不认识呢！

温馨提示

  本书末尾已附上人名表及其他名词的注释,还有一篇短文(由书中人物撰写),题为《关于"被称为希瑟的精灵族,与他们的表亲北鬼,以及他们曾经的仆役海洋之子"的说明》。刚刚来到奥斯坦·亚德大陆的新朋友们,希望这些材料能对你们有所帮助,阅读正文之前可以先去瞧瞧。

——泰德·威廉姆斯
2016 年 10 月

致　谢

时隔多年再次回到奥斯坦·亚德大陆，探索各大新旧区域，真是一项艰巨的工程，有时甚至让人气馁。若没有众多朋友的帮助，单凭我一人恐怕很难完成。

感谢我的妻子兼搭档黛博拉·比勒，多亏你的艰苦工作才促成了这一切美事。感谢你，黛比！

感谢我的发行商希拉·吉尔伯特和贝丝·魏赫姆，这两位获奖编辑工作勤勉，力求让本书的质量达到最好，也正是她们一路陪伴我回到了奥斯坦·亚德。DAW出版社的乔什·斯塔尔同样付出许多心力，帮助本书顺利出版。感谢你们，贝丝与希拉！感谢你，乔什！

感谢我的文字编辑玛丽露·凯普-普拉特，每次她参与到我的作品中，都能带来许多智慧与改善。本书也不例外。感谢你，玛丽露！

感谢我卓越的代理人马特·比亚勒，他的发行方案堪比魔法，令我一直心存感激。感谢你，马特！

长久以来，丽莎·特维特一直在热情地支持我。如今，她的帮助已由TW网站扩展到更多方面。感谢你，丽莎！

我还要将本书特别献给罗恩·海德和伊尔瓦·冯·洛尼森，他们是细节设定方面的巨人，是奥斯坦·亚德文献的宝贵源泉，更是原三部曲的狂热粉丝，正因为有了他们，才让我觉得我的写作生涯有了意义。大恩不言谢，但他们确实给了我很多帮助。感谢你们，罗恩与伊尔瓦！

当然了，还有许多朋友在tadwilliams.com网站表达了支持，我要

The Heart of What was Lost

向你们一并献上感谢。比如伊娃·曼德巴彻,她为本书的初稿提供了不少有用的建议。我还要正式感谢许多读者,他们提前阅读了新三部曲开篇之作《巫木王冠》的原稿。此时此刻,我只想再说一遍:感谢你们,各位朋友!感谢你们的善良与支持,恐怕再没有其他作者能拥有比你们还棒的读者了!

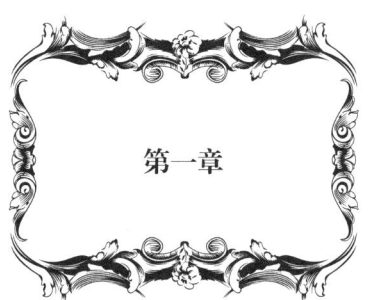

The Heart of What was Lost

荒废古堡

雪花纷纷扬扬，霜冻大道覆满冰泥，一个士兵踉踉跄跄走在他前面。一开始，他以为那人受伤了，因为对方的脖子和肩膀上溅满了血。他打马绕到那人身前，这才发现那抹红渍有着规则的外形与花纹，就像海浪一样。他勒住缰绳，与那士兵并肩而行。

"那块围巾，"波尔图问道，"哪儿弄来的？"

士兵只是抬头看他一眼，摇了摇头。这人身材纤瘦，看着比波尔图年轻了好几岁。

"问你话呢。哪儿弄来的？"

"躲开。我妈给我织的。"

波尔图被逗乐了，身子向后靠上马鞍。"你真是个港耗子，还是你妈眼神不好使？"

年轻的士兵抬头看着他，心里既困惑又生气。他觉得对方在侮辱自己，但又不能完全确定。"你又知道个啥？"

"反正比你多，因为我是从岩角区来的。几百年来，我们在棍球赛上把你们打了个落花流水。"

"你来自索罗湾——支持热喷泉队？"

"瞧你那衰样儿，就知道你支持狗鲨队。你叫什么名字？"

年轻的步兵仔细打量着他。哪怕在这里，距海岛几百里格的北方，两支码头球队——或叫赛图，这是在珀都因最大的城市安汜·派丽佩的叫法——也是世仇。他明显绷紧了身子，准备跟对方打上一架。"你先说。"

荒废古堡

骑马的男人哈哈大笑。"我是索罗湾的波尔图，这匹战马和这套盔甲的主人。你呢？"

"安德锐。我爸是面包师。"

年轻人终于露出微笑，好像赢回了一城似的。他的牙还挺全的，这让他显得更年轻了，就像几个月前，波尔图从纳班平安归来时，那些在他马旁又是挥手、又是尖叫的男孩一样。

"以乌瑟斯的大爱之名，瞧瞧你，个头还真高！"安德锐由上到下看看他，"你离家这么远又为哪般呢，大人？"

"什么大人？我不过有幸骑了匹马，而你却快冻死了，因为你走得不够快。你的脚怎么了？"

年轻的士兵耸耸肩。"被马踩了一下。不是你的马。反正，我觉得应该不是。"

"当然不是，不然我会记得你的，你戴着港壕区的围巾呢。"

"真希望我能换一条。哪怕是该死的索罗湾蓝围巾呢。太他妈冷了，我都快冻死了。我们到瑞摩加了吗？"

"两天前就越过边境了。可这里的人活得都跟山地矮怪似的，房子用雪堆，除了松针啥都没得吃。上来。"

"什么？"

"上来。我还是头一回帮狗鲨呢，瞧你这样子别想活着走到边境堡垒。快点儿，抓住我的手，我拉你上马。"

等安德锐在身后坐好，波尔图递过角壶，让他抿了一口。"顺便说一句，实在太惨了。"

"什么太惨了？"

"今年的圣特纳图日，我们又把你们打惨了。你们的狗鲨队在街上哭得像群娘们儿。"

"扯淡。没人会哭。"

"那也是因为他们都忙着讨饶呢。"

The Heart of What was Lost

"知道我爸经常说啥吗？'去王宫寻求公正，去教堂寻求宽恕，可去岩角区呢，只能寻到骗子和小偷。'"

波尔图哈哈大笑。"在一群哭哭啼啼的港耗子中间，你爸也算是个智者了。"

"这是一个真实的故事，包含着语言所能容纳的最大真实。

"曾经，在女王陛下的第十六任大司祭就职期间，在回归之战打响的岁月里，我们云之子在阿苏瓦一役中被凡人与支达亚——我族背信弃义的血亲——联手打败。风暴之王伊奈那岐死而复生，可他的计划毁于一旦。我们伟大的女王乌茶库虽保住性命，但却陷入'瞇榻－荫酌'——深如死亡的治疗之梦中。在有些同胞看来，一切历史都迎来了终结，就连圣歌本身都接近了尾声，宇宙已经准备好了下一次漫长的吐息。

"我们许许多多的族人，之前曾为女王陛下舍身而战，如今却急急撤离南方的土地，一心只想赶在凡人复仇之前，返回我们的北方家园。凡人并不满足于眼前的胜利，他们更想乘胜追击，一举踏平圣山，剿灭最后的云之子。

"那段时期，我族濒临毁灭。但那段时期，同样也充满了无上的荣光，我族爆发的勇气远远超出了所有人的预期。我族常用歌谣记载历史，这个故事也将被写进歌谣，哪怕美好与伟大中充斥着破灭与失落。

"风暴之王陨落时，殉生会的诸多战士，以及陪同他们、深入敌人领地的其他各会同胞们都有杰出的表现。战争已然结束。家园远在天边。凡人却大军压境，如害虫般涌出他们肮脏的城市与街道。我们杀戮时会心存懊悔，可这些佣兵与疯子杀人时，心中只有纯粹而野蛮的欢欣。"

荒废古堡

——文牍会的米嘉·杉夜-津纳塔夫人

"我本以为你是夸大其词,"艾奎纳公爵说,"但这明显比我预计的糟得多。"

"一整个村子啊,"施拉迪格说,"简直没天理。"他沉着脸,画了个圣树标记。在刚刚结束的大战中,年轻的战士同公爵一样,已经见识了太多可怕的场面,那些场景他们永远都忘不掉。可眼下,又有十多具尸体瘫倒在收税谷仓前,多数是老人,还有几个女的,甚至有几只被砍死的绵羊,泥巴与鲜血将雪地染得一塌糊涂。"女人、孩子,"施拉迪格哀恸地说,"连牲畜都不放过。"

在艾奎纳脚下,一个孩子的尸体半埋在雪里,支棱出来的手臂活像一朵被踩烂的花,青紫色的手指还在够向什么东西。当这些村民在夜间惊醒,发现周围全是惨白的怪脸和死鱼般的眼睛,他们肯定吓坏了,毕竟北鬼只应在古老的恐怖传说中出没才对。艾奎纳摇摇头,双手不住地发抖。他在战争中见过无数废墟,见过手下伤亡惨重,但那感觉与现在完全不同,至少他的士兵有刀剑、有斧头,至少他们还能反击。而眼前……却是另一码事。这让他的肠胃隐隐作痛。

他转脸看向阿雅美浓。希瑟女子站在公爵的士兵们旁边,看着纷乱的足迹和马蹄印被飘扬的新雪渐渐掩盖。她那金色的瘦削面庞难以捉摸,细长的眼睛闪着异类的光。她在审视她同类犯下的丑恶罪行,北鬼可算是她的同胞,他们之间的差异只有肤色不同而已。"如何?"他质问道,"你看到了什么?我只看到了屠杀。你们的表亲简直是怪物。"

阿雅美浓又看了很长时间,但散落的雪花和倒毙的尸体,在她眼中似乎没什么不同。"贺革达亚在抢夺食物。"她说,"我怀疑他们没想加害任何人,可惜被发现了。"

The Heart of What was Lost

"你说什么？"施拉迪格再也压抑不住心头的怒火，"你在替他们开脱吗，就因为他们是你的亲族？我不管你叫他们什么——北鬼、白狐、贺革……爱啥啥吧。不管你怎么称呼他们，他们都是怪物！瞧瞧这些可怜人！战争已经结束了，可你那些不朽者精灵表亲还在杀人。"

阿雅美浓摇摇头。"我们一族并非不朽，只是比较长寿而已。在新近的战斗中，你们也看到了，我们和我们的贺革达亚表亲都会死。过去一年里，无数不朽者死于非命，其中不少便丧命于你们凡人之手。"她扭头面对施拉迪格，脸上依然毫无表情，"我替这场屠杀开脱了吗？并没有。但贺革达亚竟会到凡人定居点偷东西，说明他们一定饿得不行了——甚至就快饿疯了。跟我们一样，他们只要少量食物便能存活，可风暴之王兴起的寒霜已经蹂躏北方很久了。"

"我们瑞摩加人也被无尽的寒冬蹂躏了很久，但我们不会屠尽村子。"

阿雅美浓困惑地看了一眼年轻的战士。"你们瑞摩加人从西方来此不过几个世纪，就屠戮了我们上万同胞。就在今年，你们不也杀了许多赫尼斯第邻居？"

"该死，那不是我们干的！"施拉迪格气得发抖，"那是另一伙瑞摩加人，是考德克统领司卡利的手下——他们是艾奎纳公爵的死敌！"

公爵抬手按住施拉迪格的手臂。"冷静点儿，伙计。这样争下去就没完没了了。"但此时此刻，看着这些惨死的村民——他的村民，上帝交到他手中去保护的村民——艾奎纳的肠胃就像打了个结，自然没法给希瑟女子好脸色看。若不是长着金色的皮肤，这精灵女人与惨白的北鬼毫无二致，而被那些怪物残杀的村民们就倒卧在他周围。"请记住，我们的记忆不如你们的长，阿雅美浓夫人。"他尽可能平静地说，"我们的寿命也一样。你的主人吉吕岐跟我们的国王与王后是朋友，在他的请求下，我才允许你与我们同行——但我决不允许你跟我的手下起冲突。"事实上，是在新近加冕的西蒙和米蕊茉的强烈要求下，艾奎纳才勉强同意带上希瑟女子，而他一直在怀疑这个决定是否正确。

他看向山下。他的手下排成杂乱的队伍，沿着霜冻大道伸出去半里格远，都是最棒的瑞摩加战士，其中还有几百名来自其他领地的雇佣兵。他们原本驻扎在至高王领北部边界那些空旷的要塞里，基本都错过了鄂克斯特的大战，北鬼溃逃之后，公爵招募了他们。如果他们以为白狐只是人畜无害地逃过边境，这下也算给他们上了一课。

"这是芬伯吉的村子。"身材壮硕、须发偾张的布林督说道。他是思侃盖统领的兄弟，自身也是公爵身边最具实力的统领之一。他参加了海霍特的最终战役，人虽幸存下来，但流了不少血，还丢掉了大半只耳朵。如今他的头盔扣在绷带上，看上去样子怪怪的。"我亲眼目睹他死在城堡大门外，殿下。他的头被一个巨人扯下，直接丢过了海霍特的城墙。"

"够了。这个地方我也待够了。"艾奎纳恼火而厌恶地挥挥手，"上帝保佑我吧。血腥味这么浓，我仍能闻到那些怪物的腌臜味道——好像他们片刻前还在这里似的。"

"这不可能……"阿雅美浓刚开口，公爵便猛地抬起一只手，止住了她的话头。

"仗打完的时候，我们会该逮住所有白狐。"艾奎纳说，"无论是不是俘虏，统统砍头，就像哈察岛陷落时的克莱西斯王做的那样。"他看着希瑟。"对凡人行得通，对精灵也一样，对吧？砍掉他们的脑袋？"

阿雅美浓看着他，什么也没说。艾奎纳转过身去，嘎吱嘎吱地踩过流动的雪末，走向等待他的士兵们。

"殿下，来了个骑手，举着威戈里都统的旗帜！"

The Heart of What was Lost

艾奎纳眯起眼，从地图上抬起头，皱着眉头看着传信官。"喊什么喊，小子？这有什么奇怪的？"

年轻的瑞摩加人脸蛋一红，不过他的脸本来就红扑扑的，看上去倒也没多少变化。"因为他不是从东边通往艾弗沙的岔道来的，而是从西边的岔道。"

"这不可能。"施拉迪格说。

"你是说从纳文德？"公爵质问道，"简直扯淡！"他站起身子，肚子撞上临时桌面，排兵布阵的小石子被震得一阵乱晃。"威戈里本该保护艾弗沙，怎么跑到纳文德去了？"刨除艾奎纳自己，威戈里可是最强大的瑞摩加领主之一，他和他已故的父亲都曾是公爵最坚实的后盾，很难相信这位都统——这是北方的头衔，相当于南方的侯爵——会抛弃职责闲晃到别处去。艾奎纳摇摇头，戴上毛皮衬里的手套。"这儿的人全疯了吗？感谢救主，我的桂棠还平平安安地待在南方，跟朋友们在一起。"他挤出帐篷，施拉迪格紧随其后，再后面是希瑟女子阿雅美浓，安静得仿佛一道滑过地面的影子。

信使站在坐骑旁边，一人一马都被自己喷出的雾气重重环绕。他们身后是广袤的狄莫思侃森林，笼罩了整条大路的东侧。积雪覆盖的林木仿佛静默的看守，僵立在自己的岗位，一排排延伸开去，直至消失在白雾之中。

"伙计，你带来了什么消息？"公爵问道，"真是威戈里派你来的？他怎么不在艾弗沙保卫城市？"

骑手尽可能恭敬地单膝跪地，但他明显又冷又累，起身时几乎站不起来。"给您，殿下。"他托起一张叠好的羊皮纸，"我只是个送信的——具体您还是看都统怎么说吧。"

艾奎纳皱着眉头看完信，朝亲信们挥挥手。"给这小子弄点吃的喝的。施拉迪格、布林督、弗洛基——我们必须商量一下。来我的帐篷。"

荒废古堡

进到帐内，众人簇拥着公爵，忧心忡忡但一言不发。阿雅美浓也进来了，她一如既往地躲在阴影里，平静而警觉地看着他们。

"威戈里说，一个多月来，白狐陆续穿过我们的土地，逃向北方，但基本都是散兵游勇，远远避开城镇与村庄。"艾奎纳开口了，"然而其中有支队伍规模较大，全副武装，多数还骑着马，煞是显眼，却又走得很慢。据威戈里说，他们要押送一具尸体回风暴战矛，那是北鬼的大头目——甚至有可能就是北鬼女王。"

"尸体？"阿雅美浓插了一嘴，她的位置离帐门口不远，"应该不是北鬼女王。银面夫人乌荼库还没死。她遭到致命的打击，但尚未被摧毁，否则我们会知道的。虽然她的灵魂到过阿苏瓦——你们称那里为海霍特——但她的身体从未离开奈琦迦。她仍在大山深处静静地等待。"

艾奎纳沉下脸。"好吧，看来白狐押送的尸体是别的头目了。不过没关系，威戈里说，那些北鬼聚集起来就像一支小军队，也正因如此，他们不管走到哪儿都大肆劫掠，已经在艾弗沙近郊造成了严重的破坏。所以威戈里抽走城中大量兵力，足有几千人吧，前去截杀他们。北鬼凶猛反击，但最终还是被他赶进了荒野。威戈里觉得，既然已经走到这一步，那就决不能让他们轻易逃脱。"他扫了眼信纸，再度皱起眉头，"仁慈的安东赐我们好运，威戈里说，他已经把白狐——大概有几百人——困在一座破败的北鬼边境要塞，就在他们地盘边界的司枯崎隘口。"

"檀根麓古堡，"阿雅美浓说，"只能是这个地方。"

"威戈里留下大部分士兵守卫艾弗沙。"艾奎纳续道，"他说他目前人手不足，没法在那种开阔地带展开围攻。他担心北鬼再次逃脱，所以想叫我们带上人马，火速支援他。"

"那座城堡或许已经衰败，"阿雅美浓说，"但它的地下通道又深又广。贺革达亚可以坚守很久。"

The Heart of What was Lost

"除非我们把他们像老鼠一样赶出来,"年轻的弗洛基说,"用火焰和黑铁。"看他的宽脸膛,这个主意一定让他精神焕发。

"让那些白皮鬼躲到世界末日好了。"布林督说,"我们的士兵打了很久的恶仗。有些人离开瑞摩加有一年多了,还有不少跟着我们离开家乡,如今却埋骨爱克兰,甚至更南边的异族土地。几百个北鬼能成什么气候?他们的主力已经完蛋了。"

"只要那天杀的北鬼女王没死,他们就永远不会完蛋。"虽然施拉迪格还没有头衔,但他的晋升已是板上钉钉:大战之前,他就是艾奎纳最信任的亲卫之一,又在对抗风暴之王的过程中发挥了重大作用。"那些可能是他们最后的将军与贵族,正被困在废墟里,远离他们的老巢。我觉得弗洛基说得对,布林督统领。这是我们踏平那些白皮鬼的好机会,就像踩死岩石下的小蛇崽儿。"

艾奎纳却没附和他。"我对那些怪物的恨意自然不必多说。"他缓缓说道,"光凭他们杀了我儿子艾索恩,我就想宰了他们所有人,无论男女老幼。"他摇摇头,仿佛脑壳过于沉重,他的脖子已难以承受。"但布林督才是对的,我们的人太疲倦了。我不想再看到任何一个好人死于精灵之手。"

"今天不打,以后早晚也得打。"施拉迪格拍了拍别在腰带上的斧头。除了艾奎纳,就数年轻的瑞摩加人对公爵之子艾索恩的死最为刻骨铭心了,他对北鬼的恨意因而在血管里越烧越旺。"等到他们恢复实力,再来骚扰我们的土地,大人啊,那时后悔就晚啦。趁他们元气大伤,我们必须一劳永逸地解决他们。"

艾奎纳叹了口气。"让我再想想。反正我们已经扎了营,至少也要休息一晚。你们先出去吧。"

众人纷纷退出,阿雅美浓却停在帐门口,两眼反射着灯光,恍如亮晶晶的金币。"需要我留下吗,艾奎纳公爵?"

公爵哼了一声。"你可以跟着我们到处听、到处看,谁叫这是我

荒废古堡

们新国王与王后的意思呢。我不会为难你,但我从没说过需要你的建议。"

"我一点儿也不惊讶,艾弗特的子民一向顽固而冷血。也许'血手'芬吉尔的时代并没有远去,只是你自己没意识到。"

"也许吧。"艾奎纳阴郁地说。

"我族最大的一支军队负责押运棺椁,其中成殓着伟大的战士、大元帅奥间凤奴的尸首。棺椁已经拖慢了他们的脚步,自南方溃败的贺革达亚又不断加入,暴涨的人数更让整支队伍步履维艰。

"北方凡人的首领、艾弗沙公爵艾奎纳率领凡人大军穷追猛打,公爵最强大的盟友、安吉达的威戈里都统也令我族苦不堪言。在两支残忍劲敌的合击下,集结起来的云之子——大部分隶属于匠工会,还有少量殉生武士,以及其他各会的同胞们——被迫逃往荒废的要塞檀根麓古堡避难。而他们最后的结局,想必便是不可避免但无比光荣的死亡。"

——文牍会的米嘉·杉夜 – 津纳塔夫人

尽管很久以前,屋顶和大部分上层楼板便已垮塌,但奥古·美楠涂——也就是檀根麓要塞——的大厅依然健在。在破败的古堡中,这里也算受损最轻的部分。他们清理了大厅的碎石,好为巨大的灵车腾出空间。灵车确实够大,光是车轮就跟维叶岐一般高,因为奥间凤奴的巨型巫木石棺十分沉重,再小些的车子都载不动它。诸位司祭正围着灵车祈祷,相比之下就像一群小孩子。

在奈琦迦神圣的护墙外,万物凋零的速度居然如此之快,真让维叶岐困扰。不过只是凡人的几个世纪,大自然便吞噬了奥古·美楠

The Heart of What was Lost

涂，吃掉了它的墙壁与地基，用天然的材质取而代之。根茎的海洋覆盖了块块石板，想当年，女王的殉生武士们就是在这里操练的。但这也提醒了他，广阔的世界正按凡人的节奏大步向前——而维叶岐，还有余下的贺革达亚同胞们，却已经永远地落伍了。

但这世界自有步调，他心想。说到底，云之子已被逐出了失落的华庭，还能指望其他地方迁就他们吗？

"我们在过去停留得太久了。"身后响起一个声音，像在反驳他的想法。

维叶岐吃了一惊，转身发现雅礼柯老师正看着自己。维叶岐做了个恭敬的姿势。"一切赞美归于女王，一切赞美归于罕满堪家族。"他按礼仪问候道，"但恕我冒昧，大司匠阁下，我没明白您的意思。"

"我们对过去的爱束缚了我们，至少是在眼前的形势下。"雅礼柯说道。

单看外表，维叶岐与他的导师俨然一对兄弟。匠工会的大司匠皮肤光滑，面容同他高贵的先祖一般优雅，只是双手与嗓音隐约有些颤抖，虽然几不可闻，但也暴露了他的年纪。在现存的贺革达亚中，雅礼柯是最年长的人物之一，在他们与表亲支达亚——凡人称其为希瑟——分道扬镳之前，他便已经出生了。

"我们怎么会在过去停留太久，大司匠阁下？"维叶岐问，"过去是华庭呀。过去是我们的遗产——为了它，我们已经死了多少同胞。"

雅礼柯微微蹙眉。他的鬓角好似丝绒，垂挂在面颊两侧，仿佛精致的白帘。"是啊，没错，过去定义了我们。但你的反应如此驽钝，实在让我失望。"他用长长的手指飞快地打了个手势，那是介于恼怒与怜爱之间的意思。

"我很惭愧，大人。"

"你是我手下最聪明的主师匠——我本不该解释的，但我的意思是说，正因为我们的自负，我们才会在此时此地受尽煎熬，小维叶岐。"老师的关爱更像是一种敲打，维叶岐默默地等他说下去。

"还记得多年以前，你加入匠工会时首先学到了什么？若你发现石头上有道瑕疵，别光顾着检查瑕疵本身，还要想想它是怎么形成的，想想放任不管它会怎样，会对周围的石料造成什么影响。同时也不要忽视它会形成怎样的美——如果没有适当的瑕疵，生命将会何其乏味。"

维叶岐点点头，但不确定这跟自负有什么关系。"烦请教我如何检查当下这道瑕疵，老师。"

"这才是正确的反应。"雅礼柯点点头，"首先想想，为了对抗凡人，我们策划这场战争有多久了？答案是，将近八个大年——按凡人的算法，也就是五个世纪，当时北方人刚从我们的亲族手中夺走了伟大的阿苏瓦。那一天，阿苏瓦与支达亚国王伊奈那岐共同葬于敌手，宝贵的巫木林也被焚烧。消息传至奈琦迦，无数丧幡将整座圣山染成一片雪白。"

"我还记得，老师。"

"我族悲痛欲绝，"大司匠继续说道，"我们恸哭发誓：'绝不能有下一次了！'可如今，我们再次遭遇惨败。"

"我们当然无法预见一切，老师。"

雅礼柯摇摇头。"我不会苛责我们的殉生武士，他们已经付出了所有。当然，我也永远不会挑剔我族之母——苛责女王陛下无异于质疑最神圣的真理。不，我要苛责的不是战争方略，而是我们的自负。如今正好有个完美的例子。"他指了指灵车上的巨型石棺，"我实在没法想象，一支军队，指挥官还是卓越的大元帅奥间凤奴，居然会带着自己的棺材上战场。这是多大的累赘啊。如果我们赢了，那不管奥间凤奴是生是死，这都不算问题。可我们输了，就必须带着他逃命——你肯定注意到了，用如此巨大而沉重的石棺成殓大元帅的尸首，已经严重拖慢了我们的脚步。"

The Heart of What was Lost

废墟大厅一片寂静，除了葬礼司祭们喃喃重复的死者祷文，唯一的声响便是从上方破口间刮进来的哀恸的风声。维叶岐不明白老师为何会说出这种话，尤其还将矛头指向了已故的奥间凤奴。这简直就是冷血的嘲讽，但他永远也摸不透大司匠的心思，毕竟老师的深邃心思堪比奈琦迦山中的裂谷。维叶岐只能连连点头，唯恐自己冒犯到对方。

"啊，很高兴你也同意，小维叶岐。"雅礼柯说，"至于军团长罕崖奴和他的手下，他们之所以来，想必也是要讨论，为了保护奥间凤奴的尸体，我们还要出卖多少生者的性命呢？"

这下维叶岐可以确定，老师就是在挖苦他们了。但他还是不明白：奥间凤奴不单是女王军队的最高领袖，更是女王故去已久的丈夫奥间鸣首的直系后裔。如果说有谁的尸首最应该受到保护，免遭凡人的亵渎，那也非奥间凤奴莫属了。

罕崖奴停在二人近前，飞快而标准地行了礼。在阿苏瓦大战中，他是殉生会里不太重要的军团长之一，可能正是这个原因，他才活了下来，但他很擅长让自己显得既重要又忙碌。"大司匠阁下，匠工会还剩下多少成员？"不等二人开口，他抢先问道，"为了保住这里，我们需要他们的工程学技能。"

雅礼柯沉默良久，时间长得足以让新来者意识到，不光雅礼柯本人，就连主师匠维叶岐的地位也比罕崖奴更高。雅礼柯注意到，军团长的脸上终于露出领悟的神色——只是些许的不自在，但不会弄错的——然后雅礼柯又等了一会儿，这才回答："我们有足够多的工匠，可保这里一时无虞，不过军团长，我们可没法顶住长时间的围城战。"

"可我们脚下有许多盘根错节的地道，大司匠阁下！"罕崖奴很难掩饰语气中的惊讶，"所以这地方才叫檀根麓嘛！他们永远别想把我们赶出去。我们每损失一人，都能杀死他们十个。"

"我知道城堡为什么叫这名字，军团长。"雅礼柯的语气干如黄沙,"倘若别无选择,那么没错,我们所有人都会心甘情愿地献出性命。可就算我们每倒下一人都能杀死二十个,我们也挺不了多久,何况这帮上不盼望我们返回奈琦迦的族人。我们最大的职责不就是回家吗?"

罕崖奴挺直腰杆。他也许不是女王手下最得力的军官,但也算仪表堂堂、威风凛凛,而且维叶岐知道他很勇敢,显然"职责"二字唤醒了他的信念。"我和我的手下都隶属于殉生会,雅礼柯大人。"军团长说道,"我们的遗歌已然唱响。无论结果如何,女王陛下都将以我们为荣。"

"当然。只要女王陛下还活着——我们都真诚地祈祷她能活下去。"

维叶岐发现,雅礼柯的话令殉生会军团长浑身一震。"愿华庭护佑女王陛下远离伤害——她当然会活下去。"

"正如我们所有人的祈祷。"雅礼柯做了个常见的手势,意思是愿女王陛下永世长存,"但此时此刻,我们还有两副重担。"

"保护女王陛下最尊贵的元帅奥间夙奴的尸首。"罕崖奴抢先答道。

雅礼柯敷衍地点点头。"对,没错,以及女王陛下仆人们的性命——我手下百十来名工匠,你们殉生会三十多名武士,还有其他各会的二三十人,虽然一旦真打起来,他们几乎派不上用场。"

"您不会是想让司祭们与殉生武士并肩作战吧?"罕崖奴不安地看了看围在奥间夙奴棺椁周围的葬礼司祭,"无论如何,他们有自己的职责。"

"要么所有人像老鼠一样死去,要么让这些司祭在祈祷的间隙挥几下刀、扔几块石头。如果只有这两种选择,我会说,没错,他们应该战斗。"雅礼柯面无表情,但凭维叶岐对大司匠的了解,他听出了老师声音里的怒气。"身为这间避难所里最高等的贵族,我希望你能

The Heart of What was Lost

遵从我的话。"

"当然,大司匠阁下。"罕崖奴迅速答道,看表情,他显然压下了不少疑问。维叶岐能感受到军团长的无可奈何。这也难怪,虽然他的血统也算高贵,但充其量不过是个中等贵族罢了。

"很好。军团长,我想让你带士兵们去侦察一下,看看我们该如何守住这里。我会派工匠去最需要的地点支援。至于想围困我们的凡人——他们有什么动静?"

"目前还没什么动静。"罕崖奴回答,"或许他们以为,奥古·美楠涂已尽在他们掌握,眼下只要静等就好。"

"他们倒也没想错。"雅礼柯说,"我们没什么吃的,水井也被碎石填满。至少我的工匠们可以先解决这个。去吧,罕崖奴军团长。等启灯星出现在夜空时,我们再碰面好了。"

"遵命,大司匠阁下。"按照礼仪,罕崖奴在胸前交叉双臂,然后带着殉生武士们离开了。

等他消失不见,雅礼柯摇了摇头。"幸好这里剩下的歌者当中,还有吒音-堪那样的头目。"他说,"至少她很聪明,开口之前懂得三思。咒歌会眼下在做什么?"

维叶岐不喜欢歌者。各会的成员在这点上都差不多,既不信任那些咒术师,更害怕咒歌会的首领阿肯比大师。在奈琦迦,除了女王乌荼库,就属阿肯比最为强大。"吒音-堪说,她会叫她的属下披上假皮,出去查探敌人的数量和意图。届时,他们会在凡人中间燃起不安的火焰。"

"不错,很高兴他们都没闲着。"

维叶岐好像看到,一瞬间,老师一成不变的面孔下闪过一丝疲倦。"我会带领我们的工匠,大司匠阁下。"他说,"若您允许,我想去看看水井里的碎石是否已得到清理。"

雅礼柯点点头。"好,去吧,小维叶岐。安排这里的防御工作,

荒废古堡

确实容易让人口渴。"

他躬身行礼。"启灯星升起之前,我一定会安排妥当。"

"既然你不想把余生都浪费在战场上,那你跑到北方这最冷的地界干吗,小狗鲨?"二人共骑波尔图的战马,年长的士兵仍想转移安德锐的注意力。管理雇佣兵的北方统领下达命令时,年轻人的脸都白了,就像心头压着一层乌云,一直随着狂风不停地打转,骑行两天后都不见好转。"你干吗不待在家里,帮你老爸烤蛋糕?"

"我想看看世界。"

波尔图大笑。"那你成功了!你算找对地方啦。"

"可怕的地方。"安德锐强压住一阵冷战,"说实话,我的故事比较老套,波尔图——太傻了,我都不好意思说。总之是跟姑娘有关。"

"啊,你搞大了她的肚子,所以急着跑路。"

"没有!"年轻人差点儿被这说法逗乐了,"不,才没有。她选择了别人。她不想嫁给面包师的儿子,不想她精致的双手整天和面,搞到又红又肿,我猜是这样。我不能……我不想再见到她。她家就在我家对面。所以我跟着哈拉维大人去了爱克兰——去海霍特打仗。"

"如果我没记错,哈拉维大人在那边被小地鬼吃了。"

安德锐缩了缩身子。"我没亲眼看到,但我也是这么听说的。"他画了个圣树标记,"愿上帝让他安息。他是个好人。"

"听说是。"

"愿上帝保佑我们所有人。"安德锐又画了一次。

波尔图也画了个圣树标记。"所以,你做这些就是为了躲避踹了你的姑娘?"

"我想我不会在家乡终老的,肯定不会。"没多久他就高兴起来,"你呢,波尔图?你家里也有位姑娘吗?"

The Heart of
What was Lost

波尔图点点头。"是我老婆,茜达,愿安东祝福她、看顾她。还有我们的小儿子,一个襁褓中的婴儿。天晓得我什么时候能再见到他们。"

"你会见到他们的。"情绪好转之后,安德锐就像孩子一样兴高采烈、信心十足,不禁让波尔图想起了自己的弟弟安杜鲁,可惜他十来岁就死了。波尔图的胸口一阵阵发痛。"我们也会平安无事的。"年轻人说,好像之前担忧的人是波尔图似的,"相信我。"

眼见自己成功转移了安德锐的注意力,波尔图露出微笑。"我相信你的话。"但他知道,要不了多久,幽深的森林和灰暗的天空就会让年轻人重拾焦虑。"Heá,你会唱歌吗?"他问。

安德锐哈哈大笑。"当然,我会唱《港壕区猛男》。所有歌词我都记得,包括狗鲨痛扁对手的部分。"

"而我就坐在你前面,想跑都跑不了。"波尔图翻了个白眼,"唱吧,你这忘恩负义的臭小子。我刚才干吗那么好心?"

几个小时前,安德锐的歌就唱完了,没多久,他们都不再说话。众人渐渐深入阴郁的丘陵间,空气越来越冷,寂静如雾气封锁了古道。

在隘口山脚处,他们总算看到了古堡废墟,那是一道黑糊糊的椭圆形阴影,蹲伏在白雪皑皑的丘顶附近。他们又艰难跋涉了几个小时,随着他们越走越近,隘口的堡墙也在两边越升越高,将众人笼罩在雾气斑驳的阴影之下。波尔图有种感觉,好像他们正被无助地拖进那座古代要塞,而那东西就像一只巨型石磨,已经准备好将他们碾成齑粉了。

"我不明白。"安德锐突然开口,打破了长久的宁静,也把波尔图吓了一跳。光这一个小时,他已经画过十几次圣树标志。"仁慈的

荒废古堡

艾莱西亚,我们干吗要来这鬼地方?瞧瞧!艾奎纳公爵带我们来这儿干吗?他明明说我们要去一座边境要塞。"

"别哭鼻子,南方佬。"一个年轻的瑞摩加人骑马凑近,"也不怕给大伙丢人。"骑手壮如公牛,一把毛扎扎的红胡子遮住了大半张宽脸膛,盾牌上绘着一只红鹰。波尔图由此知道,他一定是弗洛基,布林督统领的儿子。

"那就是边境要塞。"弗洛基说,"只不过它属于敌人,就那样。"

"真不赖。"波尔图说,"但我朋友说得对。我们不是冲它来的,我们只是来瑞摩加边境驻守而已。"

"每月六个铜板,还管吃的。"安德锐说。

"我是一枚银币加四个铜板。"波尔图说,"因为我有自己的马。"

"但我从没听说要打北鬼!"

波尔图能感觉到安德锐在他背后发抖,他也知道,这不光是因为冷。

"我想回家。"安德锐说。

"你们没想过要打北鬼?"弗洛基粗声粗气地问,接着刺耳地大笑起来,"那你们觉得,我们跑到北鬼领外围的边境要塞还能干啥?"

"我都不知道我们会走这么远。"安德锐说,"那个,我们……他们……"他说不下去了。

"别让这事吓破你的胆——我们会回家的。"波尔图安慰年轻的朋友,虽说他也有点言不由衷,"我会带你回去,安德锐。你会喜欢上岩角区的。我岳父开了家染坊,他很有钱,可以帮你找个差事,相信我。"

"肯定不可能。这小子哪像个当兵的,"瑞摩加人说道,"都快哭出来了。"

"闭上你的破嘴,北方佬。"波尔图回敬道,"真不爱听你说话。"

布林督之子拨马凑得更近,一时间,波尔图担心他会动手,但北

The Heart of What was Lost

方人显然注意到了波尔图异乎寻常的身高。"等白狐冲到你面前,你就不会这么想了,你这南方来的尿包。"大胡子年轻人用脚跟磕磕马腹,超到他们面前,"到时你会哭着求我,扔下那个小娈童。"他隔着肩膀叫道,"到时你会说:'弗洛基,从 Vit Refar 手上救救我吧!'"

"我宁可变成哑巴,也不想说出这么丢人的话。"这是句珀都因俗语,波尔图说过很多次,但他当然不想真的变哑。

"他说得对。"安德锐说,"我不像个当兵的。我害怕。"

"伟大的凯马瑞爵士在纳班替断手约书亚带兵打仗时,我就在他身边。当时我很害怕,现在我也害怕。这没什么丢人的。"

"我不在乎丢不丢人,波尔图。说老实话,我只想回家。"

艾奎纳的手下抵达了司枯崎隘口,在古堡废墟的山坡下扎营,旁边便是威戈里从艾弗沙带来的军队。两拨人已有几个月没见面了,再次相逢,气氛就像过节,只是天气冷了些、雪花大了点儿。

虽说都统士兵的加入让全军人数翻了一倍,但艾奎纳公爵还是没法完全放心。他的目光一次次瞟向丘顶残破的堡墙,而他知道,对方一定也在回望着他们。他与白狐的对战经验远超手下的任何人,他知道哪怕一小撮北鬼,也能给对手造成极大的麻烦,他们叮起人来胜过愤怒的野蜂。

他看向旺盛的营火对面,矮小粗壮的威戈里坐在那里,身边围着麾下的统领们,正在一边喝酒、一边大笑。威戈里看到艾奎纳,招手叫他过去。公爵抬起一只手,示意等一下。他还没到悠闲的时候。

正如我父亲经常说的,追逐猎物要趁脚印还新。他将注意力转向希瑟女子阿雅美浓。她就坐在他旁边,正将一根长长的白蜡树枝削成手杖。雪花落在她身上,让她看上去就像一尊沉静而随意的雕像。

"都到余汶月末了,怎么还他妈这么冷?"他粗声嘟囔道,"我还以为风暴之王永远消失了。"

阿雅美浓没抬头。"伊奈那岐兴起了好多场暴风雪。虽说他的势力终结了,但风雪不可能消散得那么快。另外,北方不是一直很冷么。"

艾奎纳再次将双手凑近篝火。"这一大群北鬼袭击过爱克兰,如今被我们逼进了废墟。"他的语气平静了些,"如果你给你的人送个信,阿雅美浓,他们会来吗?他们会帮我们一了百了地解决敌人吗?"

她看了他一眼,公爵捉摸不透她的表情。希瑟的心思一向很难猜,他们的情绪,甚至年龄,对凡人来说都是极大的谜团。他知道,阿雅美浓在她的族人中间很受尊敬,或许因为她很高寿,但只看外表,她跟那些年轻的女性希瑟并没多大区别,比如吉吕岐的妹妹亚纪都。她的皮肤好像有些纤薄,动作也没么利落——有些时候,她似乎显得有些脆弱,就像一个凡人女子,曾经十分漂亮却刚刚大病初愈似的。她那金色的眼眸无比明亮,活像他妻子桂棠生气时的模样,又如狩猎的鹰隼一般锐利。

"不会。"希瑟终于说道,"我之前告诉过你,艾奎纳公爵,我的同胞不会来。支达亚同你们苏霍达亚——你们凡人——曾经是同盟,但不代表从今往后,我们都会走同一条路。我们不会帮助你们毁灭我们的亲族。"

"那你来这儿干吗?走这么老远就为看热闹?"

她转向那根长长的手杖——这一路她一直在削它——就着火光检查几眼,又用小刀抵住木料。"你说这话,好像观察和学习毫无价值似的。"

艾奎纳摇摇头。跟希瑟说话就像跟醉鬼或小孩吵架——不是因为他们总讲疯话,而是谈话经常原地转圈,搞得他时常忘记自己的初衷。也许她说的是实话——她来此只为观察而已——只是公爵并不相信。西蒙和米蕊茱到底明不明白,跟精灵这种奇怪的生物待在一起,

The Heart of What was Lost

我们怎么可能舒服？我倒觉得，跟天上的鸟儿合作反而更容易。他们的想法跟我们大不相同——或者他们就是觉得，根本没必要浪费时间向我们仔细说明。"拜托，别用这些囫囵话敷衍我了，阿雅美浓夫人。"他说，"当然了，学习很有价值，但用武力我们自己也同样重要。"

"贺革达亚正在退回他们的土地。"希瑟语气温和，像在陈述另一个平庸的事实。

公爵拼命压住火气。"是啊，可他们还在北方到处劫掠和杀人——就像在爱克兰时那样。在此之前，他们还试图推翻凡人的王国，让他们死去的首领君临天下。"

希瑟好像被逗乐了，只是公爵没法确定。"所以你们要用同样的法子给他们上一课，以血还血。"

艾奎纳摇摇头。"西蒙和米蕊茉，海霍特的新国王与王后，只是命令我确保溃逃的北鬼别再兴风作浪。但没有你们的帮助，我想我别无选择，只能将他们斩草除根，以绝后患——我越来越想这么干了。"

"你就不奇怪，我的族人为何不帮你？"

"这一点儿也不奇怪，尤其我和你相处了这么久，阿雅美浓夫人。"尽管做出很大努力，公爵的火气仍在胸中愈发膨胀，"很明显，你觉得你北鬼表亲的所作所为没必要受到惩罚。"

"不，不是这样。其实，我知道贺革达亚会自作自受——他们已经自作自受了——其程度远超你的想象。"

"够了。"艾奎纳厌恶地站起身，"在我的家乡，我们不会让杀人犯自己裁决自己。"他撇下阿雅美浓继续雕她的手杖，走向对面的大火堆，威戈里都统正同诸位统领传递一只酒囊。夕阳西下，白狐的城堡后方的岩石倒映着最后一线阳光，活像扭曲的烂牙。

"你回来了，我的大人。"威戈里叫道，"麦酒欢迎贵宾！"安吉达的威戈里是个矮个子，却敦实而粗壮，之前就有人开玩笑，说他家

荒废古堡

族里肯定混有矮怪的血统。都统经常在晚餐桌前解决家里的争端,一旦被人冒犯,他会抡起硕大的橡木椅,将面前的所有东西,连同宾客们一起,全都一股脑扫翻到餐厅的地板上。艾奎纳很高兴威戈里又来到了自己身边,因为他是个沉稳而可信的副手。跟都统相比,布林督就显得摇摆不定,而他儿子弗洛基则更容易被热血冲昏头。

刚刚入夜,威戈里和他的亲信们竟然就有点儿喝醉了。虽然公爵刚刚带兵赶到,但艾奎纳也清楚,威戈里的士兵守在敌人的地盘等待支援,日子一定不会好过,尤其这地界还如此阴沉、如此不祥。虽说几个世纪前,北鬼就撤出了残破的古堡,但瑞摩加人从来不敢来这儿冒险。这几天来,看着暗处的憧憧阴影,听着邪灵的阵阵怪声,威戈里及其手下一定日夜期盼艾奎纳的大驾光临,所以他们如此庆祝也算情有可原了。"我这边有些状况。我的人不太高兴。他们大多更想马上回家,回艾弗沙。"

"我的人也这么想,大人。"威戈里说,"两周以前,他们就听说战争结束了。在那之前不久,他们知道尖鼻子司卡利死了。我们赢了,所以干吗还要打仗?"

"赢了是一回事,"公爵回答,"要敌人相信他们输了则是另一回事。"

威戈里咧嘴一笑。"杀光他们就很有说服力。"

艾奎纳摆出一张苦脸。"杀光北鬼从来不像说说那么简单。他们有多少人,有什么布置?"

"说不好啊,殿下。他们在阴影里进进出出,快得像猫。再说了,他们长得都差不多,就算同一个北鬼士兵在十几个地方出没,我们也分不清嘛。"

"给我个大概数目。"

"往少说约莫八十,往多说可能有三百。好在我们没看到巨人。"

"至少这点就得感谢仁慈的上帝。"艾奎纳扫了眼火堆周围,"咱

The Heart of What was Lost

们呢？最重要的是，咱们有多少弓箭手？我知道白狐擅长肉搏，我们要尽可能从远处干掉他们。"

"我带了一支棠戈寨边境卫队，每人一把紫衫弓，肯定能满足你的要求。"威戈里再次挥手索要酒囊，"他们抵得上南方任何弓箭手，包括色雷辛人。"

艾奎纳点点头。"我也有一队弩手，他们随我去了爱克兰——有些活下来了，其余的，愿上帝赐他们安息。他们的弩箭能在该死的巫木甲上钉出个大窟窿。"公爵俯下身子，想在被踩硬的雪地里抠出一根小木棍，"让我想想还有谁。我带来一群驻守边境要塞的雇佣兵，大部分是步兵，还有一些长枪兵。他们很多没经过训练，头一次来北方。我还有支来自云霍特的队伍，以及唐路德的兄弟布林督率领的思侃盖士兵。这些够不够？"他皱起眉头，又抠了几下。他没能把更多兄弟从爱克兰带回来，这让他心如刀绞。"你的人和我的加在一起，足有一千两百名士兵了，威戈里。"酒囊传给了他，他伸手接过，长长地喝了一口，用手背擦擦胡子，又灌了一大口——毕竟他来之前，威戈里这帮人已经喝了不少。"我们沿途看到的攻城器械又是怎么回事？"

"是我叫人从艾弗沙运来的。几架投石机，一坨大号的包铁锤头，用来砸墙和城门——那是咱们最大的家伙。"

"是不是大熊？"公爵微笑着问道，"我好几年没见那狠玩意儿了。难怪用那么多牲口拉车——那家伙比山还沉。"

"是啊，就是大熊。但要它派上用场，咱们还得找根树干，要够大、够结实的，才能把熊头装上。"

"我估计这里用不上攻城锤。"艾奎纳说，"那破城堡，墙与墙之间都挨不上。"

"有备无患嘛。"威戈里说，"尤其是面对白狐。他们比黄鼠狼还狡猾呢。"

荒废古堡

艾奎纳点点头。"以所有圣徒的名义,你说得对。真希望对手是人啊。上帝明鉴,至少那样很快就能打完。该死,那袋麦酒传哪儿去了?"

"这几天也太他妈冷了!"安德锐悲惨地说道,"按理说现在是夏天啊!"不知哪个士兵扔掉一块破布,被他捡来围在细瘦的脖子上,再加上原来的羊毛围巾,波尔图感觉,年轻的港耗子看上去就像一只海龟。不过嘛,波尔图心想,好歹海龟还有甲壳护体。但瞧瞧安德锐那身老旧的链甲,已经坏掉多少地方了。

"这可是北方。"波尔图解释道。

安德锐又打了一阵哆嗦。他抬头看看山丘上的古堡废墟,画了个圣树标记。"我只想挣几枚铜板啊。"

年轻人熟悉的一切都远在天边,让波尔图不禁心生怜悯。"以前你从没打过?"

"在军队里?基本没打过。我加入王子和凯马瑞的部队时,他们正要去爱克兰。我们是最后几批踏上海霍特战场的。"

"就算最后一批上战场,也该见过惨烈的搏杀吧。当时我就在那儿。"

安德锐耸耸肩,面带愧色。"我的位置接近后卫。没人想杀我。那座塔倒了之后,有几个北鬼从我身边跑过,我挥了几下剑,但谁也没砍着。他们太快了,就像晃动的影子或飞舞的蝙蝠。这就是我所见过的'搏杀'。"

"我在海霍特杀了个北鬼。"波尔图说。此时此刻,头顶是阴暗的天空,周围是呼啸的寒风,他仿佛又回到了战场。"或者准确地说,我跟北鬼打过,然后他死了,就在塔倒的时候。绿天使塔,或者随便什么名字吧——当时你也离得不远,对吧?周围风暴肆虐、雷电交加,天上还着了火。整个世界像调了个个儿。"他停了一会儿,不确定自己想回忆起多少。"就在我站着的地方,"最后他续道,"塔吱吱嘎嘎地垮了,发出很大的声响,就像一只活物。我身后的地面上下起伏,把我震倒了。雪啊、灰啊、水啊,全跟鲸鱼喷气似的,一股脑泼溅到空中,然后落回到地上。一时间我什么都看不到,只知道泥巴和石块掉落在周围,紧接着,有什么东西从混乱里冲出,把我撞了个跟头。不等我有机会画个圣树,就有东西嗖地从我头上划过,一只手抓住我的胳膊。它想杀我——我只知道这些——但我掏出匕首捅它,捅了好几下。我很幸运。我捅到了什么,它压在我身上。我们还在搏斗,我意识到鲜血已泼了我一身——不是滴,安德锐,是泼,就像我躺在河道里一样。不管那是什么吧,最后它瘫软到一边,我站了起来。果然是只白狐,我的刀深深扎进它的肚子,但它的头已经缺了一块。"

"什么意思?"安德锐的眼睛瞪大了,活像波尔图的小弟弟。小时候在床上给弟弟讲鬼故事时,弟弟老是这样。

波尔图想了一会儿,摇摇头。这里距隘口丘顶的废墟太近了,他不想再回忆起那具血淋淋的苍白尸体。"也许是塔的碎块砸到他了,小子。我说不清。但他的头盔没了,一部分脑壳陷了进去,一只完好的眼睛却还瞪着我。我搞不懂,最后那段时间,他怎么还能跟我打?要是凡人的脑浆溅了一地,早就完蛋了。"

"他们死不了?"安德锐的声音充满惊惶。

波尔图暗暗责备自己把气氛搞得更糟。"不,不,他们当然会死。那家伙倒在我身上时就已经死了。看在安东大爱的分上,伙计,他的血都流光了!白狐是骁勇的战士,强悍而狡猾,但人们叫他们不朽者,只是因为他们很长寿。据传说,他们也许能活几百年,但只要把一段铁器插进他们的肚子,他们也会像人类一样死去,相信我。"

但他的说法并没有让年轻人好受些。想想即将来临的战斗,波尔

荒废古堡

图决定，以后讲故事还是谨慎些好了。

"回音会借由梦境之风传出消息，匠工会的大司匠雅礼柯阁下则派出了歌者。他们的首领是吒音－堪，那时她尚未殉难。她带领歌者们走进镜道，隐秘地潜行于敌人中间，将恐惧散播给凡人，对方却从未察觉他们。只是风暴之王伊奈那岐陨落之后，他们人手不足、力量羸弱，除了在敌人当中制造些混乱，探听些对手的情报，其他什么也做不了。

"他们的情报没能给雅礼柯及其副手带来多少安慰。敌人的数量远远占优，艾弗沙公爵艾奎纳手下的大部分士兵更是身经百战。

"雅礼柯·杉－齐珈达大人与他的参谋们明白，尽管檀根麓古堡荒凉破败，但没有它的保护，所有人都将被迅速消灭。他的许多手下相信，他们唯一的选择，便是尽可能英勇地献出自己的生命；另一些人则认为，他们应该趁凡人被黑暗蒙蔽住双眼时，放弃堡垒，连夜出逃，希望至少有一部分族人能逃回奈琦迦，得到保护。

"但雅礼柯大人很清楚，秘密而匆忙放弃地檀根麓古堡，不单单是一次可耻的溃逃，更可耻的是，他们还将丢弃已故的英雄、大元帅奥间凤奴的尸首……"

——文牍会的米嘉·杉夜－津纳塔夫人

维叶岐循路走进古堡废墟的内厅时，葬礼司祭们正在颂唱祷文，祝愿大元帅奥间凤奴尽早重归华庭，阵阵回音不禁让他找到些回家的感觉。在奈琦迦，他们的山中城市，公共场合的空气中总是弥漫着司祭们洪亮的声音，在女王家族和其他贵族死者的昭英祠里，离别的颂唱更是永不停息。

The Heart of What was Lost

古老要塞的房梁早就不翼而飞，只有道道高墙依然挺立，头顶的星辰便是现在的天花板。维叶岐走到巨型石棺和它周围那些低语的神职人员旁边，按仪式行了个礼，然后发现他的老师独自站在墙边，一副沉思冥想的架势。大司匠雅礼柯看上去还是一如既往地镇定，但维叶岐侍奉匠工会的领袖已超过三个大年，经历过无数冷暖，所以他看得出，老师其实并不像外表那么冷静。维叶岐很珍视自己了解老师的事实，并将其视为秘密财富。我们都该在下属面前表现得体，母亲经常这么告诫他，对自己也不能松懈。只要我们相信什么是对的，做出来的就一定对。对母亲的回忆令他心头一暖。维叶岐在老师身边坐下，静静地等待。

过了很久，雅礼柯终于对他说道："我开始考虑，凡人如铁板一般包围了我们，也许最合适的策略便是拼死突围。但不是今夜，因为他们一定有所防范。明日太阳升起，他们必将登上山丘，攻打这些残垣断壁。我们必须挡住他们，不惜一切代价。等到黑夜降临——凡人回去舔舐伤口，并且期待我们也是一样时——我们就可以准备突围了。"

维叶岐不禁有些惊讶，但他知道，雅礼柯绝不会只想逃离战斗。"您能讲讲您的理由吗，大司匠阁下？"

老师做了个代表懊恼的小动作。"你已经放弃思考了吗，小维叶岐？"

就连这么一件小事都辜负了老师，令维叶岐心如火烧。"请原谅，大人。我明白，您相信一些人的死亡能让另一些人跑得更远。但我看不出，我们倒在这里，跟我们死在隘口外，或者死在奔向奈琦迦外墙的路上有什么区别。就为凡人抓到我们时，我们能离奈琦迦更近些，好让族人看到我们的死亡吗？"

"啊，我明白你的误解了。"雅礼柯点点头，"你只是在想，我们死在哪里会更合适、更有用。但我需要你思考另一个问题，正如你还

荒废古堡

是学徒时，我经常让你琢磨的工程学难题一样。假如我们死不了呢？"

"我不明白，大司匠阁下。"

"现在就考虑光荣赴死未免太早啦，主师匠维叶岐。事实上，只有死亡不可避免时，光荣赴死才算是正确的选择。就连最狂热的女王之牙和殉生武士的精英们都知道，他们的第一要务是活下去，竭尽所能履行自己的职责。你没看到凡人运来的铸铁撞锤吗？载它的货车比奥间夙奴的灵车还大，足足用了三队公牛来拉。"

"看到了。它用黑铁铸就，打造成熊头的形状。"维叶岐皱起眉头，"我觉得太蠢了。虽然它很大，但仍像孩童的玩具。"

"等你看着它撞倒这避难所的外墙——甚至奈琦迦的山门时——你就不会这么说了。"

"那不可能！"

"为什么不可能？"大司匠两眼放光，面容前所未有地显出一股活力，"你觉得经过无谓的战斗，我们全都死在这里，将生命全然又光荣地交付之后，事情会如何发展？"维叶岐从没见过老师这样，他看上去像是真的动怒了，"我来告诉你吧。等我们死了，北方人会继续挺进，穿过隘口，踏上我们的土地。不久他们就会抵达外墙，阿肯比等人劝说女王陛下——愿她永远长存——没必要修复的外墙。哪怕面对这么一小股敌军，要守住那荒废的屏障，我们也需要一万名殉生武士。但我相信，寻遍整个奈琦迦，剩下的殉生武士还不及该数目的十分之一。你听到我的歌声了吗，主师匠？你能领会它的旋律吗？"

"我……我不太确定。"

"北方人会逼近圣山的大门。而我们仅存的部队，除开分散在南方各地、正拼命往家赶的士兵，以及追随你我、勇敢但愚蠢地丧命于此的同胞们，都将面对渴望复仇的凡人。你知道此时此刻，站在山丘脚下怒视我们的是谁吗？是艾奎纳，艾弗沙公爵，当年那个'血手'芬吉尔的后人。芬吉尔曾在北方全境屠杀我们，他推倒了阿苏瓦神圣

The Heart of What was Lost

的砖石，将一千名战俘当成魔鬼活活烧死。等那巨大的黑铁熊头撞倒奈琦迦山门，艾奎纳带着他的野蛮人冲进城市，你觉得又会发生什么？"

那绝不可能。维叶岐发现自己好长时间说不出话。"但他们没法……！"

"没法什么？谁能阻止他们？殉生会的将领们死了，正在南方的草地间腐烂。我们的女王陛下已陷入瞌榻－荫酌——如死亡般幽深的复原之梦。你知道她倒下了，我也知道，每一位贺革达亚都感觉到了。我们称其为'危险的长眠'，是因为在她沉睡期间，我族群龙无首。"他凑近一些，"她不在时，谁来统治我们，主师匠维叶岐？当然是咒歌会。是阿肯比、吉箜和他们那些冷血的同僚。一旦奈琦迦山门守不住，咒歌会将带领幸存者逃进圣山深处，去凡人追不到的地方。"雅礼柯摇摇头，"届时我族会变成什么？——被术士管辖的生物，永远见不到阳光的奴隶，只能藏匿于黑暗之中，而他们还会说，唯独活在这里，才能免于被杀的命运。华庭曾是我们的家园，等到那时，它连故事都算不上——即使传说依然存在，阿肯比和他的幕会也会教我们的族人生活在阴影中，周围只有石头。"大司匠停了下来，似乎注意到了自己言辞间的陌生与绝望。他迅速环顾四周，但除了安静的守卫和更加安静的棺椁，只有他们两个。"所以告诉我，主师匠，现在你还想光荣地献出自己的生命吗？"

不等维叶岐做出回答——其实他根本不知道该怎么回答——雅礼柯便挥挥手，仿佛他的考试没合格。

"去吧，小维叶岐。"大司匠说道，"如果你的工程师清空了水井里的碎石，再找些有益的工作，让他们和你自己忙碌起来。容我再想想，思考可能是我目前唯一的武器了。但要记住我说过的话，记住你的家人和家族还在等你回去，更重要的是，对你来说，在我族危亡之际，什么才算真正光荣的死亡。"

荒废古堡

波尔图睡不着。这个夜晚充斥着诡异的阴影,荒地间不时响起阵阵哭嚎,不知是狼、是鬼,还是伤心的小孩,虽然他并不怎么害怕,但也浑身不自在。他摆脱不掉一种感觉:即使公爵的军队人数占优,士兵们吃饱喝足,北鬼却又累又饿,但不知怎么,他们却并没有占得上风。躺在遥远而冷漠的群星下,他觉得自己跟其他所有凡人一样,就像聚集在广漠黑暗中的明亮房间里,正被无数看不见的眼睛紧紧地盯着。

有时他的目光会被檀根麓古堡的残墙吸引,偶尔还能看到几点闪烁的亮光。那些亮点毫无生气,不像熟悉的蜡烛、灯芯草或油灯,更似幽暗的鬼火,颜色污秽,或惨绿,或昏黄,却很吸引眼球。他的身体虽然没动,魂儿却像被它们勾走了。最后他翻了个身,不再面对隘口丘顶,希望能睡得安稳点儿,却又看到了安德锐。年轻人睡得很浅,明显在做噩梦,不时呻吟两声,抽搐几下。他在寒风中瑟瑟发抖,围巾和斗篷提供不了多少温暖。

天终于亮了,初升的太阳却躲着不肯见人。战地厨师做了薄脆饼,波尔图和安德锐等人吃过早饭,雾气已然升起,且刚罩住周围的山丘便停住不动,活像一大团灰云从天而降,塞住了隘口。风虽然停了,冷空气的暗河仍从高空缓缓流下,浸得所有人都从骨子里发沉,仿佛老了十多岁。瑞摩加人相比之下还好,南方来的士兵却是叫苦连天。

"我感觉我今天就要死了。"安德锐说。

"别说傻话。"波尔图猛推他一下,年轻人没什么回应,像个逆来顺受的奴隶。"我不会让你死的。"

The Heart of What was Lost

"你真是个好哥们儿,波尔图。为啥你要生在满是小偷和乞丐的岩角区呢?"

"别问我,这得问我妈。你也别害怕,咱俩基本不会冲上山坡去攻打城堡。我们要保护驴车——也就是投石机。队长告诉我的。"

太阳还未升上隘口东边的天空,他和安德锐已各就各位。他们负责保护的炮手架好了投石机,相互间有说有笑,热切而自信地谈论砸倒这堵墙要多久,那堵墙要几时,好像这根本不是什么战斗,而是一场比赛,获胜的队伍还能拿奖似的。

"就像棍球。"波尔图说。

"什么?"安德锐的眼神活像见了鬼。

"棍球。眼下就像等待比赛开始。你知道那感觉的。"

"可我没打过棍球。"

"你这么精壮的小伙子,居然没玩过?为什么?"

安德锐面带愧色。"速度太慢。"他的脸色缓和了些,"你呢?"

"我打过正式比赛,记得是在庆典上?反正我当兵之前玩过一两场。只要跑起来,你会庆幸自己长了两条大长腿,当然了,前提是人家不故意踢你。"

安德锐露出微笑。"就是说啊,你长这么高,卵蛋挂得也高,一般人想踢还踢不着呢。"

波尔图摇摇头,很高兴看到年轻人的精神振奋了些。"但别忘了,长得高可以抬脚踢,长得矮也可以抡拳头呀,这两者没啥区别。我向所有圣徒发誓,两种都一样疼。"

有人吹响了号角,回音如突如其来的尖叫漫过山坡。安德锐的脸色变得煞白。"什么声音?"

"只是预备号而已。"波尔图告诉他,"别担心。我们不会有事的。"

荒废古堡

等待战斗打响总是这么吓人。艾奎纳心想。更糟的是，敌方还是难以捉摸的北鬼。

艾奎纳站在那里，看着太阳染亮了隘口上方的天空，不禁想起自己第一次等待战斗打响时的情形。那是很久以前了——很久很久以前！一晃已经这么多年了？当时他父亲艾布恩率领一众谷地士兵，迎击乔戈仑国王反叛的亲戚方戈仑。艾布恩本不想打仗，方戈仑却进军哈格雷谷，想穿过他的家族领地，去攻打身在艾弗沙的国王。国王说得很清楚，如果艾布恩及其亲信不阻止方戈仑通过，就把他们也当成叛徒论处。

那天上午，天色并不比今日更明亮、更亲切，他们也是站着静等。艾奎纳的父亲很快就看出年轻的儿子吓得够呛。

"知不知道打仗时最糟糕的事是什么？"艾布恩问道。

"是什么，父亲？"

"我们有很大的概率活下去。"

当时艾奎纳只度过十三个夏天，块头却已经不小了。父亲的话让他一时语塞，毕竟父亲很少开玩笑，更不会讲冷笑话。最后他问："你是说，我们会活着？"

"概率很大。我们的任务不是阻止方戈仑的军队，只是表一下忠心而已——向国王证明我们仍是他的人。所以最好的办法不是跟方戈仑的瓦汀兰士兵硬碰硬，而是把他们尽快赶出我们的领地。他们人数比我们多。"

"我还是不明白。你说我们会活下去，可这怎么就糟糕了？"

父亲咧嘴微笑，牙齿在灰胡子间亮闪闪的。"因为嘛，如果我们被杀，我们会直接上天堂，对吧？我们是奉独一上帝的名义，遵行国王的命令，守卫家乡，抵挡异教徒。"

The Heart of What was Lost

这番话已远远超出了艾奎纳年幼的理解力。"可国王乔戈仑也是异教徒啊,还有他的大部分廷臣。"

"上帝只关心他的士兵及他们的所作所为。所以嘛,如果有人用长矛捅了我,千万别担心——我会一路飞上天堂,就像投石索抛出的石头。他们只能杀死你的肉体,儿子,但你的灵魂不会受到凡间的伤害。如果我们今天会活着,那只意味着我们还要再等六十多年,才有机会站在我主的伟大宝座前。"

父亲一向虔诚而坦率,他的解释从未让艾奎纳如此安心,可如今,他的想法有了微妙的转变。

真希望他是对的,他心想,真希望我们都能不畏死亡。但跟北鬼作战可大不一样。一想到他们那黑暗而空洞的双眼、那一张张死人般的面庞,公爵就感觉自己的灵魂岌岌可危——既然有力量能让他们升上天堂,那也会有力量能将他们永远拖进黑暗。有这种感觉的不仅仅是艾奎纳:几个星期前,他们北上行军时经过一座废弃的教堂,一些胆大包天的士兵清空了里面的圣水盆,而最近几天,他们高额售卖这些圣水。士兵们把圣水抹在脸和暴露的皮肤上,甚至还有喝下去的,希望借此保护自己免遭白狐的刀剑所伤,当然了,如果能让不朽者不敢近身就更好了。

破晓的阳光越来越亮,映照着古堡废墟,映照着它最高的塔楼,以及塔顶风化的灰色石材。尖尖的塔顶造型古怪、结构新奇,表明它的建造者绝非凡人。空气清寒,但不像之前那么冷冽。这是个好现象。过于寒冷的天气只会榨干人们四肢的力气。

艾奎纳看了看手下的队长们,尽量忽略自己狂跳的心脏,还有肠胃间一阵阵的酸楚感。他猛转过身,抬手指向那些炮手。

"开火。"他呼喊道,"砸倒那些墙壁。把白皮杂种的脸都砸进泥里。"他转向队长们,"回到各自的队伍。咱们得给他们个下马威,先用石弹,再用弓箭,接下来就是短兵交接了,伙计们——不留情面,把他们全揪出来。"

"嗡"的一声,接着是响亮的"啪",第一架投石机的弩臂往前一挥,一颗石弹划过空气,砸在一段残墙的边缘。

"马上!"艾奎纳大声道,"队长们,叫你们的人做好准备。我们马上就可以报仇了,为了奈格利蒙和海霍特!"

除了站岗的殉生武士、一群围着奥间凤奴的棺椁吟唱的司祭牧师,其他挤在大厅里的贺革达亚幸存者基本都隶属于维叶岐的匠工会。大厅的墙上盘绕着树根,清晨的天空如灰色的屋顶,为古老的废墟带来些许光明。几十名战地工程师要么安静地休息,要么如影子般迅速移动。他们都能听到塔外山丘上喧闹的战吼,但什么也做不了,只能等待殉生会的防线崩溃。一旦防线崩溃——维叶岐觉得这是早晚的事——他们就只能撤进地道,在黑暗中负隅顽抗,直至被获胜的凡人斩尽杀绝。维叶岐一想到自己的命运,想到自己再也见不到妻子和家园,他本该惊慌失措才是,却更多地感到愤怒。他越想越觉得雅礼柯说得对:殉生会跟阿肯比及他的歌者们一样,全都盲目自大到了极点,除了胜利,他们对什么都漠不关心,甚至连撤退的计划都没有。

大司匠雅礼柯似乎猜到了主师匠的想法,抬手示意他过来。维叶岐朝他走去。

"什么事,老师?"

"我们走远点儿。我要说的话——还有给你看的东西——不能让其他人知道。"

维叶岐陪着老师走向大厅里最空旷的区域。大厅有十六道边,每个角落都有破损的螺旋柱,表明塔楼建于第四或第五任大司祭就职期间。具体是哪一任,他记不清了。虽然维叶岐多年前便已毕业,但如果雅礼柯知道他不记得,肯定又会很生气。

The Heart of What was Lost

当下，维叶岐真是又绝望又恼怒，但想到自从南方撤退以来，雅礼柯便经常找他单独谈话，视他如同辈，不禁又有些激动。大司匠雅礼柯不单是幕会首脑，平日里倍受尊荣，死后也必将与最伟大的先祖们同葬一处；他更是齐珈达家族最古老的成员，早在贺革达亚与亲族支达亚逃离华庭、来到这片土地之前，该家族便极具权势。维叶岐的父母可谓卓越，他们一个是执法官，一个是颇受仰慕的宫廷艺师，但所属的庵度琊家族从来算不上重要——充其量只是个中等贵族，子孙们顶多在宫中当个神职人员，或者下层的殉生武士军官罢了。

大司匠雅礼柯却从不在乎维叶岐的家族血统，为此，主师匠一直心存感激。他怀疑，换做别的大司匠，还会不会让一个中等贵族在匠工会中承担如此重要的责任。寻遍整个奈琦迦，雅礼柯也是少有的领袖，在他眼里，"不合血统"并不等于"不可信任"。

"我想请你帮个忙，小维叶岐。"雅礼柯说道。他们已经远离众人，可以私下交谈了。

"老师，我一定照办。"

雅礼柯微微蹙眉。"主师匠啊，不了解你要承诺什么，或者你的誓言会不会影响到你的命运之歌，最好不要夸下海口。记住一句老话：'弯下一根手指，其他的也别想彻底伸直了。'"

维叶岐欠了欠身。"抱歉，大司匠阁下。那我换个说法：'请告诉我，我将尽力而为。'"

"好多了。"雅礼柯转身背对大厅，用宽阔的司匠长袍挡住二人，然后把手伸进颈下的罩衫，小心地拽出个闪闪发光的东西。他用双手拢住它，活像捧着一颗有生命的火炭。"你来看。"雅礼柯托起那东西，依然用身体掩住。那件物品不但反射着稀薄的阳光，内部似乎也含着一团火：大司匠苍白的面孔立刻被温暖，映上了夕阳般的红色。

维叶岐俯身细看，眯起双眼。那东西的美感根本无法尽收。"真华丽。"他最后说道，"这是什么，老师？我只知道它很不寻常。很古老。"

雅礼柯点点头。"你看得很准,主师匠。它确实有些年头了。来,拿着。试试它的分量。"

维叶岐接过项链和它中间的挂坠,学着老师的样子,用手拢住它的光芒。它果然重得出奇。真不愧是大司匠,戴了这么久,居然连一句怨言都没有。项链很粗,样式简朴,在大厅暗淡的光线下,维叶岐发现它的质地是某种奇怪的金属:说是铜吧,有些发白;说是金子或其他贵金属呢,颜色又有些发粉。挂坠有他的手掌大小,呈一个尖端朝下的圆滑的三角形,中心部分镶着一颗硕大的椭圆形宝石,闪烁着绚烂的橙红色辉光。

"这到底是什么?"维叶岐终于问道。

"它叫失落之心。"大司匠回答,"我族离开古老的家园闻都飒时,我的曾祖雅罗-摩将它带了出来。"

"它真的来……来自华庭,老师?"他听说过这类珍宝,但除了女王乌茶库在庆典上穿戴的那些,他不敢相信自己还能见到其他的,更别提捧在手中了。

"这宝石当然来自华庭。你一定听说过'斩虫'罕满寇的传说。"

维叶岐点点头。难以想象,哪个族人不知道罕满寇呢?他可是古代的英雄,女王的家族的创立者。

"罕满寇临死之前,"大司匠说,"将他的宝剑灰炎插在了华庭中心召圣祠的石头门槛上。我族登船时,没人能从门槛上拔出罕满寇的宝剑,只好把它留下,这也成了虚湮吞没我等家园的又一件牺牲品。但我的曾祖雅罗-摩从剑柄头上取下了这颗宝石。来,托着它,我给你看样更神奇的东西。"雅礼柯一边说,一边将手伸进袍袖,取出一颗小水晶球,维叶岐知道这是"牧灯"。雅礼柯用手指轻弹一下,晶球闷燃起一蓬微光。"再近点儿——我不想让它太亮,免得惹人注意。我把光放在宝石后面,你来看。"

The Heart of
What was Lost

维叶岐将沉重的挂坠翻过来,从侧面仔细观察,好搞清雅礼柯在说什么。他发出一声惊讶的低呼——形势严峻,但他还是头一次将外面的战斗和满怀恶意的凡人都清出了脑海。"真漂亮,老师!有人在里面刻了图案!"不知是哪只灵巧的手,竟在半球形的宝石内部雕琢出一座城市的轮廓,几幢优雅的高塔屹立在悬崖边,下方是辽阔的大海。背后掩映着雅礼柯的牧灯,整幅人工画都染上了宝石自身的颜色,微型城市仿佛沐浴在亮红色的天空下。"这么美妙的图画是谁刻的?"

"是雅罗-摩。刻的是伟大的桃灼,我族在梦海之滨最爱的城市,华庭陷落时被虚湮一道毁灭。同你父亲一样,小维叶岐,我这位先祖也是位艺师,从华庭到这片土地的旅程又相当漫长。不过如今,它的作用只剩下提醒后人——提醒我们自己是谁。"他庄重地点点头,好像在回答某个问题,尽管维叶岐什么都没问。"我得把它收起来了,不能让其他人注意到亮光,过来打扰我们。"雅礼柯接过沉重的挂坠,把项链重新戴上脖子,滑进罩衫,将其完全掩盖。

"您把它拿给我看,令我万分荣幸,老师。"

"我做事都是有理由的,主师匠。我之所以拿给你看,是想让你答应我一件事,当然了,我对你也有一个承诺。"雅礼柯抖了抖长袍,将它归置妥帖。哪怕是在如此糟糕的环境下,大司匠也总是仪容得体,虽然经历了几个月的艰苦行军和血腥战斗,他仍像在自己家中一样镇定。"如果我倒在这里或其他什么地方,没能回到奈琦迦,主师匠维叶岐,我希望你能取走失落之心,将它交还给我的家人。倘若我有子孙从南方逃回,宝石理应归他们所有,愿女王陛下的眼睛看顾他们。这是齐珈达家族最珍贵的遗产。你能担起这份责任吗?"

"我很自豪,也很感激,老师。您的信任是我整个家族的荣耀。"

"别被热血冲昏了头。"雅礼柯被逗乐了,"假如失落之心真的成了你的责任,那也是因为我死了。"

荒废古堡

维叶岐差点因沮丧而拉下脸，但他尽量控制住自己。"我是无心的，老师。请您原谅我。"

雅礼柯露出一丝浅笑。"没关系。接下来是我对你的承诺。我观察你很长时间了，维叶岐·杉-庵度珈。多年来，无论是便用工具还是制定方案，你的技艺都让我印象深刻，甚至超过了你的自我评价。我族每况愈下，我很遗憾地说，像你这样的人才实在不多。因此有朝一日，我希望你能继承我的衣钵，成为匠工会的大司匠。我已给女王的司祭团写了封信，陈明此事。信跟我的财物放在一起。如果这次我没能撑过去，你拿到失落之心时，把这封信和我的其他遗物也都拿走吧，尽可能都带回奈琦迦。"

维叶岐如遭雷击，过了好一会儿才说出话来。"真的，大司匠阁下？您想让我做您的继任者？"

大司匠略显嘲弄地皱起眉头。"如果我不想，这一定是个复杂难懂、不切实际的玩笑喽，主师匠？"

维叶岐双膝跪倒。"我一定倾尽全生，绝不辜负您对我的期望。"

"但愿那是个漫长有为的人生，小维叶岐。"不等雅礼柯继续说下去，附近便响起一阵刺耳的呐喊，明显是北方人疯狂的战吼。废墟大厅里，匠工会成员们不安地小声嘟囔着，各自聚拢，面对大门，举起了手中的武器。

"好吧，看来规划未来的时间结束了。"雅礼柯挽住维叶岐的胳膊，一瞬间像要找个支点似的，"让我们与同胞并肩而立、准备战斗吧。我们拥有的只有当下——我们只剩下这个了。"

※

短短几天时间，艾奎纳已倾尽一切可能，给威戈里的手下灌输了最基本的军纪素养。不同于艾奎纳从南方带回来的士兵，这些家伙更喜欢按北方人的方式混战，要么单打独斗，要么三五成群，进退全凭

The Heart of What was Lost

心情。即使有着压倒性的人数优势，这种打法也很糟糕，何况对手是狡猾而耐心的北鬼。公爵派出施拉迪格和另外几位信得过的副官，传授更有纪律性的爱克兰基础阵形，但战斗打响没多久，很多人就把学到的东西忘了个精光。年轻人弗洛基被荣誉驱使，带着他父亲的十几名手下，率先冲到第一堵断墙前却没停下。不等其他同僚跟上，他们已经冲开北鬼的第一道防线，冲上了山坡，直奔那座圆塔——据说北鬼的头目就藏在里面。但马上，一阵箭雨便封住了他们身后的缺口。

众人不知道弗洛基的队伍是死是活。艾奎纳只能庆幸布林督正在战场远端，看不到他儿子的遭遇——不然他一定会带上精锐，跟着弗洛基发起冲锋，导致错上加错。

现实就是这样。我不能告诉布林督他儿子的遭遇，免得事情变得更糟。乌瑟斯帮帮我吧，做统帅更像诅咒，而非祝福。其实艾奎纳很理解弗洛基他们——光是看到敌人那一张张冷酷而惨白的脸，眼前就漫起仇恨的红雾——但他不能光考虑某一个甚至十几人的命运，他的决定事关上千人的生死。

别想了，他告诉自己，挥手示意另一队士兵上山。以后会有时间后悔的。以后有的是时间后悔。

随着时间推移，太阳本该蒸发掉雾气，至少波尔图在废墟下方的山坡上是这么想的。结果迷雾反而越来越浓，在冷风下打着旋儿，最后连堡墙和古堡都看不清了。他和安德锐守在后方，保护投石机的炮手们免遭袭击。黑色的箭矢从山上呼啸而下，偶尔雾气被吹开的一瞬间，他还能看到北鬼在阴影间窥视着他们，仿佛尚未入土的尸体。好在白狐从未离开古代堡墙的掩护。

炮手们持续忙碌，将石弹一颗接一颗抛向丘顶附近的高塔，尽管反复命中，但高塔依然挺立。白昼一点点过去，雾气开始蚕食下午所

荒废古堡

剩无几的阳光,似乎不等太阳下山,黑夜便会降临似的。艾奎纳公爵铁了心要在天黑之前扫清一切障碍,他同队长们一起,带领扛着攻城梯的队伍,朝中央高塔发起猛攻,那是古堡最后的完整建筑。北鬼也终于露面,尽管波尔图和安德锐远离战团,但能清楚地看到,战斗异乎寻常地血腥与惨烈。

双方激战正酣,古堡上方的山脊间突然响起一阵洪亮的呜呜声。今早开战时,波尔图听到过类似的号角声,他以为另一支瑞摩加军队已经挺进山谷高处,马上就要居高临下进攻古堡了,心里顿时充满了希望。

但吹响号角的只是一小支侦察队,他们正从山谷彼端急匆匆地跑回来。北方人一边叫嚷,一边挥舞着胳膊,没过一会儿,波尔图的欢呼就被噎了回去。他好像听到了越来越响的雷声,有什么东西正沿着谷底朝他们涌来。

雾气如滚水翻腾,一队顶盔贯甲的骑手破开灰雾,突然出现在隘口底部,如雷的蹄声登上山谷,逼近他们。新来者要么一身白,要么一袭黑,胯下不光骑着战马,还有其他更加诡异的生物。

"仁慈的上帝啊!"安德锐惊呼道,"那是什么?"

"增援的北鬼。"波尔图已经够郁闷的了,这场战斗和这鬼地方都让他忧心忡忡,现在他的五脏六腑更像结了冰。北鬼来势汹汹,他们的人数也太多了,简直就是一股洪峰,足能席卷整片山谷,将他们都卷走,或者更糟。

波尔图推开几个逃命的炮手,一把抓住安德锐,拖着他远离那些巨大的投石机。山脚下的瑞摩加人乱了套,人群四散奔逃,不少人争先恐后地爬上山坡,跑向包围塔楼的同伴。但转眼之间,北鬼骑手便追上了他们,用奇形怪状的刀剑砍杀。一些北鬼骑着高如战马的山羊,这些非自然生物的双眼好似硫黄。有个骑手吸引了波尔图的注意力,那明显是他们的首领,一张非人的怪脸上好像还长着角。幽灵骑

The Heart of What was Lost

手披挂一身雪白的板甲，胯下是同样雪白的高头大马。

那名骑手挥舞着一柄银灰色的长剑，杀死了所有不幸闯进它攻击范围的凡人。波尔图不由怀疑，这长角的怪物是精灵从地狱召唤出来的魔鬼。但等他拽着安德锐，避开敌军的锋芒，对方的首领疾驰而过时，他才意识到，那张鬼脸原来是一顶头盔，只是面部铸成了夜枭的形状。

波尔图使出浑身解数，挡住敌人的劈砍。他举起盾牌，将安德锐护在身后，且退且走，远离北鬼推进的路线。他的头盔上挨了重重一下，差点儿就被打倒，但他站稳了脚跟。不一会儿，大部分北鬼骑兵从他身旁掠过，登上山坡，冲进了废墟。他飞快地扫了一眼安德锐，觉得他应该也没受伤。

令波尔图惊讶的是，北鬼援军并未与艾奎纳的攻城部队缠斗，而是强行突破，杀了一些凡人，己方也留下了几具尸体。随后他们继续登坡，与冲出塔楼、帮忙保护出入口的守军会合，并很快尽数入内。仔细算算，从波尔图第一眼看到北鬼士兵钻出迷雾，到他们全部消失在塔楼里，前后也就几十下心跳的时间。

丘顶尸体遍布，好在奋勇杀敌的瑞摩加人大多还活着，只是脸上挂满了惊讶。北鬼关上大门，将塔楼再度封闭。

女将军摘下头盔。她的白色发辫已在冲锋时散开，遮住了面庞，又被她抬手拢到耳后。她有着长长的下巴、窄窄的鼻子，这都是最古老的贺革达亚的家族特征。她表情冷硬，仿如年代久远的墓碑雕像。
"这里谁做主？"

"应该是我，凤奴酷将军——我是雅礼柯·杉－齐珈达，匠工会的大司匠。"维叶岐的老师做了个异常标准的手势，以示欢迎，"我们都盼着你来呢，但你的到来确实出人意料。我们还以为等不到增援了。这里的回音师都收不到回复。"

"他们帮不上忙。"她草草地回了个礼仪性的问候,"凡人带了个支达亚过来,她手上有个谓识。我们不能冒险传递信息。"

维叶岐看着眼前的救星,她就像华庭昔日传说中的大英雄,不知从何处凭空出现。当然了,他知道女将军凤奴酷的名号——大部分贺革达亚都知道。她在殉生会的地位跟维叶岐在匠工会差不多,但由于家族血统,她所处的圈子等级更高,维叶岐连做梦都够不着。

他着迷地看着她,凤奴酷转向一位副官。"去看看伤者,给他们治疗一下,确保他们都能上马。"

"伤势过重的怎么办?"那位殉生武士问她。

她只瞟了副官一眼,表情堪比冰封的池塘,然后转回雅礼柯。"你们还有多少人?"

"大概两百,匠工会成员超过一半。"大司匠回答,"还有些司祭,你看到了,都围在大元帅的尸首周围。五六位歌者,由吒音-堪带领。几位回音师。剩下的都是殉生武士,现在他们归你调遣。"

"但你的地位在所有人之上,大司匠阁下。"女将军说,"女王陛下制定的神圣等级,我可不敢僭越。"维叶岐知道,这并非实情,凤奴酷出身于伊瑶拉——也就是夜枭家族,与女王乌荼库去世已久的丈夫、传奇的奥间鸣首同出一脉。女王本人属于罕满堪家族,唯有伊瑶拉家族能与之平起平坐,而他们又远远高于雅礼柯的血统。这就好比奈琦迦底层的广场与公共集市之上有高山,高山之上更有顶峰。在最高等的贵族中间,哪怕是在最强大的殉生会和咒歌会,家族血统往往也会高于幕会内部的职务等级。

维叶岐胡思乱想,凤奴酷与雅礼柯还在安静地交谈,这时军团长罕崖奴带着一队殉生武士,押进来三个凡人因犯,打断了他们。俘虏的双臂都被反绑在身后,其中块头最大是个北方人,年轻、强壮、长着黄胡子,正扯着粗嗓门大吵大闹。同大多数工匠一样,维叶岐不会讲凡人的语言，但他感觉，这大胡子的叫声更像一头熊，而非任何智慧生物。

夙奴酷撇了撇嘴角。"真受不了他们野蛮的嚎叫。大司匠雅礼柯阁下，我能不能把他们全宰了，好让大伙清净点儿？"

雅礼柯摇摇头。"不，将军，先别。是我让罕崖奴带他们进来的。你不想问问他们的人数吗？我自己没这方面的经验。"

维叶岐不禁怀疑这是不是真的，他的老师博学多闻，说起凡人的语言绝不次于奈琦迦的任何人。他猜雅礼柯是想试探一下女将军的斤两。

夙奴酷用凡人的语言重复一遍雅礼柯的问题，然后翻译了对方的回话。"他说他叫弗洛基，是大统领'金发'布林督的儿子。"她解释道，"他还说，要不是他有些手下吓破了胆，转身逃命去了，他早就砍掉了咱们的脑袋，战斗也就结束了。"但这俘虏没说别的，既没提到外面北方人的人数，也没有其他更有用的信息。

她又问了几遍，红脸凡人和他粗野的伙伴们却什么都不说。女将军拔出佩剑，那是一柄纤细的银色巫木剑，对她来说似乎有些过长。凡人的目光立刻被它吸引，瞪大的眼睛露出瞳孔周围的眼白。"我想试试更直接的手段，大司匠阁下。"夙奴酷说，"今天我的寒根还没喝够呢，它仍想痛饮凡人的鲜血。"她又抽出一把匕首，刀刃修长而锋利。她将一长一短两把剑送到凡人面前。"如果雅礼柯大人想慢慢审问，我也可以用冷叶，它能切得更仔细些。"她朝俘虏凑近身子，二人的脸只剩一掌间隔，"不管用哪把，我的乐子都能持续很久。"

自称弗洛基的凡人又开始叫嚷，但这一次，他的声音里多了一种之前没有的情绪——恐惧。

"你的名剑也撬不出他们不知道的问题，将军。"雅礼柯遗憾地说，"恐怕我们能问的都问到了。"

夙奴酷飞起一脚，将弗洛基踢倒在石头地板上。维叶岐似乎听到了凡人胫骨折断的声音。大胡子士兵蜷起一条腿，痛得左右打滚，嘴里直吸气。

"不管他们说没说，"凤奴酷将长短双剑收回鞘中，"都解决不了咱们的问题。你有两百人，大司匠阁下，我的人手将近你的两倍。我召集了奈琦迦所有能打的殉生武士，也只有不足四百人随我上马。眼下我们做好准备，能逃回去就行。"

"逃？"雅礼柯明显十分惊讶，维叶岐很少见他这样。"怎么逃？下面的地道没有出口。"

她摇摇头。"地道？不，我们骑马逃出去——尽可能杀出一条血路。我大老远全速赶来，可不是为了死在偏远的边境要塞里。我还有个更重要的任务。"

雅礼柯点点头。"当然，你得带走大元帅奥间凤奴的尸首。他是你的前辈——你的先祖。"

凤奴酷露出一丝僵硬的微笑。"不，大司匠阁下。我来是要带走你和你的工匠们。若没有你，奈琦迦必将被凡人攻陷。你的家族，我的家族，都将像地洞里的兔子一样，被凡人屠杀殆尽。"

不知什么原因，黄胡子凡人又开始大吼大叫，口吐威胁。凤奴酷示意一下，一名殉生武士抽出长剑，用剑柄末端狠砸他的脑袋。凡人不再发出任何声音，只是倒在地上抽搐，涓涓血水从头皮下渗出。

"等一下我会亲手杀了他，就当吃顿美餐了。"凤奴酷说，"但我们时间有限，所以首先得制订个计划。"

女将军与大司匠雅礼柯继续商议，罕崖奴等级较低，只能敬畏地望向凤奴酷，维叶岐则饶有兴致地看着他们，一时忘记了眼下糟糕的形势。他当然听说过凤奴酷，但还是头一次见到她。女将军以勇武著称，虽然殉生会里也有几名女军官达到同样的高位，但在殉生武士眼里，再没有别人能让他们如此忠诚而着迷了。

女将军的瞳色浅得出奇，淡淡的眼白、灰色的瞳仁，看着就像黄

The Heart of
What was Lost

昏时的天空，而大多数贺革达亚的眼睛更似漆黑的午夜。身为女性，她个子很高，当然也没有高得过分——比起雅礼柯和罕崖奴还是要矮一些——她动作轻快，透露着难以置信的优雅。维叶岐觉得她就像一团明亮的火焰，举手投足都能吸引别人的目光。

"你们来时并没有杀死多少凡人，"罕崖奴说，"他们的数量依然远超我们。当然，我们可以以逸待劳，慢慢消耗他们的兵力。他们离家很远，补给线很容易受到攻击。"

"如果他们再来更多人呢，军团长？"凤奴酷问道。罕崖奴眨眨眼，似乎畏缩了一下。"我们被困在檀根麓古堡废墟的同时，奈琦迦的外墙亟待整修，三鸦塔城墙的山门更是无人防守。你没看到凡人运来的巨型黑铁撞锤吗？你觉得它会用在哪儿？显然不是这些老旧的石墙。凡人想用它撞开我们的家门。不等夏天的几个月结束，他们就会冲进女王陛下的寝宫，愿华庭永远保佑她。"她摇摇头，"所以，我们必须马上突破包围圈，拼尽所能返回北方。大司匠雅礼柯阁下，你意下如何？"

他看了她片刻。"我同意。既然箭在弦上，那就宜早不宜迟。"

"很好。"凤奴酷将头盔放在一截破损的石柱上，在它周围是存积了数百年的雨水，"除了哨兵，把所有幕会首领和他们的手下都叫来。如果有的首领死于今天的战斗，军团长罕崖奴，就在他们当中指定一个能执行命令的。听明白了吗？"

"你先祖的尸首和棺椁怎么办？"雅礼柯指了指巨型马车，司祭们仍跪在它周围吟唱，"我们带着它，要怎么甩开凡人？"

"我们不带。"女将军凤奴酷断然回答，"把它留下。"

雅礼柯的惊讶溢于言表。"你要丢掉你曾曾祖父的尸首？"

她摇摇头。"不。尸首并不重，放在鞍后就能带走。我会向先祖祈祷忏悔，求他原谅我的不敬。至于那副石棺——它根本毫无用处。我们不能被它拖累。把它砸碎吧，免得被凡人的脏爪子玷污。"

荒废古堡

维叶岐看着黄胡子凡人,他还在痛苦地抽搐,让左右两个俘虏两眼发直。凶残的入侵者这下凶不起来了,他心想。北方人虽然须发浓密,内心却就像受惊的孩童。

他突然有了个想法,但一直等到雅礼柯和夙奴酷都不再开口,才举起一只手,恭敬地说道:"如果老师和将军允许的话……"

雅礼柯转身看向他。"什么事,主师匠维叶岐?"

"我好像听您说到,主领诗吒音-堪依然活着?"

"对,"老师回应道,"我看到她了。怎么?"

"请原谅,"维叶岐说,"我想到了一个主意。"

公爵军队的营火都不大,尤其是那些最靠近废墟的。波尔图和安德锐还在看守投石机,它耸立在二人头顶,映着点点火光,活像一头警觉的巨龙。

"可那些白狐是从哪儿来的?"安德锐已经问十多遍了。

波尔图也懒得回答了。他捅了捅火堆,双手尽可能凑近火苗,只要不烫着就行。

"他们是鬼吗?都走么近了,侦察队怎么就听不着呢?"

"哦,仁慈的安东啊,他们是北鬼,但不是鬼!"波尔图感觉有东西在他肚子里抓心挠肝,一旦它跑出来,准能把整个世界啃个精光。这鬼地方快把他逼疯了。"精灵也会死。你看不见倒在雪地里的尸体吗?你看不见血吗?是红的,跟咱们一样。一旦流尽鲜血,他们也会死。"

"你听到那个士兵的话了。不到一个小时前,他射中一个北鬼三箭,可那家伙就跟没事儿似的!一眨眼就没了。这不是鬼是啥?"

"上帝宝血啊,伙计,你能不能消停一会儿?北鬼很狡猾,去过海霍特的人都知道。他们会制造影子、藏匿声音——但影子伤不了咱们。"

"可是,那个……"安德锐都快喘不上气了,还是不肯闭嘴,"他们是从哪儿……?"

二人身前的火堆突然猛烈燃烧,仿佛有强风吹鼓火炭。但火苗并未转向,而是直直地蹿起一人多高,在众人头顶跃动。周围的营火也喷发成一根根摇晃的火柱。北方人惊慌失措,手脚并用地爬开。火焰第一次翻腾时,波尔图就朝后摔倒,这会儿四仰八叉地呆坐在雪地里,安德锐更是连眼珠子都鼓了出来。有些士兵吓坏了,哭喊着上帝或母亲的名号,还有些人只剩下语无伦次的哀号。

波尔图面前的火舌中现出一张脸——不光是他的营火,整个营地的火堆里都有。炽烈的面孔如激荡的涟漪,又像隔着一层深水。那应该是张女人的脸,但太不真实。她双眼怒睁,嘴巴大张,其中满是燃烧的火焰。

"是女王!"有人惊声尖叫,"白狐女王!她回来了!"人群从火堆前散开,朝四面八方乱跑,仿佛纷乱的鸟兽。

"凡人!"声音从每一堆火里、从每一处人群中间如雷霆般滚出,冷如帐篷绳索上冻结的寒冰,"你们都将死在这里!我将夺回属于我们的一切!"

这可怕的声音到底来自周围的空气,还是从头骨内部传出,波尔图说不清。他看到安德锐跌跌撞撞地从身旁跑过,便上去一把抓住年轻人的大腿,将其重重地按进泥泞的雪地。波尔图不明白发生了什么,他只知道,如果任由安德锐跑开,这小子准像冲进寒夜的野兽,就再也回不来了。安德锐如受惊的孩子般手脚胡乱踢打,但波尔图紧紧按住他不放。火中的幻象终于熔化了,火苗恢复成原本的模样。又过一会儿,火堆噼啪响了几声,彻底熄灭,营地陷入一片黑暗。

波尔图的脑海里依然回荡着恐怖的声响,但他好像又听到了别的声音,过了一会儿,他才分辨出那是痛苦而惊讶的叫喊,还有短促的

荒废古堡

哭号——与其说看到，不如说他感觉到，丘顶废墟间吐出一片疾驰的阴影，朝营地的方向横扫而来。周围的人们接连死去，丧命于几乎隐形的敌人之手，但波尔图为了按住挣扎的安德锐，根本腾不出手拔剑。

"他们来了！"他在朋友耳边嘶声叫道，"北鬼来了，想把咱们杀光！你他娘的臭小子，快站起来，跟他们打！"

安德锐突然不动了，波尔图一时还以为是哪个无形的杀手捅死了自己怀里的年轻人。就在这时，丘顶迸出一道红光，照亮了安德锐的脸，只见他两眼直勾勾地盯着废墟，嘴巴难以置信地大张着。波尔图扭过头，想看看光亮从何而来，结果发现废墟边缘燃起一蓬大火，升腾的火柱远远超出之前不正常的营火，几乎比周围的大树还高。那团燃烧的物体缓缓滚下山丘，扑向营地，一开始很慢，颠簸着、弹跳着滑过岩坡，随后速度越来越快，波尔图的心跳也跟着一点点加速。那东西光轮子就有一人高。

是车子，他迷迷糊糊地想，某种巨型战车。他没猜错，但那上面还有别的东西。宽阔的车厢上摆着一具石棺，同样十分巨大，只是棺盖打开了一半，里面的东西正在熊熊燃烧，拖着一条长长的火焰尾巴，标示出车子急遽下山的路线。波尔图目瞪口呆，突然，一道人影尖叫着从起火的巨棺中蹿起，将棺盖掀到一边。那东西戴着面具，翻滚扭动，浑身浴火。它全身缠满着火的绷带，仿佛在石棺中疯狂旋转的火炬，抽打着空气，不停地尖叫、尖叫——波尔图从没听过这么不像人的声音，那完全是不成句子的嚎叫。第一拨阴影武士冲出废墟时，有不少人趴到地上躲避，这时他们纷纷爬起来朝山下狂奔，只为避开战车上那个燃烧、咆哮的人影。

围攻部队战意全无，不管是南方来的新兵，还是久经沙场的瑞摩加人，心里都只剩一个念头：远离那火焰幽灵。许多人被波尔图看不见的箭矢放倒，或在夜幕中被更加黑暗的阴影包围，等他们倒在雪地

The Heart of What was Lost

不再叫喊时,要么喉咙被划开,要么肠子撒了一地。

有东西砸中波尔图的脸,令他晕头转向。是安德锐,他已经吓疯了,拼了老命似的挣开波尔图,连滚带爬逃下山坡,远离古堡。

波尔图不知该怎么办。营地鬼影憧憧,身边死了好几十位战友,其他的也如鸟兽散——他能听到有些人在树林间迷了路,狂叫着恳求上帝救救他们。这一切发生得太快了,好比一阵狂风,转眼间便将军队吹得七零八落。

波尔图挣扎着爬起,去追安德锐。别的他也做不了什么。别人他也顾不得了。

古堡废墟的中央大厅内,咒歌刚刚唱罢,主领诗吒音-堪便一头栽倒在不甚平坦的石头地板上。她气喘吁吁,像条离水的大鱼,细瘦的四肢不停抽搐。维叶岐想上前帮帮她。

"停!别碰她!"雅礼柯喝道,"火灵还在她身上。看啊。"

维叶岐看着几名身穿红袍的咒歌会成员小心翼翼地凑近吒音-堪,好像她是条沉睡的火龙。其中一人将手杖插到她身下,让她翻过身。维叶岐不由后退了几步,只见歌者的脸和双手,也就是她暴露在外能被人看到的部位,皮肤下都闷燃着热光,好像她的身体是用蜡烛熔成的一样。

"她还活着吗?"维叶岐轻声问老师,"她是这里最强的歌者了。"

"也是唯一能让火焰说话的人。"雅礼柯摇摇头,"这是大师级的技艺,但她做到了。我很诧异她还活着,虽然可能撑不了多久。就算能挺过来,暂时她也帮不上我们了,除非她能回奈琦迦得到治疗。"他转向歌者们,他们正将吒音-堪抬起,用一块厚毛毯裹住她的身子。隔着几步远,维叶岐仍能感受到她散发的热量。"你们所有人,都快走,"雅礼柯对他们说,"趁凡人还在惊慌失措,快带她离开。

多亏吒音-堪的努力,夙奴酷将军才帮我们开出一条路,但它很快又会被敌人封住。"

歌者们加快速度,抬起首领冒着白气的身体,仿佛抬着一件圣物。雅礼柯朝维叶岐点点头。"我们的工匠都逃出去了,你我也该走了。"他说道。

二人登上窄梯,走向没有天花顶大厅在地面层,维叶岐不禁惊叹于老师平稳的脚步。他俩都没吃东西,这几天也没睡多少觉,雅礼柯还是个老人——贺革达亚刚在圣山奈琦迦安家时,他已经出生很久了——而现在,他上楼梯仍像年轻人一样轻松。等维叶岐活到同样年纪,还能有老师一半的精力,他就心满意足了。看眼前的形势,他能不能活过当下都是个未知数。

"你的主意很高明,小维叶岐。"雅礼柯的声音从近乎全黑的上方传来,"我本以为夙奴酷不会听呢,但她与其他殉生武士不同,跟其他同辈也不大一样。必须承认,她让我很惊讶——我没想到她会丢下那烦人的马车和她先祖的棺椁。"他轻笑一声,"你的主意就更棒了,简直让我惊喜。"

雅礼柯很少称赞别人。尽管他们离凡人愤怒的刀斧与箭矢近在咫尺,维叶岐依然充满了骄傲。"多谢夸奖,大司匠阁下。"但他仍有些困惑,"我只是建议吓唬一下北方人。您为何会如此惊喜?"

"打赢原本要输的战斗是一回事,往敌人的伤口撒盐是另一回事。自打风暴之王失败,这只是一场无关紧要的小胜,但被石棺迎面撞来时,我真想看看凡人的脸上会是什么表情。你觉得,他们会以为那是大元帅奥间夙奴吗?是他本人要来烧光……?"

维叶岐听到,大司匠外袍的沙沙声突然停了。他赶忙伸出一只手,碰到老师的手肘,好让对方知道自己还在身后。

大司匠转过身,抓住他的手,用手指在他掌心画了几下,意思是"安静",然后又画个记号,叫他"等等"。

The Heart of What was Lost

过了一阵儿,雅礼柯终于说道:"他们撤离古堡了。华庭在上,这些凡人简直跟家畜一样吵。当初他们是怎么打败我们的?"他领着维叶岐登上破碎的台阶,走进夜晚的寒风,脚步缓慢而小心。

"我们不该快点儿吗,大司匠阁下?"

"如果被截住,我们想逃也是逃不掉的。把你的力气留到需要的时候吧。"雅礼柯迈步走向废墟远端,走向比檀根麓古堡废墟还要高一些的丘顶。

受伤的凡人在下方山坡发出一阵阵惨叫,维叶岐听在耳中,心里充满了鄙夷。这群污秽的野兽,就不能有点尊严,忍一忍身上的伤痛吗?"我们去哪儿跟凤奴酷他们会合?"他问道。

雅礼柯已经踏上隆起的山坡。他并未转身,声音却朝维叶岐飘来,轻如振翅的飞蛾。"很简单,主师匠。凤奴酷继承了她先祖的暴烈,甚至犹有过之。我们只要跟着凡人的尸体就行了。"

"以铎尔、安东和满天诸神的名义,这到底是怎么了?"艾奎纳大踏步走向围着马车残骸的人群。那架着火的车子滚下山坡时,撞死了十几个士兵,更将至少二百多人吓成无头苍蝇,逃进了黑夜。公爵估计许多逃兵已经被北鬼杀了,希望等太阳升起,他能把所有幸存者都找回来。今晚就是一场灾难,所有北鬼都已离开废墟,北上逃了。

艾奎纳闻闻空气,烧焦的肉味让他的肠胃翻了个个儿。他走近人群,再次抬高嗓音。"我说了,到底怎么回事?你们都围着干吗?施拉迪格,是你吗?我看到布林督的马了——他在哪儿?我明明叫他跟上那些逃跑的死怪物,不能叫他们跑了。我们必须穿过荒野,追捕他们,把他们一个个全都杀光。"

"威戈里都统带着弓箭手去追了。"施拉迪格在黑暗中回答,他的声音古怪又沙哑。"布林督……他……"

荒废古堡

艾奎纳的心头和肠胃同时一凉。他快步上前,不顾身上的几处伤口还在淌血、发痛。"啊,仁慈的乌瑟斯,是布林督?难道他……?"

他分开人群,才认出那些人的身份。其中一张是施拉迪格悲恸的长脸,其他都是布林督的思侃盖士兵。还有一人跪在冒烟的马车残骸和翻倒的巨型石棺旁边,艾奎纳看到他,心里总算放松了一些。那是布林督统领本人。

布满灼痕的石棺间探出一具焦黑的尸体,一半在棺材里,一半在棺材外。遗骸上还有些暗淡的血肉、几颗暴露在外的牙齿、几小块尚未烧毁的绷带。乌黑枯萎的焦尸伸出一只还算完整的胳膊,手腕上套着一只粗大的金手镯。

布林督抬起头,火把光下,他两眼通红,面容一下子苍老了几十岁。"是他的。"布林督抬起那只胳膊,让火光映照在手镯上,"半年前,他在克拉齐旷野清剿司卡利的残部,这是当时的战利品。"布林督一定是以为艾奎纳没听懂,于是眨眨眼睛,继续说道,"是弗洛基,我儿子。他们把他活活烧死,推下山坡,像吓唬小孩一样恐吓我们。"布林督慢慢摇摇头,"上帝咒诅他们。上帝咒诅他们!"等他再次开口,声音已平静多了,"我该怎么告诉他妈——这才是最糟心的事。"

"没有比这更糟心的了,"艾奎纳说,"我深有同感。"施拉迪格凑过来,碰碰公爵的胳膊,提醒他还有很多事要处理。"你暂且留下,布林督,"艾奎纳说,"把你儿子埋了吧——还有其他人。等你振作些,再拔营跟上我们。"

"也只能这样了。"布林督说。

艾奎纳不喜欢他的语气,但也庆幸能将这位统领暂时留在后方。布林督是个好人,只是这次的打击未免过大,艾奎纳很能理解他的伤痛。"我们都会记住你儿子。"他说,"愿上帝尽早将他接进天堂,拥入怀抱。敌人使了什么伎俩,怎么害死他的,全都无关紧要——不过是残忍的战争中,那些精灵杂种强加给我们的又一项暴行而已。弗洛

The Heart of What was Lost

基在战场上被俘，死得像个英雄。就这么简单。"

"你说是就是吧，殿下。"布林督放下了儿子的胳膊。

艾奎纳不想再看那具焦尸一眼：它就像某种古老而非人的东西，却拼了命地想要化成人形。"这是事实，布林督。"

诺思侃统领的脸像死水一样麻木而空洞，声音里却带着艾奎纳从未听闻的尖刻。"我毫不怀疑。但这么多人的儿子没到时候就成了'英雄'，你还没看够吗，艾奎纳？我更想看着他活下去，生下他自己的儿子。"

公爵什么也没说。他甚至无法真正感到悲伤，因为他知道，这只能让自己变得软弱，而他现在需要坚强和果断。他和威戈里必须在野地里追上北鬼，免得他们又钻进某个洞穴——要是他们逃回风暴战矛下的老巢，那就更糟了。他伸出一只手，按了按布林督的肩膀，然后朝施拉迪格点点头，示意对方跟上，留下那位统领独自哀伤。

第二章

The Heart of What was Lost

三鸦塔

"所有贺革达亚都知道,我们的贵族少年长到一定年纪,便要进入夜挞敌箱。他们能否逃出箱子,将直接决定他们日后的人生轨迹。

"年幼的凤奴酷·杉夜-伊瑶拉也接受了试炼。她逃出箱子速度之快,令在场所有人惊讶不已,在他们的印象中,从来没有其他孩子做出过同样的壮举。

"成为将军后,凤奴酷同样展示了自己的实力:没人能打破檀根麓古堡的围攻,她却带领一支小队,不但救出了被围困在废墟里的同胞,还原路杀出,将北方人打得七零八落,犹如镰刀一般。敌兵尾随追赶,却被她的勇气和武艺震撼,她带着大家逃出生天,继续向北,奔往城墙。

"城墙建于我族最兴盛的时期。那时阿苏瓦仍属于支达亚,奈琦迦的势力一直延伸到圣山之外,整个北方都是我族的领地。

"但我族人口日渐稀少,北方人渡过冻海,开始在凯达亚的土地上大肆破坏。遵照伟大的女王陛下的命令,我族尽数退回圣山的保护之下,原来的奈琦迦最终被荒废,成为遗址,灌木、杂草和寒风渐渐夺取了这座外城。至于城墙,那道环绕我族圣山、绵延数里格的广阔石环,情况也好不了多少。到第十三任大司祭苏纶就职期间,殉生会撤走了城墙上的最后一批守卫,将他们召回,以便更好地保卫城市,以及神圣的女王乌荼库。

"言归正传,凤奴酷带着剩余的手下,赶在凡人入侵者之前,终于抵达了三鸦塔。但他们发现,这里的形势不妙,塔楼残破,空置已久,由它守护的城墙也极不牢靠。尽管匠工会的领袖、大司匠雅礼柯

三鸦塔

阁下同她在一起，但他们并没有足够多的工匠，北方人又咬得很紧，修补工作实难完成。尽管如此，贺革达亚依然决定在此坚守。他们相信，凭借凤奴酷的军事才能，一定能将凡人尽可能远地拦在圣山和城市之外。

"而在城中，众人并不知晓凤奴酷将军是否完成了任务。她临行前又带走了绝大多数殉生武士，奈琦迦巨窟的前景显得一片渺茫。女王陛下的臣民们都很担心，万一挡不住入侵者，接下来又将发生什么？

"他们的担心不无道理。"

——文牍会的米嘉·杉夜-津纳塔夫人

公爵的体重委实可观，压得战马差点儿在陡峭的山路失去平衡，四蹄在碎石和岩屑间滑下去一小段。艾奎纳拽紧缰绳，看向两边远处隐约出现的断崖。

"再说一遍，你怎么知道他们没设下伏兵？"公爵问道。

侦察兵点点头。"我们没看到一丁点儿动静，殿下。我猜是精灵数量太少——我敢说，他们都躲在塔里呢。来吧，大人，再走一小段，就到我们准备扎营的地点了。"

艾奎纳嗤之以鼻。"数量太少？话别说这么满，小子。尤其是现在，我们已经追进了他们的土地。"

"我和我的人找到一块便于观察的高地，大人。我们能看到墙后面，直到他们那该死的大山。这一回，不等他们的援军赶到，我们就能提前看见。就在前面一点儿，大人。"

艾奎纳回头看看身后，骑马的士兵正排成一列，慢慢登上隘口。施拉迪格离他最近，好像一条忠犬，然后是布林督和他带来的思侃盖人，再后面是威戈里的艾弗沙步兵。顶多还剩两千人吧。他真要带着

The Heart of What was Lost

这么点儿兵力进入北鬼的禁地，同时指望完完整整地回来？

但这不是重点，对吧？艾奎纳心想。重点是，我们不能放过任何一个活着的精灵，免得他们再来骚扰我们的土地。只要能达成这个目标，不管发生什么，不管牺牲多少人，都是值得的。他想到妻子桂棠还在等他，不是在艾弗沙，而是在遥远的南方、百废待兴的海霍特。他知道她一定很忙，受伤的男男女女需要她照料，新国王与王后需要她的智慧与忠告。至少这能让她忙活一些，好转移失去儿子的悲伤。艾奎纳却不知多少个夜晚辗转难眠，看着北方寒冷的星空独自心痛。他经常想象，如果事情没这么发展，如果他们打败了敌人，他的儿子艾索恩却没死，那会是什么情景呢？

战争不会结束，他突然想到。战争会变成故事，讲给孩子们听。昨天的战争会变成引线，交到今时尚未出生的孩子手中，并在日后燃起新的战争。战争永远不会结束。

我们凡人真是暴烈的种族。为了复仇——不对，是为了正义——我们宁可放弃短暂而又宝贵的人生。难怪不朽者会怕我们。

陡峭的山路顺着隘口延伸，偏向一边。等他们绕过一段宏伟的崖壁，艾奎纳的眼前豁然开朗，他看到了山顶，看到了晦暗的天空，看到了将北鬼领地整个环绕起来的乌黑的巨墙。墙体高出山口三十腕尺，犹如一排巨大的黑色石板，从这一头延伸至另一头，活像某个巨人石匠的作品。

道路逐渐攀升，通向关口中央的一座城门，其门洞早被石头填满，上面立着一幢方形高塔。在艾奎纳眼中，整个建筑的比例都有很大问题，尤其是塔冠，他还从未见过这么怪异的设计。那上面有三个鸟喙状的突起，中间的朝前，另外两个分别偏向两边，每一支都高出墙头十腕尺以上。他觉得这玩意儿都不太像塔楼了，反而更像一件武器,一柄巨大的钉头杖,使用者则是个比天还高的巨人。

"好心的艾莱西亚,仁慈的圣母啊。"他感叹道。

施拉迪格在艾奎纳旁边拉住缰绳。他的表情活像咬了一口苹果,却发现里面有半条扭动的蠕虫。"真是个邪恶的地方。"

另一个声音响了起来。"凡人和不朽者的作为可以算作邪恶,但这地方就只是个地方而已。"希瑟女子阿雅美浓驾着坐骑,来到二人身旁。她的马纤细而苗条,但面对寒冷和崎岖的道路,并不次于在北方冻土养大的瑞摩加战马。"这里的泥土也曾充满生机,就跟别处一样。"

"那可憎之物有名字吗?"艾奎纳问。

"那个?"她做了个几乎很难觉察的手势,以她同族的方式耸耸肩,"它叫三鸦塔。你一定看到那几只鸟喙了。守卫者可以在上面丢石头、倒沸油,或者其他讨厌的东西,以阻止敌人攻上墙头。"

自从离开檀根麓古堡、追踪北鬼已有一个星期,但艾奎纳始终不喜欢希瑟女子的陪伴。他发现,他见过的所有希瑟都很难理喻、难以沟通,更让他无比沮丧的是,他们似乎并不情愿与残忍的同族北鬼交战。如果说不朽者吉吕岐和亚纪都令人沮丧,他们的母亲理津摩押几乎让人抓狂,阿雅美浓更是有过之而无不及。虽然她一直待在公爵的军队里,偶尔也会提供一些信息,但她对凡人的一举一动,包括他们的死亡,全都无动于衷;就连凡人有没有抓到北鬼,好像她也全不在意。要知道,北鬼对待她的族人,并不比对待瑞摩加人好多少。有几次他甚至担心,阿雅美浓会不会是不朽者安插进来的密探,他也派人秘密监视她,但从未发现她有背叛的迹象。

"你觉得北鬼会在塔里防守?"公爵问,"还是会抓紧时间逃回风暴之矛?"

"他们会全力守住关口。"她回答,"他们没得选择。你有没有看到塔楼右边的城墙有什么不一样?"

The Heart of What was Lost

艾奎纳眯起眼睛,但暮色凋残,雄伟的高墙覆盖着厚厚的阴影,他什么也看不清。"不行。我的眼神不如你们希瑟。有话请直说。"

"几年前,那时风暴之王还没有掀起战争,这里发生过地震——大地剧烈摇晃,震垮了奈琦迦遗址周围的好几处城墙,其中就包括塔楼旁边的那一段。再走近些,你会发现,就连塔楼都朝旁边倾斜了几分。"

"我看不出城墙有倒塌过的迹象。"

"因为他们修复过,只是比较匆忙。我的族人派队伍帮助他们,当时贺革达亚尚未与我们公开决裂,但乌荼库女王拒绝了我们的好意。不过我们很清楚,修复工作只是草草完成,大概因为女王已将目光转向了南方,转向了凡人的土地。"

"草草完成?什么意思?"布林督也加入到这场临时谈话,"我没有你那该死的精灵眼睛,但我看得出它很结实。"

面对侮辱,阿雅美浓一如既往地平静。"没错,石料又一次堆叠起来,他们的技艺也无可挑剔,但城墙未能施以全部仪式。为了筹备风暴之王的回归,女王的咒歌会分身乏术。我们应该庆幸的是,最后他们不但打输了,还耽误了其他事项,所以城墙未能附着约束真言和其他咒符。那段城墙很脆弱,仅靠蛮力就能把它撞坏。"

"还能用什么?"布林督质问道,"巫术?就像你那些受咒诅的同族?"

艾奎纳踢踢马腹,隔开愤怒的瑞摩加人和阿雅美浓。与唯一的信息来源发生争吵不是个好主意,而且这一次,希瑟女子确实能提供不少帮助。"拜托,请解释一下。"艾奎纳对她说,"你想说明什么?"

"我已经说过了。你们有蛮力,有战争器械和攻城装备,比如你们的巨型攻城锤。那段城墙很脆弱,仪式本可让它坚不可摧,但他们未能施加仪式。地震削弱了塔楼,城墙也被严重损坏。"她抬头看向关口,看向尖尖的三鸦塔,"你会损失不少士兵。贺革达亚会凶猛反抗。但你若想穿过城墙，进入他们的土地，就可以从那儿入手。"

"我们凭什么相信你？"布林督吼道，"之前你就没提过有用的建议，现在怎么发善心了？在废墟时，你干吗不提醒我们有一支北鬼军队会来偷袭？"

阿雅美浓只是温和地看着他。"我对那支军队一无所知。我向你保证，北方人，贺革达亚知道我来了。他们煞费苦心不让我感应到他们的计划。"

艾奎纳还在考虑眼前的事，没被他们分心。"这次你能确定吗？他们会不会向你隐瞒别的事？"

"当然会。但我告诉你的事是真的——不信你可以骑着马，绕着城墙看看。但直到换季，你也找不到其他弱点了。"

"你看出我有难处，对吧？"艾奎纳皱起眉头，"我手上掌握着几千人的安危呢。你能保证我一定成功吗？"

这一次，希瑟的脸上终于有了情绪波动，她的嘴唇微微抽搐了一下。"我什么都没法保证，艾奎纳公爵。许多凡人会死。许多贺革达亚也会死。不论是谁，随时随地都有可能面临这种命运，死敌间的拼杀更减少不了死亡的概率。但你若想穿过城墙，进入奈琦迦的土地——若你真想攻陷那座城市——那你找不到更好的位置了。我言尽于此。决定权在你。"

※

"看，我们到营地了。安德锐，听见没？我们到了。"北鬼逃走时，年轻的士兵没受什么重伤，但他也跟波尔图一样，被巨大的无力感压倒了。接下来大部分时间，他都在马背上、在波尔图身后昏昏欲睡。"安德锐？"

"能停下歇歇了？"

"对，是这个意思。瞧啊，营火已经生起——事实上，我闻到有

The Heart of What was Lost

人在做吃的。"这里地处遥远的北方,白天却长得不自然,太阳才刚下山不久,便已经离午夜不远了。众人在积雪覆盖的厚重松林间扎下营地,两边皆是险峻的峡谷,远远避开阴森的城墙,就算射程最远的弩箭也别想够得着。波尔图勒停马匹,迅速瞥了眼鸟喙状的塔楼,它蹲伏在紫黑色的夜空下,好似太古初期、救主降临人间之前的某种可憎的异教偶像。"跟我来,小子。"他故作从容地转过身子,背对着塔楼,对同伴说道,"不管晚饭还剩下什么,我们都不该错过——我都快饿死了。"但爬上最后一段斜坡时,波尔图被迫看着塔楼越变越大。尽管他说自己饿了,但此时此刻,他最想要的既不是饭,也不是酒,而是想找个看不见塔楼的地方猫起来,直到那玩意儿被夜色彻底埋葬。塔楼好像在盯着他们。他甚至有种联想,感觉那东西正在嗤笑凡人的弱小和微不足道。

他们找到一个篝火堆,正从炖锅里舀出最后一点凝结的肉汤,安德锐突然抬起头。"波尔图?"

"啥事,小子?"

"我记不起回家的路了。"

"什么意思?"

"我不记得我们走过哪些路,不记得我们怎么来的了。我找不到回家的路了。别丢下我。"

波尔图看看火堆周围的其他人,其中有从纳班和珀都因来的雇佣兵,还有个瘦削但精壮的老兵,来自约书亚的爱克兰军队,不知道他们会对年轻人的话作何感想。好在所有人都埋头吃饭,连眼皮都没抬。"什么意思?"他轻声问道,"我不会丢下你的,小子。我保证。"

"我甚至不记得回我家房子的路了。但你记得,对吧?你去过港壕区。我知道你去过。"

波尔图摇摇头。"我去过吗?我好些年不想回忆家里的事。"他打个哈哈,试图调动年轻人的情绪,"你该感谢圣人让你忘掉它。那

三鸦塔

鬼地方,尤其是岩角区。"

"别开玩笑,波尔图。"安德锐直勾勾地盯着他,眼眶里露出一圈惊惶的眼白,被闪烁的火光一照,显得愈发诡异。"我不开玩笑。答应我,等仗打完了,你一定要带我回家。"

"我们一起回去。"波尔图费尽全力才让声音显得轻松些,其实他跟安德锐一样,已经快被这黑暗、险恶的土地吓软了。他有时觉得,如果不是要照顾这位年轻人,恐怕他早就开了小差,冒着被饿狼、野生巨人和其他怪物吃掉的风险,掉头逃回南方去了。"我们都会回家的——你、我、在场的所有人。老公爵艾奎纳会带领我们。人们会沿着道路列队欢呼,大声称赞我们是'最终打败北鬼的英雄!'到时你就不用别人带路了,因为你的家人,还有我的家人——我的老婆孩子——都会等在那里,欢迎我们回家。"

安德锐盯着他看了好久,什么话也没说。他的脖子上围着红白两色的港壕区围巾,脏兮兮得沾满了泥,还纠缠着不少松针。年轻的士兵抬起手,摸了摸围巾,表情软化下来。他眨眨眼睛。"当然,"他说,"当然。谢谢。你是个好朋友。"

"既然我是你的好朋友,你干吗还抱着酒囊不撒手?我快渴死了,给我喝点儿。"

安德锐递过去,波尔图灌了一大口。这酒很酸,有很浓的橡木味道,来自最后也是最小的一只酒桶,士兵们用小推车把它从伊思崔兄弟的葡萄园一路推到了北方。眼下他最想要的就是它。因为这酒有救赎的味道。家的味道。

维叶岐与剩下的贺革达亚赶回三鸦塔,他终于感觉安全了。当然,他知道这想法很蠢——事实上,危机每时每刻都在加剧,不光是对他们,更是对整个种族。除非发生不可预知的奇迹,外面的凡人军

The Heart of What was Lost

队肯定会将他们撵回奈琦迦，攻陷他们最后的城市，剿灭维叶岐的族人，将所有男女老幼像害虫一样斩杀。尽管知道这骇人的惨剧一定会发生，他依然感觉好多了。回想当初，风暴之王刚被打败，爱克兰的巨塔轰然倒塌，在浓烟、灰尘和最后几道魔法火光中化为瓦砾，全族夺回大地的希望灰飞烟灭，那才真叫难熬。

事实上，维叶岐已经见惯不惊了，就像过去的几个月什么也没发生。三鸦塔的坚石有助于打消他的焦虑，它们守在他周围，仿佛圣山巫－奈琦迦在亲自保护他们。檀根麓古堡废墟荒凉而破败，只是穷途末路时的临时避难所。虽然维叶岐知道，守在这里终究也是一死，但与檀根麓古堡不同，这座塔楼最起码有屋顶。光是躺在星光照耀不到的黑暗里，他就感觉像是回到了圣山下的家。在开阔的天空下，贺革达亚已经好久都找不到安全感了。

让他放心的另一个原因，则是女将军凤奴酷，虽然他也是刚刚才体会到这一点。凤奴酷就站在他面前，正与雅礼柯老师谈话。她依然身披刀痕斑驳的铠甲，虽然经历了惨烈的搏杀，但只在脖子上留下了一道小伤口，一线干涸的血迹蜿蜒流下她的喉咙，探进护胸甲，好似画在古旧地图上的小路。一周多来，她带领幸存者逃向三鸦塔，与北方人的侦察队发生无数战斗，但她的淡色眼珠中看不到丝毫倦意。维叶岐在奈琦迦有个聪明貌美的妻子，可凤奴酷仍让他深深着迷，这种感觉他从未有过。光是听到她坚定而冷静的声音，他就觉得半数问题已经解决了，只是他的老师明显没这么确定。

"我们的工匠大多还在。"雅礼柯告诉女将军，"没错，我们没法施展约束咒文——最强大的歌者尚未恢复，我们做不到。"他指了指主领诗吒音－堪，女歌者人事不省地躺在不远处的临时床铺上，两个侍徒在旁边照顾她。她原本皮肤苍白，如今眼睛、太阳穴和喉咙周围的皮肤却笼上一层黑糊糊的阴影，每次粗粝的呼吸都像拼尽了全力。"但匠工会能用技艺和经验去弥补。"

三鸦塔

"不,长时间守在这里毫无意义。"夙奴酷回答,"我们必须尽快返回奈琦迦。"

"奈琦迦?"雅礼柯的语气带上一丝审慎的怒意,"可你说过,将军,奈琦迦已经没有殉生武士和其他士兵了。也就是说,我们唯一的选择是守住这段城墙,直到凡人知难而退。虽然风暴之王已被放逐到死亡帷幕之外的世界,但顶多几个月,寒冬便会把凡人赶回家。"

维叶岐只想知道自己的族人能吃什么。城墙与圣山间的土地空空如也,历经多年的风霜与荒废。有些族人已经几个星期没吃东西了但他没敢大声说出来。

"真正的问题在于,"雅礼柯继续说道,"你率领的是最后的殉生武士,将军。如果我们失败或胆怯,奈琦迦手无寸铁的族人们将彻底失去保护。"

"我是说,我离开时奈琦迦没有了士兵,大司匠阁下。"夙奴酷说,"可他们仍在三三两两地返回。风暴之王陨落时,我族的幸存者被打散了,他们只能各找办法回归,有些人的路程艰难又漫长。我自己带着三百名殉生武士和其他幕会成员离开爱克兰,由赫尼斯第的海岸山丘返回,一路与愤怒的凡人交战。其他人估计也差不多。"她的微笑仿佛苍白皮肤上的刀伤,一道不流血的创口,"不,我们必须返回奈琦迦。我们在南方战败的消息给了凡人勇气。那些瑞摩加人也许是第一批袭击者,但绝不会是最后一批。"她做了个否定的手势,"现在,请靠近些。如果想守住城墙,那我们一定会输。但我们又必须守住它,至少撑上一阵子。"

维叶岐没听懂她的意思。看来他老师也是。大司匠眯起眼睛,摊开手指比画一下,意思是"我在听"。

"我们必须守住城墙一阵子,好让大部分人平安返回奈琦迦。"她说,"奈琦迦才是我们最后的立足之地,必须集结一切人手和武器保住它。虽然女王陛下仍在瞌榻－荫酌的掌握下沉睡,没法保护我们，但你我都清楚，我们还有别的办法。圣山深处还有别的东西——可怕的东西……"

雅礼柯又做个手势，打断了她。"怎么守，凤奴酷将军？我很钦佩你们殉生会，但要守住这座塔，至少需要一百名驻军。就算危急时分把人数减半——好比伟大的露扎瑶镇守冬阳塔城墙时，只用二十四名殉生武士便顶住了巨人的大军。但钦佩归钦佩，我们当中可没有'鹰瞳'露扎瑶啊，也没有他那二十四众的勇气。"

"我会安排一些殉生武士留下，保证他们每一位都能以一当十。"女将军说，"再加上十几位工匠的协助，我相信他们能守住这座塔，直到其他……"

一个古怪又嘶哑的声音打断了她。凤奴酷转过身，维叶岐和他老师雅礼柯也一样。是主领诗吒音-堪，她曾费尽全力，在檀根麓古堡借着火焰发声，现在终于挣扎着坐了起来。

"夫人，别动！"一名照顾她的歌者惊叫道。他弯下腰，想帮吒音-堪躺好，但主领诗一把抓住他的手臂，将他甩了出去，力道大得惊人。那人旋转着飞过半个房间，撞在墙壁上，发出"砰"的一声闷响，瘫在地上不动了。

吒音-堪缓缓站起，笨拙地摇晃着，双腿如杨树枝一般僵硬，脸上的表情把维叶岐吓了一跳：她两眼上翻，露出新月状的眼白，下颌上下开合，却没发出半点声音，像在咀嚼空气似的。

"我去找人帮忙！"另一位歌者尖叫道，"她不太对劲儿。"

"你……给……我……待……着。"吒音-堪咬牙切齿地吐出几个字，每个音节都极其沉重，令人不适。维叶岐认出了这个刺耳而低沉的声音。它的主人并不是垂死的主领诗，而是某个更令人恐惧的人物。

凤奴酷抽出宝剑寒根，剑身放平，指向那家伙的胸口。那双如盲人般上翻的眼睛不可能看到灰色的长剑，但吒音-堪松弛的嘴唇却突

三鸦塔

然咧出一抹微笑,令维叶岐直犯恶心。

"哎哟,果然有种,让人刮目相看。"刺耳的声音说道,"我一直相信,你继承了你先祖的优良血统,凤奴酷·杉夜-伊瑶拉。"

"有话快讲,黑暗外域的怪物。"女将军抬高巫木剑,想要逼退四肢颤抖、摇摇欲坠的歌者,"然后给我滚。她已将一切献给了她的族人,你却玷污了她的躯体。"

维叶岐很吃惊。尽管有老师的提携,但对凤奴酷这些高等贵族来说,维叶岐始终是个圈外人,即便如此,他也立刻认出了阿肯比的声音——阿肯比,咒歌会的领袖,能力仅次于女王乌荼库。女将军又怎么可能听错呢?

"放肆!我带来了女王陛下的旨意!"吒音-堪的嘴唇吐出锉磨般的声响,"你和所有人就留在这里!不许一人返回奈琦迦!你们必须守卫三鸦塔,直至最后一息!"

凤奴酷高举宝剑寒根,突然迈前一步,用剑柄圆头狠狠砸中吒音-堪的额头。歌者双膝一软,如一袋冬麦粉般瘫倒在地。

周围鸦雀无声。负责照料吒音-堪的侍徒快步上前,满脸无助,仿佛他受过的训练一瞬间都被忘光了。他翻过主领诗的身子,不论刚才是什么力量操纵了她,现在都已消散。歌者的额头中间陷进去了一块,活像破损的蛋壳。

"你……你杀了夫人!"他又惊又怒地说,"吒音-堪死了!"

"我很遗憾。"女将军凤奴酷还剑入鞘,弯下身子检查一下尸体,"我没想这么用力。但这样也许对她更好。就算我不这么做,占据她的东西也未必会放过她垂死的身体。"

"什么'东西'?"歌者侍徒已经忘记了分寸——维叶岐心想,如果他以为自己能忤逆全副武装的女将军,那一定是活腻了。"你听不出那是我们主人的声音吗?是阿肯比大人的声音!"

凤奴酷怜悯地摇摇头。"你被暗灵愚弄了,歌者。看看你的同

The Heart of
What was Lost

伴。"她指了指被吒音－堪丢出去的歌者。他的脖子已经断了，手脚摊开、姿势别扭地倒在墙根。"难道你想告诉我，阿肯比大人毫无理由就杀了他手下的歌者？"

侍徒张了张嘴巴，但好一阵子什么也说不出来。维叶岐有些担心，这位会不会也发出那种可怕又嘶哑的声音？好在最后，歌者喃喃地开口了："凤奴酷将军，我不知道该说什么。"

她转向雅礼柯和维叶岐。"我刚说出我的打算，就有东西附上吒音－堪的身体，命令我们不许回去，你觉得这是巧合吗？大司匠雅礼柯阁下，我是否做错了？"

雅礼柯再次露出奇怪的表情——维叶岐不禁觉得，老师是在暗自发笑——说出口的却是："我看不出你的判断有什么问题，将军。"

军团长罕崖奴带着几名殉生武士急匆匆地闯进房间。罕崖奴看了眼吒音－堪的尸体，来到近前。"出什么事了，将军？"他问道。

"可怕的诡计。"凤奴酷宣布，"有个支达亚叛徒跟凡人军队一道前来，也许是她干的好事。但她失败了。除了哨兵和巡逻队，召集所有人。我有话对他们讲，大司匠雅礼柯阁下已经同意了。"

罕崖奴看向雅礼柯。比起那位歌者侍徒，他将怀疑和疑惑之情掩饰得很好，但犹豫也相当明显。

"你听到将军的话了。"雅礼柯终于说道。这一回，他成功地将个人情感都封闭到一堵墙后。"没问题，去执行命令吧。"

⚔

超过两百名殉生武士，分别来自十多支不同的队伍，尽数集结于三鸦塔的高檐大厅。他们站得笔直，一脸决绝，浑不在意身上的诸多伤口。大元帅奥间凤奴的临时棺椁两头各插一支火把，提供了仅有的光亮。除此之外，夏日明星瑞尼库也在大厅的高窗中央灼灼燃烧，仿佛火堆余烬中一颗闪亮的钻石。

三鸦塔

"我的先祖奥间凤奴就陈尸在你们面前。"凤奴酷指了指大元帅包着裹尸布的遗体，开口说道。女将军声音柔和，但大厅每个角落都听得清清楚楚。"他出自女王陛下的配偶、伟大的奥间鸣首的血脉。同他的先人一样，奥间凤奴也是强大的战士。他倾尽漫长的一生，与女王的敌人作战，直至与众多同胞一起，丧命于阿苏瓦倒塌的巨塔之下。你们知道发生了什么。当时你们所有人都在场。"

数百只乌黑的眼睛映着火把的亮光，齐齐看向她。

"不到一百个大年之前，第一批凡人闯进我们的土地，这些生物既野蛮又危险，数量一直在增加。我们本可以把他们及时驱逐出去，但我们的亲族支达亚妨碍了我们，说什么'他们人数稀少，整块大地又幅员辽阔'。他们愚蠢的忍耐造成了多少悲剧，你们都很清楚。你们也知道，正是凡人杀害了德鲁赫，伟大女王的亲生爱子。这只是他们对我们犯下的第一桩暴行而已。他们最终还导致了凯达亚两大宗族的分裂，尽管有一段时间，我们两家与新来者都保持着微妙的和平，但那没能长久。

"在场大多数人出生之后，第一批大胡子凡人渡过了大海。他们手持黑铁武器，心中充满仇恨，如蝗虫一般，将所经之地全都吃光啃尽。在杀欲和怒火的驱使下，他们甚至连自己的同类都不放过。这些野兽寿命短暂，但繁衍极快，直到此时，支达亚才为之前的愚行感到了后悔。支达亚国王伊奈那岐试图保住阿苏瓦，打退入侵者，结果一败涂地，我族最后的大城也一并陷落。从此以后，凡人国王坐上了阿苏瓦的宝座，他们的双手皆被鲜血染红——那都是我族的鲜血啊。"

女将军突然停了下来，陷入沉默，好像脑中生出了新的想法。所有殉生武士都定睛在她身上，出神地盯着那银白盔甲下纤细明亮的身影。"我是不是说了'我族最后的大城'？"凤奴酷问道，"其实不对。我们还剩下一座大城——华庭之民最后的避难所。那座城市就是奈琦迦，我们的家园。

The Heart of What was Lost

"出了这座塔，就在界墙之外，守候着一支凡人大军。不是其他凡人，正是当初毁灭了伊奈那岐和阿苏瓦的大胡子北方人。他们踏平弘勘阳，赶走了最后的居民。他们跨过所有曾属于我们的土地，一路追杀我们。如今他们还想推倒城墙，涌进奈琦迦。反观我们在南方战败之后，奈琦迦已基本丧失了抵抗能力。"

伴着夙奴酷的话语和手势，殉生武士中间起了一阵骚动。维叶岐感觉自己就像站在蜂巢内，外面有人正在摇晃它。

"我们能守住城墙吗？"夙奴酷问道，"如果只是一阵子，答案是我们必须守住。但我们不可能永远守住它。几季前的地震削弱了城墙，就算我们每个人都在这里献出生命，也只能阻挡凡人一阵子。几天、几周，最多等到月相改变，这里便会失守，毕竟凡人数量众多，他们会跨过我们的尸体，冲进伟大的奈琦迦。到时他们会做些什么呢？"夙奴酷声音渐轻，但力度不减，"当初他们攻下阿苏瓦，给今日在场的大多数人留下了惨痛的回忆。凡人杀尽了城墙内的一切活物，他们死得无比痛苦。一旦他们攻陷奈琦迦，你们觉得，情况会有不同吗？"

殉生武士们开始公然交头接耳，有些人将拳头攥紧又松开。维叶岐暗暗吃惊——殉生会一向以纪律严明著称，而女将军夙奴酷这么快便让他们动摇了。他的族人一向渴望让伟人统治自己，而有生以来头一次，维叶岐不禁怀疑这算不算一个错误，就像过于坚硬的巫木会缺乏弹性，反而更容易折断一样。

"没错，"夙奴酷继续说道，高贵的面孔同她的言辞一样冷硬，"凡人会蹂躏我们的城市，如同巨人闯进石华苑并砸毁一切。他们会毁掉失落华庭的每一件纪念品，毁掉我们对神圣先祖的每一丝记忆。更惨的将是生者。你们的家人与亲眷会倒在他们面前，如同落入狼口的绵羊。你们的妻女会被强暴、被残杀，无人得以幸免。等他们发泄完毕，奈琦迦将只剩下蝙蝠、虫豸和无助的鬼魂。"她说得很慢，每个字都带着痛苦的仇怨,"南方大决战之后,女王陛下陷入沉眠,而他们会将女王拖出瞌榻-荫酌,他们会玷污她、烧死她。我族之母将在极度的痛苦中死去,有关华庭最后的回忆将在这片大地彻底消失。这一切都因为我们守不住城墙。因为我们不够强大。因为防御工事不够稳固。因为奈琦迦已派不出救兵。因为我们孤立无援。"凤奴酷故意慢慢转过身,背对着殉生武士,垂下头,仿佛败局已然注定。

喃喃的嘈杂声静了下去,偶尔只能听到几声压抑的抽泣。但很快,有个声音打破了平静。是罕崖奴,他话语间的狂怒与痛苦令维叶岐的心隐隐发痛——原本他没怎么在意过这位军团长。"难道我们就束手无策了吗?"罕崖奴质问道,"什么办法都没有了?为什么跟我们说这些,将军?为什么在我们心头燃起怒火,又任由它慢慢烧尽?"

过了一段时间——很长一段时间——凤奴酷才做了个"请注意"的手势。维叶岐知道,这只是个姿态而已:毕竟所有眼睛都盯着她呢。"不,还有一个办法。一个并不可靠的办法。"

"告诉我们!"罕崖奴大声道。虽然无人应和,但所有殉生武士都上前一步,比画着各种手势,表明他们都与罕崖奴是同一个心思。维叶岐能感受到他们的绝望与愤怒——这怒火撼动了厅内的空气,好似暴风雨即将来临。

"无论如何,我们都没法长久守住城墙和这座塔。"凤奴酷说,"但若能让足够的人手返回奈琦迦,尤其是在场的工匠们,我们就能加固圣山的防御,抵挡住凡人。奈琦迦巨大的山门还从未被凡人或不朽者破坏过——就连女王陛下第一次去那儿,也没用武力夺取它,而是被原住民请进去的。奈琦迦山门十分坚固,而我们能让它更加牢靠,只是需要时间。你们能争取时间吗?"

"为了女王陛下,为了华庭,我等万死不辞!"罕崖奴大喊,队列中也响起赞同的和声。"告诉我们,将军!告诉我们该怎么做?"

她转回身,望向热切的人群,看了很久,仿佛在考虑着什么。维

The Heart of What was Lost

叶岐迟疑了一下，发现自己也在往前凑，半心半意地希望女将军也能指定自己加入殉生武士的队伍，为女王和城市献出生命。"大司匠雅礼柯阁下，"女将军最后说道，"你能不能选出十二位工匠，让他们留在这里，帮忙守塔？他们回不了奈琦迦了，但我保证，他们会在历史里留下光荣的印记——我保证，他们的故事会与华庭一起，被族人永远铭记。"

雅礼柯露出一如既往的郑重表情。"我会招募志愿者，夙奴酷将军，但不管怎样，你都能得到十二名工匠。"

"多谢，大司匠阁下。"夙奴酷看着集结的殉生武士。她背过身时，这些人都悲声叹气，现在却都振作起来，留神静听。"那你们呢，我的殉生武士们？你们是否愿意，在此时、此地，献出生命，换取奈琦迦的永远长存？我需要一百名志愿者留在这里，而他们必须向我发誓：在终结的时刻到来之前，他或她至少要将十个凡人拖进黑暗。有多少人愿意？他们的名字将永世流传，直到太阳被黑暗的虚空消化，直到时间的末了，直到圣歌彻底终结！亮出你们的宝剑吧！"

超过两百把利剑同时出鞘，整齐划一。巫木刮擦着青铜，奏出震耳欲聋的乐音，维叶岐差点儿抬手捂住耳朵。每一位殉生武士都举起了佩剑。

"跟我想的差不多。"夙奴酷点点头，"假如女王陛下在场，也会对她勇敢的儿女们露出微笑。"她转向罕崖奴，"军团长，这支守军就交给你了。你来挑选一百名殉生武士，首选年长和没有家室的。不要忘记正在城墙上站岗的守卫，别把他们排除在这场光荣的战斗之外。"

"遵命，将军。"罕崖奴细瘦的脸上，颧骨和太阳穴红光焕发，好像在冷天里跑了很远的路，"我们会守住城墙，直至最后一下心跳。我们一定会让您感到骄傲。"

"你们已经让我感到骄傲了。"她说，"你们的遗歌很久以前便已唱响。司祭们已经记下了你们的名字。现在,为你们的死亡增添无上的荣光吧,为了我们的女王、我们的同胞。作为回报,我向你们保证,我们也必将保卫奈琦迦,直至生命的最后一息,以你们荣耀的牺牲,拯救我们的子民。为了华庭!"

"为了华庭!"数百个声音同声回应,包括维叶岐。他惊讶地发现,自己的眼睛湿润了。他甚至不清楚泪水是何时涌出的。

严霜压陷了帐篷顶,凛风吹得帐篷壁如水波荡漾。寒意仿佛长了细小的尖牙,钻进他的衣服,爬过他的身体,刺入他的骨头。公爵好久没感觉这么糟糕了,哪怕是激战中的海霍特,甚至肮脏盐腻的乌澜都比这儿强。他真想念牢靠安全的城堡,想念暖意融融的屋子,想念热乎炉火旁舒服的椅子。

仁慈圣母艾莱西亚,我真是受够这冷天气了。他心中暗想,然后将思绪强行拉回到手头的事上。

"所以你是说,伙计,我们赢定了,"布林督粗声大气地说,"再有个一两天,我们就能撞倒城墙,亲手掐死那些白皮鬼。"布林督一边说话,一边打磨他的剑锋,连眼睛都没抬。自从儿子惨死,他好像一直在磨剑。艾奎纳很熟悉这副漠不关心的表情,不禁有些担心——他以前见过别人这样,而那些人一般都活不长。"他看着的是彼岸的世界。"父亲如此评价另一位勇士,结果那人在战场上发了疯。他们在北鬼的土地已经损失了太多东西。艾奎纳一向信赖布林督,后者曾是公爵最倚仗的统领之一,但眼下的布林督,却让公爵感觉特别陌生。

"不,我没这么说!"施拉迪格的声音因愤怒而紧绷,惹得公爵犀利地看了他一眼。他这才长吸一口气,平复一下情绪,这次朝艾奎纳开口,好像布林督等人压根就不在帐篷里一样。"我想说的是,大

The Heart of
What was Lost

人,这个样子恐怕我们赢不了。没错,大熊快把城墙撞倒了。没错,塔楼里的北鬼弓箭手只射死射伤了几名撞锤手。可是当初,从废墟里逃出来的北鬼士兵足有几百人。我们都快撞倒城墙了,他们为什么不出来抵抗?这么消极可不太对劲儿啊。越过城墙,就只剩他们在风暴之矛的大本营了!"

"确实猜不透他们。"艾奎纳说,"我的肚子有多大,我们就有多无知。他说得对吗,阿雅美浓?我们与北鬼山之间真的畅通无阻了?我的手下怀疑有阴谋,只是我们还没察觉,他说得对吗?"

"你说的'畅通无阻'是指什么?"阿雅美浓反问道,"从城墙到你们所谓的风暴之矛,这中间已经很久没人居住了。过去兴建的城市,大部分都成了废墟。但这不代表他们不会设下埋伏,或在你们接近山门之前,奈琦迦不会派出军队迎击。"

"山门的事以后再商量,"艾奎纳说,"只需考虑眼下的状况。施拉迪格,有没有这种可能,北鬼只是没箭了?他们缺乏能伤到我们的远程武器,只能跟我们贴身血战?"

"我等着呢,"布林督继续磨剑,"贴身血战,求之不得。"

"你再那样磨个没完,长剑都要磨成匕首了。"公爵对他说道,"但这事不归我管。你还有什么担心的,施拉迪格?"

年轻人摇摇头,额头和眉毛纠结地皱成一团。"只是有种感觉,大人——不祥的预感。咱们跟他们打过好多次,北鬼一向狡猾透顶。在奈格利蒙,无论是围城期间还是之后,他们都拿出许多奇怪的武器对付我们;海霍特大决战时,他们也施展了许多诡计。什么毒药粉、攻不破的城门、死人复活之类。他们能召唤巨人,好像使唤驯良的猎犬,将一切都撕开、砸碎。可现在呢,这些东西都去哪儿了?自从逃出古堡废墟,他们只弄出些怪声和怪影,这些招数凡人已经熟悉,吓不住多少人了。至于正儿八经的战斗,我们也只见到敌人从塔楼的三个尖角和那段薄弱的城墙上,朝攻城器械和撞城锤扔来几块石头、射出几支箭而已。我们损失了几名士兵——但那更像是凑巧罢了。"施拉迪格的眉头皱得更紧,"所以我经常问自己:他们真有这么弱吗?"

布林督的思侃盖手下、一位面带灰髯的老士兵开口了。"不管施拉迪格怎么想,艾奎纳公爵,精灵的人数不多了。他们输掉了战争,我们顺理成章地攻进他们的土地,很快就能把他们彻底消灭。现在又何必夸大他们呢?"

施拉迪格脸色阴沉。"因为你不该随意假设敌人的虚弱,'铁须'梅里,不然等你死到临头,再后悔也晚了。"

"也许是你忘记了打仗的滋味。"布林督抬起眉毛,狠狠地瞪了施拉迪格一眼,"或者因为你跟矮怪和精灵交了朋友——对,我听说了,'双斧'施拉迪格——让你心软下不了杀手。再或者,是你害怕了。"

施拉迪格垂下一只手,抚摸着宽腰带上的倒钩手斧,眼睛眯了起来。"大人,我知道你儿子死了让你很伤心,我们都失去过战友。不然就冲你刚才的话,我也得向你讨个说法,单对单。"

"够了!"艾奎纳大吼,"都闭嘴。布林督,你不该无缘无故羞辱施拉迪格。他的忠诚不容置疑。我也跟矮怪和精灵谈过话,甚至与他们并肩作战。你质疑他的忠诚,就等于质疑我!"

布林督耸耸肩。"我没这意思,也没说他是叛徒。我只是问问,他还有没有心思打仗?"

"你这样正好中了敌人的奸计,他们就想让我们争论不休、互捅刀子。够了!"艾奎纳暴躁地说,"我问了施拉迪格一个问题,布林督,他回答我了——然后你就毫无必要地羞辱了他。现在我会问你同样的问题:你相信北鬼真有那么弱吗?你相信他们没有耍诈?"

布林督用手指试了试刀锋,吸净指尖上的鲜血,"噗"的一口吐在地毯未能覆盖的、结了冰的地面上。外面寒风又起,吹动公爵的帐篷,篷布猎猎作响,好似一只巨型昆虫的翅膀。"没错,白狐是彪悍的战士,很难杀死。我不会傻到认为他们很弱。在古堡废墟,他们的援军打了我们一个措手不及,但目前没有迹象表明他们还有更多援军。当时我们也杀了不少敌人,我怀疑那批援军也就剩下两百来人,至于最初那一拨,其中更是没几个士兵。所以我相信他们是强弩之末,已经没多少能耐了。在这冰冷荒凉的鬼地方,我们自己的食物都不多,必须从瑞摩加带吃的过来,而北鬼几个星期前就在挨饿,不管他们耍什么花招,我相信他们都没法喝西北风过活,不然也不会袭击那么多村子,抢夺谷物和其他补给了。总而言之,我的理智告诉我,双斧就是被他口中的怪影和怪声吓破了胆。"

又是一场无谓的争吵。艾奎纳刚要发作,有个半身子覆盖着冻结的雪花的人,掀开颤动的门帘,一头钻了进来。

"公爵殿下、大人们,打搅了。"那个士兵说,"我带来威戈里都统的口信。他说大熊最近几下撞击,震脱了城墙上的石块。他相信城墙很快就要倒了。"

布林督的阴郁一扫而光。"哈!感谢上帝!"统领猛地站起,"如果城墙倒了,我的长剑要第一个沾满精灵的血!"他转向一个年轻的思侃盖人,"法尼,你傻了吗?我的头盔呢?"

艾奎纳还有其他事务要跟布林督等人商议,包括今早信使送来的信,但他现在已经留不住这些人了。公爵看着布林督统领和他手下的思侃盖人急急忙忙抄起武器,本想提醒他们更有秩序地冲进城墙,但转念一想还是算了。即使城墙损毁严重,真想把它撞倒,还得再抢好几下撞锤呢,最性急的瑞摩加战士想跟敌人拼命也得等上一会儿再说。与此同时,叫布林督他们冲那些黑色巨石发泄一下焦躁的情绪,也许不失为一件好事。其他可以稍后再说。

艾奎纳的两名亲卫等候在帐外,一人捧着他的头盔,擎着绘有白熊与星的战旗,另一人牵着耐心的高大战马。艾奎纳在随从的帮助下翻鞍上马,踢踢马腹,跟上其他士兵。

三鸦塔

攻城锤立在三鸦塔旁边,紧贴城墙,布林督等人赶到时,它正准备下一次撞击。威戈里的士兵蹲伏在巨型机械两旁,盾牌高举过头,一边防御从塔楼和城墙上射下的箭矢,一边等待进攻时刻的到来。

攻城锤的斜面遮檐有征税谷仓那么长,当然没有仓顶那么宽,但也够大了,它必须像熊头撞锤一样分段安装,用于保护下方的士兵,免得他们被弓箭射死。遮檐上堆着厚厚的积雪,以抵御敌人的火箭。但此时此刻,艾奎纳看不到一个北鬼,也看不到守军的其他布置。

领队们唱起响亮的号子,擂动战鼓,布林督及其手下也发出应和的战吼。撞锤手浑身是汗,喘着粗气,拖动沉重的铁链,尽可能远地拉起巨型圆木。主领队一声令下,众人一齐松手。只听一声巨响,大熊咧开狰狞的铁嘴,向前猛冲,狠狠撞上已被削弱的城墙。墙还没倒,但一阵摇晃,被撞锤砸中的位置向内侧凹陷进去,石头间的裂缝变得更宽,石屑如雨点般落下。

"再撞一次!"布林督嘶哑地大吼,"再撞一次,它就归我们了!"

艾奎纳策马靠近,但仍保持着一段距离,确保双眼的视野足够开阔,而布林督和一贯谨慎的威戈里都只顾着眼前的城墙了。艾奎纳抬头看看塔楼上三个突出的鸟喙,正好有几支箭从城垛间呼啸而下,其中有些穿过了盾牌间的缝隙。但总体来说,城墙上几乎找不到守卫。北鬼一定也意识到破损的城墙支撑不了多久了。他们是撤守逃回风暴之矛了,还是另有图谋呢?

撞锤再次扬起,撞锤手的呻吟声、战鼓的敲打声与瑞摩加士兵迫不及待的战歌交织在一起,但嗜血的兴奋没能感染艾奎纳。确实不太对劲儿。他的军队追赶几百名北鬼来到这里,尽管其中有些已被威戈里的棠戈寨弓箭手射死在城墙上,但艾奎纳知道,哪怕只剩下一小股敌人,他们也会浴血奋战,阻止凡人横穿他们的土地。神圣的救主啊,公爵心想,如果施拉迪格是对的,他们会有什么计划呢?

铁链吱嘎作响,撞锤被抬至最高点。鼓声安静了一会儿,接着是

The Heart of What was Lost

主领队的一声大吼:"放!"撞锤往前一挥,大熊再次用力扑出。

铁头撞锤重重地砸在城墙中部,一大块石料应声滑落。过了片刻,又掉落一大块。接着,头顶上方如雷鸣炸响,巨大的石块分崩离析。攻城锤周围的部队不再欢呼,而是乱哄哄地后退——有些掉落的石块比人还大。

一旦开始崩裂,黑石瀑布便一发不可收拾。撞锤前的中部墙面彻底坍塌,伴着一阵刺耳的爆裂声,倾覆到城墙脚下。巨石朝两边滑落,将雪末和泥巴甩向半空,众人朝各个方向一通乱跑。过了一阵儿,坍塌终于停了,只剩几肘尺的墙脚依然挺立,巨墙中间露出一段马蹄形的豁口。瑞摩加人迅速整队,奔向豁口,登上碎石堆,宛如一群蚂蚁爬上面包。他们发出狂喜的嘶吼与咆哮,迫不及待地冲向敌人。

但片刻之后,进攻的士兵才发现,原来城墙后还有一堵墙,只比成人高一点点,明显是守城军在城墙的薄弱处后匆忙搭建的。第一批瑞摩加人刚刚踏过碎石堆,立刻暴露在箭雨之下:绝大多数守军都埋伏在这里,耐心地等待反击的时机。现在,机会终于来了。

"不要怕!他们人不多!"威戈里大吼,两条小短腿在马镫上站得笔直,挥手命令他的军队,"上啊,北方汉子!叫他们尝尝钢铁的滋味!"

威戈里的安吉达士兵与布林督的思侃盖手下加速冲进豁口。这时,艾奎纳又听到了另一阵叫嚷。那只是无限混乱中的另一个声音,但马上吸引了他的注意力,因为它来自不同的方向。

在他的左后方,距离豁口一段距离,立着一排投石机,它们曾向城墙投掷巨石,以分散守城军对攻城锤的注意力。这些攻城器械主要由南方来的雇佣兵保护,由于他们的素质参差不齐,艾奎纳不放心将他们投入最前线。这会儿他看到一个南方人挥舞着双臂,大喊大叫,想引起正在攻城锤旁战斗的瑞摩加人的警觉。耳畔杀声震天,艾奎纳听不清那人在喊什么，但他顺着对方狂乱的手势，转身看向隘口两边如绝壁般屹立的高峰时，心跳猛地一停。就在艾奎纳左手边的半山坡上，不知怎么搞的，一块巨大的圆石已从原地松脱，开始慢慢地朝下挪移。沉重的巨石忽而滑行，忽而滚动，目标直指瑞摩加人，而他们正迎着北鬼的箭雨，强行攀上断墙。

艾奎纳大声预警，不过当然了，没人听见。高坡之上，由于巨石的形状不太规整，当它用较为平坦的一面着地时，速度突然慢了下来，公爵一时还希望它能彻底停下。但不过一会儿，巨石便滑过了令其减速的那段短短的缓坡，开始急速滚落，扑向山脚。那玩意儿也太大了，简直就像艾弗沙富商兴建的三层小楼。

艾奎纳踢马向前，直奔攻城锤撞出的墙洞，大喊着发出警告。

"进去！"他鼓足肺叶里的每一分力气，大声吼叫，奋力将等在后面的士兵赶进豁口，"进去，不然会被碾死的！当心！当心！"

巨石擦过墙角，撞碎了墙面，大块大块的黑色砾石四下飞溅，但丝毫阻挡不住巨石的脚步。

断墙就在前方，他的战马纵身一跃，跳上碎石堆，众人纷纷让开。

"别停！进去！"他大喊道，"想活命的，都进去！"

巨石已逼至身后，将人群、石堆，乃至硕大的熊头攻城锤都撞得粉碎。一股强力的劲风差点儿将公爵掀下马鞍，那声音就像世界末日。

波尔图站在投石机——也就是所谓的"驴车"——旁边，半是羡慕、半是怀疑地看着准备进攻的瑞摩加人。伴着城墙的震颤，他感觉那帮人就像一群猎狗，髭须倒竖，龇牙咧嘴，大声吼叫，有些人还在唱歌。而他只是心想：难道这些人真要冲进墙洞，冲进守卫者的尖

The Heart of What was Lost

牙中间吗？明摆着呢，北鬼肯定注意到了石墙上不断加宽的裂缝，就算他们都是瞎子，也该听到墙体慢慢崩裂、巨石严重错位的声响了。

虽然这架投石机已经装好了石弹，拉紧了弩臂，但始终没有发射：它的两名炮手被北鬼的弓箭射中，倒在雪地里，手中的锤子横在一边，一人已经毙命，另一人则在尖叫着乞求上帝。投石机前端的几根长铁桩已在上次投弹时松脱，但卓特队长忙着应付混乱的战场，压根没注意到。波尔图知道，如果前端没固定好，那么投弹时不但容易错失目标，更有可能打中自家队伍的瑞摩加士兵。于是他匆忙跑过木头架子，捡起炮手掉落的重锤，这时大熊再度被松开，狠狠撞上厚重的石墙，攻城部队爆出一阵兴奋的尖叫。

"安德锐！"他大叫道，"你这臭小子，快拿起另一把锤子，帮我敲紧这些铁桩！"波尔图一边喊，一边举起手中的大锤，用力一挥，结果差点儿砸中自己的脚面。他听到一声雷鸣般的巨响，堵住山口的城墙终于倒塌。

他转过身，发现瑞摩加士兵争先恐后地爬上墙洞间的碎石堆。他们发出野兽般的战吼，震得他目眩神摇，骨头发软，心跳加速，呆立了很长时间，以致没能听到安德锐的警告。年轻人急得上蹿下跳，一边冲他嚷嚷，一边指着上坡的方向。波尔图看到艾奎纳的士兵冲过豁口，第一拨前锋突然中箭、摔倒，这才用眼角余光瞥到了安德锐。

有什么东西从山谷那边滑下山坡，朝他压来。很大的东西。

短短的一瞬间，波尔图竟然很想搞清那东西的尺寸。他冒出一个念头："是龙吗？"不管北鬼召唤的东西有多疯狂，他都不会觉得奇怪。随后他看出了那东西的原貌，是块高如乡村教堂的厚重石板。他看着巨石继续翻转，朝下方滚落。

波尔图扔下锤子，拔腿就跑，但仍目不转睛地盯着那块巨石，感觉它好像瞬间就涨大了一圈。他被一个死人绊倒——就是锤子的原主——对方的脸在他下方一晃而过，嘴巴张得大大的。一时间，波尔图以为死人是在警告他，或者那更像一种嘲笑：你以为逃命很轻松吗？

波尔图摔倒在结冰的地面，先是冻雪四溅，然后脑袋重重地着地，灵魂像被吸进了一段闪光的窄廊，周围满是黑暗的虚无。巨石似乎要将他碾成肉泥，却又仿佛远在天边，只有隆隆的闷响掩盖了一切噪声。无所谓了，他茫然地想。反正一切都要结束了。结束了。

随后他被拉向一边，面孔擦过粗糙的石子地和堆积的冻雪。冰冷、火热与白炽的剧痛同时涌进脑子，令波尔图心神失措。

他如坠梦中，过了一会儿才意识到，巨石并没有将自己碾碎。他看到巨石的影子从旁滑过，听到它将驴车撞成碎片，顾长的弩臂被弹到一边，仿佛巨怪的婴孩丢出去的一把勺子。弩臂翻滚了一阵儿，终于停下，直直地指向三鸦塔。

安德锐站在他上方，珍珠般的阳光与黑色的乌云在空中打着旋儿。波尔图惊讶地瞪着自己的朋友。他知道发生了什么事，但记忆好像连在长长的丝线远端，不管他怎么用力，也只能把它一点一点地拉回来。

"投石机毁了！"安德锐带着哭腔，好像哭出来就有用似的。

年轻人的眼睛睁得那么大，波尔图不由得怀疑，他的眼眶不疼吗？

"接着是攻城锤。我想北鬼找到了法子，推下那块巨石……"安德锐困惑地停了下来，一脸迷茫地转过头，看向身后，仿佛他站在荒野之间，却有人拍了拍他的肩膀。过了片刻，年轻人双膝跪倒，速度比滚下山坡的巨石慢得多。随后，他同样缓慢地向前扑倒，面孔着地，身上的链甲发出软绵绵的轻响。安德锐趴在那里，一动不动，一支黑箭在他背上微微颤抖。

巨石滚落一定造成了巨大损伤，艾奎纳公爵本不想回头查看，可

The Heart of What was Lost

他就是忍不住。攻城锤的大铁头被压在砾石之下，看上去完好无损，但支撑它的圆木，那根超过三十跨长、修理整齐的松树干，却被砸成了碎片。在堆叠的碎石和木片中间，他看到不少残破的尸体。一支箭矢"嗖"地擦过头盔，他赶忙转回身，面对眼前的敌人。

北鬼躲在匆忙搭起的矮墙背后，艾奎纳的担心果然成真。精灵们省下了弓箭，将它们用在关键之处，抢先冲上来的凡人士兵被打了个措手不及。尽管不少瑞摩加人在第一轮冲锋时中箭，但他们的战友前仆后继，踩着死者的尸体，硬是翻过了矮墙。布林督亲自率领思侃盖同族登上墙头，高喊着死去的爱子弗洛基的名字，眨眼间便跳进墙后的北鬼中间，狂喜地嚎叫着砍向敌人。威戈里的手下也迅速跟上。北鬼虽是可怕的战士，但凡人的数量超过他们十倍，如猎犬般群起而攻之。不到一个小时，艾奎纳的部队就拿下了矮墙。

另一些白狐试图死守塔楼，但塔门没有精灵魔法的保护，很快便被瑞摩加人用战斧劈碎，从铰链上扯了下来。阴暗的楼梯上，巨型鸟喙内的顶楼房间里，全都爆发了惨烈的搏杀，直至最后一名北鬼战死，被几支长矛钉在墙上。攻城士兵取下那具苍白怪物的尸体，将它拖到鸟喙底端的开口，丢了下去。尸体在半空中缓缓打着旋儿，砸到地面后还弹跳了几下，仿佛一只被吃光舔净的鱼头。

布林督统领受了不少伤，但无一致命。一名外科医师替他清洗伤口并缝针时，他舔了舔嘴唇，咧嘴露出微笑。"我就说了，"他大声道，"只要把铁器插进他们的肚子，精灵也会死，跟凡人一样。"

艾奎纳这辈子杀过不少北鬼，所以懒得回应布林督的评论。"许多白狐逃走了，留下的这些只为拖延我们。我清点过尸体，只有百来具。其他的都逃回他们的城市了。"

"那又怎样？"布林督用一根手指抚过刚刚缝合、从手腕一直延伸至手肘的伤口，又看看指尖上的血迹，"回头再加几百具死尸而已，早晚杀光他们。"

三鸦塔

威戈里都统带着几名头领过来。"侦察队从山崖顶上回来了,殿下。没错,那块大石头是北鬼弄下来的——工具还留在原地,被他们丢下了。侦察队查看了城墙背后的土地,说从这儿到风暴之矛,还有几天路程。逃跑的北鬼很有可能沿途设伏。"

布林督在脏兮兮、血淋淋的外套上擦了擦染血的指尖。"把他们像牲畜一样成群宰杀,或是一个一个干掉,对我没什么区别——只要能捣毁他们那肮脏的山中老巢。"

艾奎纳皱起眉头,扯着胡子。"我们进入的区域,凡人军队已有几百年不曾踏足。光是在敌人的领地外围打了两三场小仗,我们就损失了四分之一兵力——真到了保卫家园的地步,你以为他们不会更加拼命?大熊已经毁了,外加两架投石机,这么说吧,布林督,就算北鬼人数不多,防御不足,我们又该怎样打进风暴之矛呢?何况他们的数量不见得真少。"

"肯定不多了。"布林督说,"假设他们一两天内有增援,你觉得他们会任由我们推倒城墙,兵不血刃地踏进领土?"

"我死了一百多名手下,这算哪门子的'兵不血刃'?"艾奎纳咆哮道。

布林督往地上吐口唾沫。"这是战争,不是耍嘴皮子的宫廷政治。如果不能踏平那些怪物的老巢,这一百多人就白死了。"

威戈里清了清喉咙。"我不敢说布林督一定对,大人,但我觉得他没说错。我们必须一劳永逸地解决那些白皮鬼。既然已经点了马蜂窝,就必须烧个干净。"

艾奎纳哼了一声。"可他们不是马蜂,也不是野兽,他们是古老的怪物,比你我狡猾得多,且决不胆怯。你相信我们看穿了他们的一切诡计?"

"他们没招了。"布林督语气单调,像在描述"天是蓝的"、"血是红的"。"这次我们没看到火中的怪脸,没有怪影和怪声,只有弓

The Heart of What was Lost

箭和石墙。"

"以及超大的石头，撞碎了我们的投石机和攻城锤，"艾奎纳说，"还碾死了十多个士兵。比起其他损失，攻城锤才是最要命的。"

"大熊没被毁掉，"布林督回答，"它的铁嘴还能咬人。这儿的大树多的是。我们可以给它再造一副身体，拖去撞倒精灵的家门。"

艾奎纳转向威戈里。都统和施拉迪格可能是目前唯二头脑清醒的人了。"你的看法呢？"

威戈里一脸疲倦，盔甲上的血迹不比布林督少。"我的看法？这活儿能把人累死，大人。但我们能做到，而且决不能半途而废。这就是我的看法。"

艾奎纳叹了口气。"我想你说得对。"亲卫在一只木箱上摆了碗麦酒，公爵端起酒碗，感觉之前塞进腰间的信正在刮擦肚皮。"啊！对了！我收到一些消息。之前事儿太多，我都快忘到脑后了。说起来都是好消息。"

"赞美乌瑟斯！"威戈里都统说，"那就别藏着掖着了，大人。我们需要好消息，胜过食物和酒。"

艾奎纳点点头。"当初你发来消息，威戈里，说你围住了一群北鬼，我就立刻派信使去其附近的统领调兵，比如黑茨格的阿弗威、'石手'海奎纳他们。方圆十四日骑程的，我都派人去找了。"

"阿弗威？"这次布林督没吐唾沫，但看上去很想吐的样子。

"不用管阿弗威。"艾奎纳苦笑一下，"我没收到他的回信——想也知道，他正忙着清点牲口呢。但海奎纳今天早上派来了信使。"他停下来，喝了口酒。

"拜托，殿下！"威戈里说，"到底什么好消息？你快急死我了。"

艾奎纳强忍着疲倦，露出微笑。"别着急，我的朋友。海奎纳来信说，之前他召集人手，打算派往爱克兰，但由于没接到命令，他就放他们回去准备春耕了——虽说今年天寒地冻，但时候也差不多了。"

三鸦塔

他打开信纸,在膝盖上摊平,"对,这儿写着呢。等到北鬼经由附近的土地回撤,他便将战士们重新召集起来,真是聪明。现在他有五百人,全副武装,其中两百是经验丰富的老兵。接下来是最让人开心的部分——他派他们前来支援,领头的是他外甥海夫纳,海夫纳身边还有另外将近一百名骑兵。信使说,海夫纳及其手下只落后几天而已,他们没想到咱们会深入北方这么远。"

威戈里拍了下手。"赞美安东——果然是天大的好消息!"

"我更希望我军人数增加十倍,但这已经是雪中送炭了。"公爵再度露出微笑,举起酒碗,做了个敬酒的姿势,"看在我这把胡子的分上,海奎纳是个好人,我永远不会忘记的。"

"以后有没有可能再收到别人的消息?"威戈里问道。

艾奎纳摇摇头。"等我们进入北鬼的领地,我看不大可能了。不过海奎纳的人已经足够补充我们失去的士兵。"

"只要这些新人别挡在我和北鬼之间碍手碍脚,我就欢迎他们。"布林督说,"我只想用这双手抓住那个精灵女王。在我掐死她之前,或许她还能让我满足一下。"

艾奎纳赶紧画了个圣树标记。"相信我,布林督,你根本不知道自己在说什么。等你见到她,你的骨髓都会结冰的。"

"那就走着瞧。"布林督说,"不管怎样,我的剑又该打磨了。精灵的盔甲容易让剑锋变钝,精灵的骨头更是。"

"就算补充了人手,接下来的战斗也不会更容易。"艾奎纳警告他,"上帝保佑我们,所有战斗都不容易。"

"你想得太多了,大人。"布林督回应道,很难说他这算挖苦还是诚实的责备,"找到敌人。杀死敌人。这是我们唯一的使命。"

"啊,如此纯粹的杀戮欲,让我想起了一位老朋友。"艾奎纳差点儿被逗乐了,但记忆很快变得酸涩,"白狐在阿德席特森林杀死了他。"

The Heart of What was Lost

"我不想跟你唱反调，布林督统领。"威戈里说，"但我希望往你的清单里再加一条：活着回家。"

"我信守一条老传统，大人。"布林督说，"我想活着回去，但更想看着敌人去死。等我杀够了白皮鬼，我会在先祖的宴会厅里幸福地看着他们的尸体。"

艾奎纳听够了。他还要埋葬死者，但愿活着的士兵已经在冻土里挖了个足够大的坑。他端起酒碗，连喝了两大口，然后用手背抹抹嘴巴。"上帝赐予我们胜利。"他最后说道。

安德锐没死，但此时此刻，波尔图更希望北鬼的弓箭能当场杀了他。

一位瑞摩加医师深深切开年轻人的后背，挖出黑色的箭头，然后用烈酒冲洗伤口。一开始看来，安德锐似乎还能恢复，因为箭矢只是钉进了肩胛骨，没能扎进肺叶或心脏。但不知是北鬼领的空气太污浊，还是箭头涂了什么毒药，总之伤口始终没能愈合。他先是发起高烧，浑身哆嗦，疼得哭天抢地，整个晚上半梦半醒地睡不安稳。过了一整天，波尔图发现他的皮肤下起了块黑斑，由箭伤处朝周围扩展，最后形成个比手掌还大的疹块。波尔图摸了摸，感觉那东西很烫，指尖下的皮肤好像已经坏死了。

"这里有感觉吗？"他戳了戳伤口周围凸凹不平的皮肤，问安德锐。

"有。但不比……其他部位更舒服。我浑身都疼。上帝帮帮我吧，波尔图，我的血管里好像着了火。"

"你不该冒险来救我的。"他说完就后悔了。

安德锐想坐起来，但没成功，只好又瘫了回去。他的眼白映着营火的亮光，看起来就像焦黄的狼眼。"不对！"他奋力深吸一口气，

"你是我唯一的朋友。别……别再说这种傻话。为了救我,你……你也会做同样的事。"光是说话就耗尽了力气,他再度闭上眼睛,胸膛急遽起伏。

我们来这儿干吗?波尔图心想。如果是为安氾·派丽佩而战,为了保护自己人,那也罢了。可我们跑到这寒冷荒凉、鸟不拉屎的无名之地,到底是图什么?

仿佛听到波尔图在心里默念家乡,安德锐睁开了眼睛。他看了看周围,表情有些激动,好像不清楚自己身在何处,等再看到波尔图的脸,他才慢慢安静下来。"我想回家。"最后他说道,"回港壕区。"

"你会的,我保证。先休息一会儿。给,喝点儿这个。"他端起一杯融化的雪水,送到安德锐唇边,并替年轻人拿稳,让他抿了几口。"你会好起来的。我们会一起凯旋,回到珀都因。"他看看安德锐呆滞又倦怠的脸,补充道,"谁知道我们会带上什么战利品呢?也许是风暴之矛的金子,或者哪个精灵公主衣橱里的珠宝。哪怕是北鬼的刀剑与战盔,也能在安氾·派丽佩卖个好价钱。听我的,准没错。我们会发财的。还会出名——与北鬼战斗过的英雄。"

安德锐摇摇头,闭上眼睛,不过这一次,他露出了微笑。"不愧是我的好朋友,波尔图。我喜欢你这善意的谎言。热喷泉队和狗鲨队还会一同庆祝,没人打架。"

"别说了。睡眠是最好的治疗。"

安德锐的微笑渐渐退去,但最终也没完全消失。等他再次开口,声音好像隔着很远的距离。"不用担心了,我的朋友。我很快就有足够的时间睡觉了。"

波尔图将年轻人的斗篷拉至下颌,替他隔绝一些寒意。但他们已经穿过了隘口,周围再无屏障阻挡从高处吹下的凛风。最后,波尔图转过身子,背对着安德锐,假装捅了捅火堆,因为冻结的冰珠刺痛了脸颊,而他已经没法再把责任推给飘扬的雪花了。

第三章

The Heart of What was Lost

奈琦迦山门

除了锥形的大山奈琦迦，视野之中难容旁物。它耸立在崎岖的高地中央，仿佛一尊身披长袍的阴沉人像。

对维叶岐来说，前方的圣山意味着很多——避难所、双亲、严厉而失望的师长。随着时间一分一秒地过去，它在众人眼前越来越大，他心中的羞愧也越来越深。他与其他华庭子民狼狈不堪地返回圣山，不是以救星的身份，而是一群丧家之犬。他们就像坠海的难民，失去了一切希望，最后终于被冲上了海滩。

女将军凤奴酷骑行在队伍最前方，身后的灵车上载着一副临时木棺，其中成殓着她的先祖、伟大的奥间凤奴——他曾是位英雄，打赢了十多场战役，现在却成了具尸体，倒在凡人仇恨的怒火之下。维叶岐又想起了失落之心，那颗古老的宝石正戴在他老师雅礼柯的脖子上、长袍里。

这就是我们全族最后的下场？维叶岐心想。更多的失落？数千人南下，回来却只剩几百残兵，这就是我们终极命运的写照？就像那颗微不足道的宝石，只能成为失落华庭的见证？难道我们只能拥有失败的记忆？我们注定什么也无法拯救？

虽然自惨痛的失败中幸存下来，但维叶岐看不到未来。我们撤退、躲藏，日渐式微，最后必将彻底消亡，只剩下古老的传说。甚至那传说也并非属于我们。即便在高等贵族中间，也只有女将军凤奴酷

奈琦迦山门

的信念与别人不同。只有凤奴酷给了他一丝渺茫的希望。他们回家了，却只带回无尽的失败、悔恨与失落。

他看看老师，不知雅礼柯的心思是否同自己一样，但大司匠的表情一如既往地高深莫测，如被百年风雨磨蚀过的岩石一般。维叶岐忍不住怀疑，自己有朝一日真能继承他的衣钵吗？

我不够格，伟大的女王陛下，他心想。您需要的是英雄，而非仅仅一介工匠。我还不够格。

小小的队伍辗转穿过奈琦迦遗址废墟，踏上崎岖不平的路面——在过去，他们的脚下正是王家大道。这条道路曾经十分宽阔，让十几名骑手并肩通行都显富余。但很久以前，凡人崛起，外面的世界充满了敌意，贺革达亚渐渐退进山腹中的城市，顺便将大部分铺路石板都搬了进去。

不过古城依然留下了残破的废墟和环状的石墙，依稀可见许多宏伟建筑的遗迹。高高的矛隼堡紧贴山壁而建，如今虽已崩塌，但主体尚存，至少富有经验的维叶岐仍能看出它的轮廓；鉴天宫只剩一片瓦砾和冻死的枯草，但在过去，它那开放的穹顶曾经聚拢过夜空，令下方的观星者无比自豪；月祀运河及其支流曾蜿蜒穿过城市，宛如流动的水银，精巧的小船搭载着士兵、廷臣、密探与情侣，缓缓驶向各自未知的命运。

一时间，维叶岐仿佛从悲凉的遗址中看到了足以媲美阿苏瓦的显赫城邦——女王阁庄严的拱门依然矗立，诸多廊柱完好无损；徙离桥伸展出优雅的弧线，而非如今那沾满冻泥的模样。贵族与夫人们站在高大而精致的楼宇里，石壁与天空间洋溢着诗歌，而眼下，那里只剩参差的碎石，宛如下颌骨上支出的烂牙，至于楼宇的主人们，则早就躺在奈琦迦山下，在静幽宫的寿古堂里永远长眠。唯一还存有荣耀的事物便是圣山本身，以及那两扇高大的山门。山门即将打开，将他们迎进安全的黑暗。

The Heart of What was Lost

我们走到阳光下战斗，难道就为了这个？维叶岐突然心想。这个念头钻进他的脑海，便一直徘徊着不肯离去。我们把黑暗当成了朋友，但长辈向我们讲述华庭的故事时，总会提到神圣而永恒的亮光。从什么时候开始，阴影竟成了我们唯一的居所？

众人穿过山脚下一片泥泞冰冻的岩地，这里曾是掌旗苑，殉生会的大阅兵场。维叶岐看到，奈琦迦两扇高大的山门已然开启。一时间，他的所有念头都飞走了，只剩下害怕。他担心他们回来得太迟——凡人会不会已经攻陷了这里，除了鲜血与死亡，已经没人会来迎接他们？好在这时，他看到厚重的巫木门下走出两排全副武装的殉生武士，心跳这才平缓下来。凡人还没来。奈琦迦的居民们仍在欢迎他们回家。

在殉生武士的迎候下，他们骑马登上山坡。维叶岐发现，两旁的殉生武士要么特别衰老，要么过于年轻，都非当打之年。也许凡人很难分清贺革达亚的外貌差别，但维叶岐却能清晰地看出老人紧皱的皮肤、疲倦的神态，以及年轻人挺直的腰杆、明亮的眼睛。恐怕这些年轻人还无法体会，近些年间，共有多少战败的队伍返回山门，每次的数量都比之前更少。

女将军凤奴酷驾马经过毕恭毕敬的守卫，这时一群歌者走出大门，领队的是位骑手，胯下一匹高大的黑色骏马。骑手抬手致意。虽然隔着一段距离，但维叶岐看到，对方的脸上戴着一张半透明的晒干的皮面具。

维叶岐一阵胆寒。那是阿肯比，咒歌会的领袖。看来他从南方返回比他们更快。这么一位强大的人物依然在世，维叶岐本应高兴才是，但他马上想到在三鸦塔被附身的吒音-堪，恐惧便涌了上来，令他喉咙发紧。女将军凤奴酷无视阿肯比大人的号令，杀了咒歌会的宠臣吒音－堪，迎接她的将是什么？——另外，惩罚只降临到凤奴酷，还是会波及所有人呢？毕竟他们对她的抗命听之任之。维叶岐听说过太多有关寒萧堂的传说，他宁可面对行刑手的绳索和鞭子一百次，也不愿落到阿肯比的幕会手中，搞到求生不得、求死不能。

咒歌会领袖的声音一如既往地冰冷刺耳、居高临下，但语气却显得十分轻松。"你终于回来了，凤奴酷将军。我看到你带回了你荣耀的先祖、大元帅奥间凤奴的遗体。在静幽宫长眠之前，我们会把他安置在黑水苑，好让众人感念他的牺牲。"

让维叶岐惊讶的是，凤奴酷竟然拒绝了。"不必了，感谢您的好意，大司乐阿肯比阁下。我会将先祖的遗体送往伊瑶拉家族的门庭，这是我们的家族惯例。"

凤奴酷的回绝明显出乎阿肯比的意料，他沉默了一会儿，这才开口。"啊，这种事就不在这里讨论了，好像你是不请自来的陌生人似的。本人代表女王陛下，欢迎各位回家。我们还有很多事要商议。"

"女王陛下醒了？"凤奴酷问，"凡人令她挫败了她的壮举，我以为她还在瞎榻－荫酌里沉眠呢。"

"不，她没醒。"阿肯比的声音有些不自然，但除了维叶岐和聚拢过来的贵族，其他人远离谈话的二人，大概听不出来。"我族之母仍在瞎榻－荫酌间沉睡，以恢复力量。我只是代她发言。我们刚刚经历了一场大难，奈琦迦混乱不堪，必须有人站出来稍加管束。"他突然停了下来，大概是意识到这话太像自辩。维叶岐虽与他隔了几步远，仍能察觉到咒歌会领袖那冰冷的怒意。

"奈琦迦感谢您一如既往地付出，阿肯比阁下。"凤奴酷转向默然守候的殉生会队列，"也感谢你们，忠诚的殉生武士们。你们战斗得英勇，你们还会坚守这里，守护挚爱。"她转回阿肯比和他手下的红袍歌者，"我们进去吧，大人。敌人很快就会追来，现在已经没时间浪费了。"

The Heart of What was Lost

阿肯比挥挥手,歌者们让开大门。凤奴酷踢马经过,咒歌会领袖扯动缰绳,让大黑马转过身,跟在她旁边。维叶岐感到一阵难言的嫉羡。同咒歌会领袖与女将军一样,大司匠雅礼柯也骑着一匹良驹,走进了奈琦迦。那本是一位殉生武士的战马,但他在三鸦塔阵亡了。在凡人的土地逃难时,维叶岐与雅礼柯几乎地位相当,而现在,维叶岐却只能步行。对他和剩下的贺革达亚而言,要走进城市中心,这段路可是又累又长啊。

与雅礼柯同生共死时,他对我说的那些话,我没会错意吧?他确实说过让我做他的继任者。他说得很清楚,我不可能搞错的。

走进奈琦迦,维叶岐惊讶地发现,宽阔的辉烁街两旁站了几百名同胞,大多是最低等级的贺革达亚平民。同门外殉生会的守卫们一样,他们也是要么太小,要么太老,全都衣衫褴褛、瘦骨嶙峋。但一见到凤奴酷,他们立刻欢呼起来,仿佛她就是女王陛下本人。迎接回归队伍的不光只有低等百姓,在头顶高处,贵族居所的阳台上,其他奈琦迦居民也在欢迎他们,不少人正向凤奴酷和她的殉生武士们致敬。

维叶岐紧走几步,追上雅礼柯,后者骑行在贵族队列的最后方。"阿肯比大人看着不太高兴啊,老师。"他轻声说道,"他从未受过这等礼遇。"

"他本来也没想。"雅礼柯似乎心情不佳,"咒歌会领袖更喜欢在暗影中和僻静处活动。他渴求的并非权力的外衣,而是权力本身。"

"但大家这么欢迎凤奴酷,他不可能高兴的。"

"我也一样。"雅礼柯做个手势,止住下属的疑问,"记住我现在说的话,主师匠维叶岐——敌人的敌人未必就是朋友。"他不再多说,踢马向前。维叶岐很想知道,老师这话到底是想表达什么。

他们终于抵达了黑水苑,这是块宽阔的公共广场,位于泪泉瀑布

脚下。大阶梯从这里抬升，离开城市主体，通向第二层的贵族居所，再往上则是第三层的死者陵墓与女王宫殿。随着他们走进城市深处，人群依然跟在后面，但已不再欢呼。居民们看着他们，瘦削的面庞仿佛在等待神谕。凤奴酷指示抬棺人，将大元帅奥间凤奴的尸首停放在一块巨石平台上。人们通常都叫它德鲁赫祭坛，以纪念女王陛下逝去的爱子，而实际上，当初建造它是为了怀念所有在奈琦迦参与的战争中牺牲的烈士。

安置好灵柩，凤奴酷在简朴的棺椁前肃立片刻，仿佛与先祖安静地交谈。然后她转过身，走到平台前方，面对聚集的人群。她将夜枭银盔夹在腋下，白发在火把中闪闪发光。她站在平台边缘，直面下方的群众——维叶岐不可避免地注意到她挡住了阿肯比大人。

"贺革达耶！"她声音响亮、清晰悦耳，宛如战场上的号角，"所有的贵族同胞们，回到你们的幕会中去——为了即将到来的围攻，我们要做好诸多准备。剩下的人也不必惊惶！在接下来的日子里，你们亦将大有作为，并将分享极大的荣光。团结起来，我们必将获胜，首先打败前来毁灭我们的军队，然后对抗不再惧怕我们的凡人世界。我们会力挽狂澜，获得最终的胜利。为了华庭！"

这一次，女将军不等欢呼声停息，便示意抬棺人抬起她先祖的灵柩，跟着她走回广场。维叶岐与大部分贵族一样，只能惊讶地看着她与护卫们走入人群。两旁的众人离她很近，在她经过时，都想伸出手去，碰她一下。有人甚至抛来花朵，不但是朝奥间凤奴的棺椁，还有凤奴酷本人，洁白的雪阳花与恒白菊明显偷自长眠英雄们的献祭花瓶。另一些人呼唤着她的名字，乞求她拯救自己。除了女王陛下，维叶岐从未见过低等平民会如此爱戴某个人。

女将军与她最亲近的属下穿过聚集的贺革达亚，激起一波波人浪，直至离开公共广场，登上通往第二层的台阶。上面便是各大家族的宅邸与各个幕会的总部，平民无法继续跟随。但在他们身后，阶梯

The Heart of
What was Lost

上留下了一串花朵的足迹。

夙奴酷离开后，人群也渐渐散开，但走得很慢，很不情愿，仿佛有人惊醒了他们，将他们拖出了不愿醒来的美梦。

尽管北鬼的道路年代久远、路况奇差，但波尔图最担心的并不是从三鸦塔到北鬼国度的旅程，而是安德锐。年轻人身体虚弱，高烧不断，已经没法趴在波尔图身后了，他只好把安德锐挪到鞍前，像抱孩子一样，一手牵马，一手扶住受伤的年轻人。

雪花继续飘扬，破败的古路很快被踩出冰泥。艾奎纳的军队蜿蜒蛇行，穿过北鬼领的几座小山，直奔那座厄运笼罩、壁立千仞的巨峰——凡人称之为风暴之矛。这次没人唱歌，士兵们战战兢兢地走过，就连说话都压低了嗓音，毕竟长久以来，有关这里的故事都是拿来吓唬不听话的小孩的。天色昏暗，云层压得很低，仿佛贫农小屋的天花板。同大多数人一样，波尔图也感觉有人在居高临下地俯视着他们，就像风暴之矛长了眼睛似的。

他们能看到我们吗？他心想，通过他们的妖术魔法？他们到底在想什么？

"你还在吗，波尔图？"安德锐说出每个字都需用力。

"在，小子。"

"我现在就想回家。我好冷。"

"我知道。我们都想回家。"他能感觉到年轻人打哆嗦，而实际上，自打他们跨过瑞摩加边境，今日的天气已经算暖和了。"我们还剩一件差事，没别的了。然后我就带你回安汜·派丽佩——回港壕区。"

"现在还是夏天吗？"

波尔图有些振奋。安德锐已经好多天没说这么多话了。他希望这

奈琦迦山门

代表年轻人后背上的黑斑正在痊愈，但每次寒风换个方向，他总能闻到安德锐的伤口散发的腐臭味道。"对，还是夏天。"

安德锐沉默片刻。"他们又要准备比赛了，海港球赛。"他最后说道，"我叔叔……赢过一次。我见过的人里，数他的胳膊最粗壮。像个摔跤手。他淹死了。"

"既然他淹死了，他是怎么赢得比赛的？"波尔图往前探头，想看到对方露出微笑，但安德锐只是咧开嘴，好像死人脸上的空洞。上帝救救我吧，我见过了太多死人，波尔图心想。我想见到我的旧相识。我想再见到我的茵达，看到她鲜活的微笑，离这受咒诅的冰天雪地越远越好。感谢神圣救主保佑宿尔巍伯爵，是他让珀都因远离了最最可怕的战争。

"叔叔当时……没淹死。那是后来的事。"安德锐叹了口气，接着开始咳嗽，隔着二人的盔甲，波尔图都能感受到他那虚弱胸腔的震颤。"都是后来的事了。"等喘过气，他继续说道，声音轻微，波尔图必须向前俯身才能听清。

安德锐没再说下去，他垂下头，睡着了。马匹迈开四蹄，踏过崎岖不平的山路。这原本是条大路，又平又宽，绝不亚于通往纳班的塞斯兰·玛垂府宫殿的凯旋大道。波尔图对北鬼了解不多，很难想象这条道路被荒废了多久。在他的认知里，除了埋伏在白雪皑皑的废墟里，疯狂策划报复凡人，北方的白皮精灵似乎就干不出别的事。一时间，无知的深渊和历史的浩瀚几乎令他感到头晕目眩。他转头看看旁边的骑手，有些是瑞摩加人，有些是跟他一样的南方汉子，不禁怀疑他们的想法会不会跟自己一样。但不论他们在想些什么，表情都严峻可怕。

✦

艾奎纳看那大山都看腻了，但放眼望去，视野之内难容他物。随着他们继续接近，黑压压的风暴之矛不断延展、壮大，直至覆盖了大半个地平线，锋利的尖顶几乎刺破低矮的天空。在山体侧面的裂缝中，流云般的蒸汽冉冉升腾，扶摇直上，最后被高处的山风吹散，只余下缕缕残雾，环绕着风暴之矛的顶峰。

尽管峰顶白雾缭绕，大山却并不慈祥，它巍然耸立于周围的群峰之上，好似一位大统领，身边都是屈膝跪拜的亲卫。白色的山冠垂下一道道雪纹，映衬着黑色的山石，显得更加阴森庞大，仿佛大自然也想管束它，却可耻地失败了。现如今，艾奎纳只带来几千名凡人就想撼动它？

"我们真傻。"施拉迪格在他身后说道。

艾奎纳转头看着他。"傻？为什么？"

"为什么？仁慈的上帝啊，我的大人，瞧瞧那个。那不是塔，不是断墙，那是上主的杰作，最初创造天地时，它就被安置在这里，至今仍被他的烈火焚烧。我们怎么可能征服它呢？"

艾奎纳的疑惑其实跟施拉迪格差不多，这让他深深不安，但他只是说道："既然我们是替上帝工作，就无需担心上帝的创造物，尽管它很伟大。再说了，我们要征服的不是大山，老朋友，而是藏在山中的怪物。挡住我们的山门也是人手所造，而非上帝。"

"是精灵的手。"施拉迪格闷闷不乐地说，"精灵的魔法。"

艾奎纳看到了那位希瑟女子。她骑着白马，跟在他们身后不远处，柔软的灰白外袍在风中舞动。其他骑手都在马鞍上缩成一团，捂紧兜帽抵御飞雪，唯独她对冷风和寒气似乎全不在意。"嗨，阿雅美浓夫人！"他大声道，"我能不能问你几句话？"

她没做什么动作，白马却加紧脚步，很快来到艾奎纳和施拉迪格中间。"我在。"她说。

"你了解那山门吗？"他并不信任阿雅美浓，毕竟她对北鬼很宽容，但她也没对他说过假话。在他们派出侦察队之前，她是目前最佳的信息来源。"它真跟传说中一样结实？有没有咒语或其他的北鬼把戏保护着它？"

她略带戏谑地看了他一眼。"你还是没法理解我族的技艺，艾奎纳公爵。那两扇山门，是很久以前用青铜和巫木铸造，而你所谓的'咒语'，是制造它们的工具，是它们本身的一部分，而不是涂抹在泥屋外墙上的白灰。"

"你是说，就算修好了大熊，我们也撞不倒它？我们的武器是铁铸的——能打碎所有青铜。可是巫木……"他摇摇头，"我不太了解，只知道那是种魔法木材，跟熔炼的金属一样结实。"

阿雅美浓单手做个轻快的手势，好像抓住空中的飞鸟，又把它放走了似的。"任何东西都能被撞倒，巫木也会损毁。你在战场上砍断了不少贺革达亚的刀剑，自然明白这个道理。但巫木越古老——材质越接近华庭的木头，配料越精纯——它就越不容易损坏。那两扇山门很古老，它们已挺立了数千年。你能用一根铁撞锤撞倒它吗？恐怕只有岁舞才知道。"

"岁舞？"艾奎纳发现施拉迪格在瞪眼睛。他这位副官不喜欢咒语和魔法之类的异端邪说，哪怕这些信息有助于备战。

"岁月之舞。"希瑟女子晃动手指，动作之快，公爵根本看不清，"未来之舞。它静静流淌，既在我们周围，也在我们体内。看似有迹可循，但又并非一成不变。"

艾奎纳绷着脸。"换句话说，我们能不能撞倒山门，你根本说不清。"

"确实是这样。"这一次，她露出实实在在的微笑，"但你们现在占了上风，如果山门真有可能倒塌，估计也就是现在了。不过我们还要考虑很多因素，岁舞也有很多阶段。"不等艾奎纳抗议她这些虚无缥缈的废话，阿雅美浓抬手指向外城废墟边缘一圈耸立的石环。"那儿，"她说，"有没有看到那一大片没有屋顶的石墙？那是曾经的鉴

The Heart of
What was Lost

天宫，女王司祭们记录星象的观星台。"

"那里发生了什么？你指着它做什么？"

"凡人越来越多、越来越暴烈的时候，它被荒废了。整个奈琦迦遗址，也就是我们正在接近的山外大城，全都废弃了。我之所以指给你看，因为那是个扎营的好地点。在你们准备好之前，我猜你们并不想离大山太近。"

"当然不想。我们得派出侦察队。"

"所以我认为鉴天宫适合扎营。那边有些房间还有屋顶，人和马匹睡觉时不至于挨冻。它离风暴之矛也足够远，能躲开监视的视线。"

"你说的那个鉴天宫摇摇欲坠，更像是个陷阱，而非什么避难所。"艾奎纳说，"这么说吧，如果我是白狐，就会在那边设下埋伏。"

"我觉得你不用担心埋伏。贺革达亚的战士已经不多了。自从你们踏进他们的土地，他们就没有真正阻拦过你们，因为大山本身才是他们最佳的防护。他们的主人乌荼库女王陷入'危险的长眠'——此时此刻，贺革达亚虚弱到极点。至于在鉴天宫扎营，艾奎纳公爵，虽然你还不太理解，但我向你保证，古老的观星台……有它自己的意志。我没法解释得更详细了。那个意志并不好战，正因如此，那里才会成为勘研天舞奥秘的场所。在那里，我想你的军队会平安的。真正的危险在前方，在大山脚下，山门那里。"

艾奎纳看看阿雅美浓，又看看施拉迪格，最后看向眼前的巨石阵列，有些墙壁和拱门还能看出依稀的外形，但更多建筑已彻底倾覆。在这极北地带，夏季虽冷得不行，但日照偏长，士兵们骑马行军，每天至少会比平时多走一两个小时。

"好吧，我接受你的建议。"公爵最后说道，"施拉迪格，去找威戈里都统，告诉他，我们在前面扎营，就在这位夫人提到的鉴天宫。"

施拉迪格无声地嘟囔几句，看了艾奎纳一眼，就差直接拒绝了

——施拉迪格不喜欢魔法，他担心的理由也相当充分。艾奎纳以为他会说些什么，但最后，他只是点点头，打马离开去找威戈里了。

艾奎纳转向风暴之矛的广阔阴影。它真像一只矛尖，钻出岩地，直指大庭，发出无声的威胁。现在他只想转过身子，回到他能理解的世界中去。

这地方真孤独，他心想，我们来到了一个冰冷又孤独的所在。

"夫君，回床上来嘛，"棘梅步说道，"钟声还没响呢。"

的确，昭英祠的巨大石钟还未敲响，清早的第一个时辰尚未到来，但维叶岐已经醒来好一阵儿了。他睡不着，满脑子乱糟糟的。"我得走了，夫人。今天要召开战事会议。"

他点燃细蜡烛，她则抬起修长的手臂遮住眼睛。"你又不是战事会议的成员，夫君，干吗非要过去？你非要抛下我，傻站在议事堂外，跟平民和奴隶们一起等消息吗？雅礼柯已经指定你做他的继任者了，不是吗？"

"这话不该由我来说。我只知道他想让我进去。"

棘梅步坐了起来，任被单滑落。同往常一样，维叶岐一时被妻子的美丽惊呆了。她的手臂优雅颀长，纤窄的面容堪称完美。他看着她，嘴巴发干。其实更让他惊讶的是，身为尊贵的答莎家族的一员，她竟然愿意嫁给自己。"你一走就是好几个月，相聚这么一会儿就想开小差了？"她抬起修长的双腿，下了床，站在地上，仿佛一只林间生物，浑不在意自己正赤着身子。

她开始穿衣服，维叶岐看着她——不，是盯着她——心里突然生出另一股思绪。他惊讶地意识到，这株完美无瑕、生于奈琦迦最古老家族之一的幼芽只属于他维叶岐，但很快，经常困扰他的问题又浮出了水面：为什么她的父母和族人会给他如此贵重的礼物呢？除了大

The Heart of What was Lost

司匠雅礼柯，几乎没人认可他的潜力，被提拔之前，他在匠工会辛苦了多年，却一直默默无闻，少人问津。

"夫人。"他刚开口，但又犹豫了一下。她转过头，发现他正望着自己。

"嗯？"她答应一声，"除了那老头子加给你的荣耀，你就没有其他念想了？难道你就不想试试，看我们今天能不能造个孩子？"她的晨袍尚未系紧，任由其敞开，露出朦胧而洁白的身体，"我没什么不情愿……"

"夫人，现在不是庆祝的时候，也不是造孩子的时候——至少今早不行。"他很惊讶，此时此刻，他对她竟然一点兴趣都没有。他本该欢欣鼓舞、兴致勃勃才对，"这是战事会议，我们正受到围攻。我不能只为一己之私，就疏于侍奉大司匠雅礼柯阁下。所有幕会的领袖都将出席，我怎么能最后一个出现在议事堂呢？"

她的眼中闪过一道寒光，仿如峰顶突然扬起的雪暴，一瞬间令他心惊肉跳。"是啊，那怎么可以呢？但你真以为你是在一个人挑大梁吗，夫君？毕竟你也说了，这是战争。"她盯着他，眼神不像在看自己的配偶，而是在看低贱的仆役，"我自己也有一大堆难事，我要支撑这个家，而你近来基本没时间过问。我还要给所有工人和奴隶找吃的、找住处，他们的家离山门太近，已经被你那位大司匠亲自下令封闭了。"

"这是为了加强防御。"他冷静的语气让他自己都不敢相信。夫人突如其来的怒气总是让他无所适从。"不然还能怎么办？这是战争，敌人会进攻那里。"

"是啊，夫君。但很显然，你挚爱的老师甚至不准你和你夫人有点小小的娱乐，以庆祝你平安归来和你期待已久的晋升。"

"棘梅步，话不能这么讲……"

"我懂。"她转过身，用懒得再谈的语气说道，"你的夫人可以等。造孩子也可以等。你当真想要孩子吗，维叶岐·杉-庵度琊？还是说凡人兵临城下，已经让你改变了心意？"

"别说傻话了。"他喝道，但看到她的表情，他的语气软化下来，"你知道我想要。只要华庭希望、命运允许，没错，夫人，我当然想同你生下继承人。"可二人婚配已有几个大年了，他甚至怀疑他们还能不能成功，无论有没有战争。

"那你就去开会吧。"她说，好像战事会议一点儿都不重要，更像一种消遣，"我也得干活儿了，还得想想怎么把你晋升的消息告诉给我的族人和你的下属。"

"棘梅步，现在一个字都不要讲！等我老师通知司祭们再说，他有可能改变主意。"

"老头子雅礼柯是傻瓜吗？"

即使是在私密的卧榻之间，这么讲话也让他心惊肉跳。"不，他当然不是傻瓜。"

"那他不可能改变主意。他会满足我夫君，让我夫君梦想成真。要是夫君明白轻重缓急，我也会满足你。"她脸上的怒容已经消散。她朝他走来，在他面前停下，抓起他一只手，按在自己胸前。隔着薄薄的晨袍，他能感受到她缓慢而稳定的心跳。"我也会。"

在议事堂外，昭英祠的钟声再次敲响，表明上午已过去了一半，深沉而刻板的钟声总让维叶岐想起大门关闭的声响。战事会议如期召开。

但与会的人并不多，阔大的圆厅显得十分空旷，还是让他惊诧。古老的巫木桌中间有个摆件，由石头和植物构成，代表了孕育他们整个种族的华庭。维叶岐很想知道，怎么这么多幕会都没到场呢？——比如丰饶会的大司农鹿卡娅，以及回音会等强大的幕会。

The Heart of What was Lost

当然了，大司祭尊亚弼是一定要来的，一同坐在桌边的，还有他幕会里的次等贵族们。如果连他也缺席，女王的战事会议就开不成了，毕竟他是传统的最高权威、负责民众言行的准则。

阿肯比大人没来，他的首席副手吉筌带着一众下属，坐在其主人的位子上。吉筌是个盲人，一对翻白的眸子与满腹的咒歌会学识似乎不大相称。看起来，咒歌会的领袖仍忙着照料沉睡的女王乌荼库。

殉生会的两位指挥官却都来了，一位是女将军凤奴酷，另一位是殉生会的首领暮鸦耳，他已接替阵亡的奥间凤奴，成为了大元帅。暮鸦耳面庞宽阔、表情严厉，既是凤奴酷的远亲与长辈，也是她的上司——尽管在奈琦迦的次等贵族中间，女将军的威望和名声都远胜于他。

大司祭尊亚弼示意会议开始，维叶岐的老师雅礼柯摊开手指，做了个"请问"的手势。"丰饶会、传召会和回音会的人呢？"他问道，"我怎么没见到他们？他们在会议上不需要发言吗？"

"我们觉得，到会的人不宜过多，这样才好畅所欲言。"不等尊亚弼和自己的顶头上司讲话，凤奴酷抢先说道。等到大元帅暮鸦耳终于开口，维叶岐感觉他的表情有些遗憾。

"凤奴酷将军说得对。"他说，"今天的议题，只要到场的幕会讨论就够了。当然了，我们最关心的是聚集在山门外的凡人。"

"那就直奔主题了。"尊亚弼说，"大司匠雅礼柯阁下，你的幕会准备得如何？可有什么消息？"

雅礼柯拨弄了一会儿面前的串珠。"请原谅，我这把年纪了，可能记不住所有细节。所以我带来了主师匠维叶岐。我想你们都认识他。"

众人点点头。歌者吉筌朝维叶岐的方向露出温和的微笑。"我们没见过，但我听说过他的名字。欢迎你参加我们的会议，主师匠。"维叶岐按礼仪做了个手势，以示感谢，但他感觉问候自己的更像一条毒蛇，一旦暖过身子就要扑上来咬一口。

寒暄完毕，大司匠雅礼柯开始介绍匠工会各项事务的细节——在山门周围和上方建立防御工事，清理已经荒废、但日后或许用得上的古老通道，以及其他十多项平淡无奇的工作。维叶岐插言提醒了一两次，但他怀疑，其实老师什么都没忘——雅礼柯只是经常表现出分心、健忘的模样而已，尤其是在公开会议上。

"我们勇敢的殉生会呢？"等雅礼柯说完，尊亚弼问道，"元帅，你们准备得如何？"

暮鸦耳做个恭敬的手势，开始回答。其实，大司祭尊亚弼并不比其他幕会的领袖更有权势，更不如阿肯比那么令人畏惧，但身为传统的守护者，所有人都会对司祭们礼敬三分。

"正如诸位的预料，"暮鸦耳迅速扫了一眼摊在桌面上的卷轴，"众所周知，我们在南方遭遇了惨败。目前在奈琦迦，受过训练的殉生武士仅剩五百人，即便还有些战士打算回归，他们也没办法通过凡人的包围圈了。我们的人数大为不利。"

接下来的沉默很快便被打破。"形势危急，但我们不能纠结于眼前。"女将军凤奴酷说，"我们还要想想将来。"虽然她的声音并不大，但那有力而清晰的语调马上吸引了众人的注意力，元帅本人却被忽略了。

"什么意思，将军？"吉筌问道。盲眼歌者在身前合拢双手，面向桌子，仿佛陷入冥思，但语调中的严厉无可置疑。"如果眼前都过不去，又遑论将来呢——还是说，是我过度悲观了？"

"希望是你过度悲观了，吉筌大人。"凤奴酷说，"即便是在目前的危难中，将来的问题也不容忽视。"

"那么，请你直言。"雅礼柯说道。不了解他的人会以为他很直率，但维叶岐听出了老师话语间暗藏的机锋。被这么一群德高望重、权势熏天的贵族包围，维叶岐只能慨叹，这水实在太深了。他不禁佩服，夙奴酷竟没有半分犹豫，便踏进了险恶的深水。

"好，我会说的。"夙奴酷回答，"但首先，还是让我家主帅暮鸦耳把殉生会的准备工作讲完吧。"她转向暮鸦耳，"大元帅阁下？"

无论从年龄还是职务上讲，夙奴酷都不及暮鸦耳，可她竟然在朝长辈兼上司发号施令。维叶岐本以为大元帅会冷冷地发怒，但他只是点点头，平静地陈述了殉生会的各项工作：他们已将为数不多的士兵分派出去，安排到许多可能有风险的位置。与会者提出些问题，他一一作答，态度坦诚，只是感情有些麻木，好像已经认定此战希望渺茫，他本人也就懒得掩饰了。

"吉箜大人、雅礼柯大人，山门情况如何？"暮鸦耳讲述完毕，开口问道，"它能支撑多久？"

吉箜摊开手指，做了个复杂的手势，维叶岐没太看懂，部分原因是因为歌者中间自有一套话语体系，而他们从不与其他幕会分享。"山门与其他一些主要的防御设施一样，一直由女王陛下的意志守护。只要她能日渐恢复，自有能力保护她的子民平安无虞。愿我族之母健康长寿！"

所有人忠实地重复了一遍。

"但这也是我们最大的问题。"吉箜声音柔和，继续说道。这位老者是如此的温文尔雅，单看他的外貌和仪表，维叶岐很难把他跟自己听说过的黑暗传言联系到一起，可他的古宅总是房门紧闭，里面不知在搞些什么名堂，他的许多竞争对手的也确实下场凄惨。不过话说回来，维叶岐毫不怀疑：能在咒歌会爬上这等高位的，一定都是意志坚决、神通广大的人物。

"众所周知，"吉箜说道，"在阿苏瓦遭遇不幸之后，女王陛下陷入沉眠，恐怕需要很长时日方能苏醒。在座各位都不是孩童与奴隶，自然不会相信那些空洞的保证，所以我们就打开天窗说亮话吧——我们在南方被打得很惨，女王陛下也深受其害。我的主人阿肯比保证她会回归，但他虽有惊人的智慧，也不敢断言具体需要多久，而我们都怀疑，这时间一定短不了。所以山门目前很虚弱。没错，它仍为两扇巨大的巫木门，还缠绕着铸造时的强力咒歌。但没有女王陛下清醒的意志做支撑，它只是两扇门而已。两扇大门，但依旧是门，而门总能被撞破的。"

他说完了，再度合拢手掌，盲眼朝向天花板，仿佛在凝视上方的什么东西，"视线"一直穿过了圣山。

"我就接着吉銎大人的话往下说了。"雅礼柯说道，"我的工匠们会竭尽全力，加强山体的防护，包括两扇山门，但我们的资源和时间都很有限。"

一阵哀怨的沉默笼罩了议事堂。

"夙奴酷将军，你刚才又想谈论什么呢？"尊亚弼问道，"现在是时候听听你的想法了。愿华庭借你之口，给予我们些许希望。"

"我说的不是希望，毕竟这东西难以捉摸，又容易出错。"她回答，"我只有个简单的提议。万一山门被打破，无论等级高低，城中所有居民都必须拿起武器，因为我们的殉生武士不多，不足以保卫奈琦迦免遭凡人的入侵。"

许多声音同时响起，大司祭只好示意大家安静。"让奴隶拿起武器？"尊亚弼问道，他那知名的冷静明显达到了极限，"你当真提议让低等平民和奴隶们也都拿起武器，将军？为什么？如果殉生武士全军覆没，贵族与幕会不复存在，那么，就算将凡人都驱逐出去，最后又能剩下什么？一群全副武装、愚昧无知的乌合之众，终于找到了发泄怒火的通道？"

"我相信，重新着手恢复秩序，"夙奴酷回答，"也好过任由凡人奸淫掳掠、肆意屠杀。"

到场的所有贵族都有疑问，有些甚至近乎于谴责，议论很快演变为争吵。很明显，暮鸦耳元帅并不完全赞同这个方案，但还是屈从了

The Heart of What was Lost

年轻下属的主张。"只要给他们武器，他们就可以跟殉生会一起对抗凡人。"暮鸦耳说，"他们将由受过训练的殉生武士率领，我们会让他们遵守纪律。正如凤奴酷将军所言，一旦山门倒塌，我们没有足够的人力抵御入侵。"

尊亚弼摊开双手，做个挫败的手势。"我还是无法理解。与吉箜大人一样，在这空前野蛮的方案中，我只看到了无法承受的后果。"

"这本来就是个空前野蛮的时代。"凤奴酷反驳道，"先别急着表达对这方案的厌恶，因为我还没讲完呢——我之前说了，我们不能只考虑眼下，更要着眼于将来。"

雅礼柯一直保持沉默，没有参与争论，这会儿却露出微笑。"看来今天我们能听到不少有趣的想法，将军，请接着讲吧。"

凤奴酷审慎地看了他片刻，仿佛在揣测，在这宽阔的巫木桌周围，匠工会的大司匠究竟是敌是友。"好吧。其实我的提议，在过去曾经讨论过。几个大年之前，我们的女王陛下曾派出大贵族苏提矶与鸥穆等人，去援助阿苏瓦国王伊奈那岐。当时就有人提出，我们应当与凡人婚配。"

她的话让全场鸦雀无声。虽然暮鸦耳没有反驳，脸上还是露出了愧色。维叶岐很想知道，在会议开始之前，大元帅和他的年轻下属到底达成了什么奇怪的协议。

"真不敢相信你能说出这种话，将军。"尊亚弼说，"凡人？与凡人婚配？何其亵渎……"

"拜托，大司祭阁下，先别急着谴责我。"显然，凤奴酷打一开始就预料到了这一步，在会议之前便做好了充足的准备。维叶岐感觉她已经掌控了局面，凭借强大的气场震慑住了众人。他再次暗暗惊叹，果然是时势造英雄啊。"正如我所说，这事以前就讨论过了，当时的大司祭是昔冀阁下，尊亚弼大人杰出的前任。"

"这事被严词拒绝了！"尊亚弼说，"女王陛下亲口下令，这事绝不可以——绝不可能！"

"当然，女王陛下永远正确。"凤奴酷说，"但我相信，如果她现在苏醒，她也会发现，形势正变得越来越糟。想想吧，各位贵族同胞们，好好想想！我们的人数已降至新低。很久以前，我们便启用凡人奴隶监管另一批凡人奴隶，让低等贺革达亚管理他们自己，因为我们贵族人数稀少，我们的孩童出生率太低。而凡人呢，不管在山内还是山外，都繁育极快。如果不做出改变，我们会亡族灭种的，就算不被凡人攻破山门，也会亡于奈琦迦内部的叛乱。所有人——包括你们的配偶、儿女、亲族——都会死在床上，或被拉去游街，像被凡人战俘一样，最后被残忍的暴徒大卸八块。"她向前俯身，声音愈发低沉而急迫，"想想我说的话吧。血统纯正、唱响过遗歌的殉生武士只剩五百名！围攻之后呢？就算我们没被剿灭，剩下的又能有多少？一半？还是更少？大人们，在奈琦迦，我们养了超过一万名农夫和凡人奴隶，施行管理的幕会成员却少得可怜。两场大败之后，假设下人们对我们的憎恶胜过了对山外凡人的憎恶，我们贵族就真的危在旦夕了。"

沉默再次降临，维叶岐感觉厅内的空气躁动不安，如暴风雪即将刮起一般。不等尊亚弱拂袖而去，不等其他人再说些什么，将争论变成刺耳的辱骂，雅礼柯先发出了一阵奇怪的声音——他用口哨吹出一段旋律，维叶岐听出来了，那是一首土美汰古曲《乐师与士兵》。厅内的所有人都转向他，表情同维叶岐一样惊讶。

雅礼柯却不作任何解释，只是一直吹奏，直到将副歌也吹完，然后才开口。"我很好奇，凤奴酷将军，这种婚配有没有规定限制？是让所有贵族都屈尊降卑，跑到大街上与低等生物交配，还是有什么展览或比赛之类，好让大家选出没那么恶心的对象？"

凤奴酷毫不掩饰自己的怒意。"拜托，大司匠阁下，我们就不能坦诚一些吗？你我都心知肚明，许多高等贵族，无论男女，私下都养了凡人当情人，有些还生下了孩子，你觉得这种行为算不算恶心？"

The Heart of
What was Lost

雅礼柯再次露出微笑。"恶心得要死，将军，但经历了最近的日子，这种行为已经不算过分了。只不过，奴隶的孩子依旧是奴隶。你想改变这一点吗？"

夙奴酷摇摇头。"这事没有先例，我也说不准。但我建议，贵族亲族必须抚养这样的孩子，哪怕他们是混血。他们比我们的孩子长得更快——快得多，在我们曾经统治的土地上，我们都看到了凡人是怎样加增的。如果这些混血儿由贵族阶层抚养长大，在幕会中受训，谁能保证，他们不会像其他人一样，成为女王陛下的忠实臣民呢？"

"你叫我别急着谴责你，"大司祭尊亚弼说道，他声音里的惊讶已经盖过了愤怒，"但依我看，将军，你实在过于亵渎。混血儿的心思，怎么可能跟纯正的贺革达亚一样？"

夙奴酷耸耸肩，就她所处的等级和职位而言，这个动作可谓相当粗鲁。"那就测试他们。同所有幕会的新成员一样，他们必须进入夜挞敌箱。没人说过我们必须接受所有人。事实上，如果要达到纯血儿待遇，必须付出更多，这会让他们更珍视其价值。这样一来，我们会为女王陛下增添成千上万的殉生武士。"

"太疯狂了！告诉我，吉筌，你是怎么想的？"尊亚弼问道，"我已经惊讶得说不出话了。阿肯比大人会同意吗？"

吉筌隔了很久才说话。"我不知道。我会大人很难捉摸。这个方案会生出许多枝节，我一时也捋不清，但我的想法跟你差不多，尊亚弼。我一个人可做不了这个决定。等他有了结论，我会转告你的。"

夙奴酷隔着桌子，做了个"耐心等候"的手势。维叶岐和所有人都明白，就算殉生会在场人员都点头同意，若没有咒歌会领袖的许可，任何方案也都不可能施行。

"最后一个问题，"雅礼柯说，"暮鸦耳元帅，即便我们同意这个空前冒险的方案，许多问题依然存在。我们该如何安置那些新生的贺革达亚？如果我们真的养育混血儿，按照凡人养育凡人的速度，用不了多久，我们的圣山就人满为患了。"

暮鸦耳摊开双手。每次谈到下属的方案时，他都显得极不情愿。"也许吧。但能增强我会的实力，也算一件好事。"

"尊敬的大司匠雅礼柯阁下，你忽略了一点。"凤奴酷说道，"一旦殉生会人手充足，其他幕会也实力壮大，我们就可以把心思转移到我们都想做的事上——夺回被凡人偷走的土地。那时我们就有足够的生存空间了。"

"所以又要打仗？"雅礼柯谨慎地问。

"彻底消灭我们的敌人。"凤奴酷回答。一时间，在维叶岐眼里，她分明是顽石的化身，血脉和教养里都流淌着不屈的信念。"我们不可能与凡人分享这个世界——相信所有人都赞同这一点。到了最后，不是你死，就是我亡。身为女王陛下的殉生武士，我发誓，灭亡的一定是凡人。"

波尔图的父亲是位木匠，九年前就去世了。他自个儿的童年大多在岩角区度过，经常在梯子间爬上爬下，负责拿工具或将木板按在合适的位置。这次他报名参加了军中的木匠班，任务是削一根新木桩，以撑起大熊的脑袋。

攻城锤的铁头确实不小，好在艾奎纳的士兵们在山前的废城边缘找到一片古树林，其中有些大树粗得惊人。木匠班的领队叫布伦亚，话不多但脾气火爆，他选了一棵超过六十肘尺高的老桦树，很适合用来制作攻城锤的撞杆。木头材质坚硬，但不到一天时间，波尔图和另外十二名斧手便砍倒了大树，开始剔除较为粗大的枝丫。其他工人则砍倒一些小树，当作滚轮，好把攻城锤尽快运到山门前，将其撞倒。

波尔图喜欢这差事，但他要求加入木匠班，很大一部分原因是为远离安德锐，哪怕只是一小会儿。自打来到山前，他每天都要花上很

The Heart of
What was Lost

长时间照顾年轻人，为后者清理伤口、喂水喂饭以及保暖。他还要倾听、倾听、一直倾听，因为安德锐总是嘟囔个没完，尽管已经虚弱到极点。有一半时间，安德锐的声音轻不可闻，说起话来好像喃喃的叹息，但另一半时间，他会哭着喊疼，恳求妈妈把他接回家去。几天过去，波尔图快被他逼疯了。

去帮伐木工和木匠们干活儿、开始一整天的工作之前，波尔图给安德锐做了些肉汤，原料来自早餐剩下的那点儿寡淡的炖肉，外加几颗小土豆，以及他采来的一小把软腿蘑菇。年轻人咽不下多少东西，但强撑着吃了一些。波尔图受到鼓励，用斗篷裹紧安德锐，相信自己在古树林里干活儿时会暖和起来。波尔图向年轻人保证，说晚上会找些更可口的东西回来下锅，但一转眼，等到天黑收工，他已经没力气再去打兔子或松鼠了，只好用一点土豆跟一位伐木工换了些咸牛肉。波尔图知道，这种干肉需要好一阵子才能泡软、入味，但在这冰冷灰暗的世界尽头，就算什么都没有，时间还不有的是？

波尔图回到帐篷时，安德锐正在睡觉。他没打算把年轻人弄醒，只是往火堆里加了些木柴，将布满凹痕的锅子放在火上煮沸，这活儿比在家里需要更长的时间。他选的位置离艾奎纳公爵的营地有一些距离，免得安德锐的呻吟和嘟囔吵醒其他士兵，这会儿他在小小的"领地"间巡视，想找些能下锅的野菜。最后他找到一丛野草，看上去有点儿像白洋葱，又小心翼翼地尝了几口，惊喜地发现味道也挺像。他拔了一大把回去，锅里已经开始冒泡了。

"你会喜欢今天的晚饭的。"他蹲在火堆前说，"安德锐，你醒了吗？哪怕是在公爵的帐篷里，你也尝不到这般美味啊。"

安德锐没说话。波尔图靠过去，轻轻推了一下。"醒醒，小子。再不起来，你就错过大餐了。"他感觉不太对劲儿，好像有人偷走了安德锐的身体，却留下了某种更坚硬的东西。

波尔图帮年轻人翻过身。安德锐面容松弛，两眼睁开，双眸却一片模糊。他看上去一点儿也不安详，但也不再痛苦，脸上只挂着宽慰的微笑。他已经死去多时了。

美餐被忘到一边，锅里的水都烧干了，波尔图依然瘫坐在尸体旁边，泪流满面，直到晚风吹得他身子发冷，湿漉漉的脸颊却一阵滚烫。

他不想把朋友埋在大山阴沉的视线之下，于是拖着尸体，穿过平时干活儿的树林，来到外围一处常绿树包围的空地。他用斧头又是挖又是刨，直到北境漫长的暮光渐渐消退，终于在硬土间掘出一道深沟，足以避免安德锐的尸体被食腐动物撕碎。波尔图不太情愿地拿走了斗篷，他感觉自己像个强盗，于是用松枝铺了一张床，又砍了更多松枝当毯子，好盖住尸体。他考虑了一下，打算摘下年轻人引以为傲的港壕区围巾，好在日后还给男孩的母亲，但最后还是放弃了。安德锐每时每刻都戴着它，他对自己支持的古老"赛图"的自豪感值得称道。埋在这荒凉的异乡，连块墓碑都没有，至少让他戴着围巾奔赴来生吧，这是他最骄傲的信物，能让他想起自己的家乡。

天色渐暗，星星仿佛害羞的孩子，出现在夜空，遥望着他。波尔图让朋友躺在墓穴里，用芬芳的松枝将其盖住，又用冻土小心地填满墓坑。他在坟墓顶上堆起一堆沉重的石头，以保护安德锐的安息之所。他听到其他士兵在不远处扎营的声音，他们安静地交谈着，具体说什么听不清，只感觉那声音好似低吟的河水。他的心空落落的，不禁怀疑，等这场仗打完，有多少人会躺在这星空下冰冷的野地里。最后，夜色完全笼罩了北方，他跪在土堆旁，背诵起他还记得的几句祷文。

"围攻奈琦迦的战斗开始了。

The Heart of What was Lost

"凡人以数千之众,涌过山脚下的平原,如毒蛇盘踞古墙般在我族先祖的废屋中扎下了营帐。他们带来了巨型攻城锤及其他器械,准备攻打我们的山门。起初,女王的殉生武士与其他幕会都乱成一团,但伊瑶拉家族的暮鸦耳元帅,与其晚辈凤奴酷将军一道,将剩余的殉生武士集结起来,并训练所有贺革达亚,无论男女老少,作为奈琦迦最后的防御力量。

"其他幕会也殚精竭虑。雅礼柯大人带领匠工会,达成了许多未被歌谣传唱的英雄壮举;鹿卡娅夫人带领丰饶会,于圣山深处的花园中不辞辛劳、长久劳作,确保在战后很长一段时间内,我们的族人不至于饿死。

"司祭们与回音会织出一张心灵之网,将各大幕会连接在一起。咒歌会领袖阿肯比大人居中坐镇,他率领会众,准备对凡人军队施以致命的打击,意在重挫他们的士气,将他们口中胜利的滋味化作尘土。

"起初,我们的族人只能从山门上方、隧道里,或几百年前、由匠工会的前辈们挖出的防御工事打击敌人。贺革达亚在山腰间的隐秘之处设下埋伏,那些地方已经废弃很久,最近才被清理出来。殉生会派出最精干的弓箭手,给北方人降下死亡的箭雨,杀敌众多,我方损失却微乎其微。

"雅礼柯的工匠与歌者大师、术法工程师们通力合作,制造出能投掷火焰与燃烧箭的机械,用于从高处打击入侵者。一开始,这些新器械取得了显著成效。北方人试图将巨型攻城锤推到山门前,他们尝试了三次,也被打退了三次。攻城锤的护板着了火,许多撞锤手被杀死,或被严重烧伤。

"但北方人下定决心,不肯放过这次机会,誓要彻底摧毁贺革达亚。他们在队伍中挑出最优秀的攀岩手,派他们爬上圣山,专门对付我们的守卫。陡峭的山路间、岩洞深处,甚至奈琦迦火热心脏的排气

奈琦迦山门

孔前,都爆发了惨烈的激战。尽管我们的殉生武士战得英勇,但凡人数量众多,挥洒人命如同草芥,最终还是将攻城器械推到了山门面前。很快,北方人还发现了山腰间几乎所有的隧道,在那些通往圣山内部的珍贵通道,许多焦灼的战斗随之打响。既然秘密通道已被发现,女王的工匠们只好将它们迅速封闭,有时甚至连守卫们也被堵在了外面,只为避免凡人经由这些通道侵入奈琦迦。北方人也在外面用石头掩埋通道口,以免我们出击。他们大肆搜索,殉生武士侵扰凡人用的秘密通道被逐一发现并毁坏,出入圣山的道路近乎荡然无存,战场缩小为巨大山门周围的地面。

"凡人重造了攻城锤,其上覆盖着黑铁铸板,用以抵御箭矢和长矛。锤杆则是一根粗大的桦树干,取自旧城圣林中年代最久远的大树。在这并不完美的土地上,那片树林曾是我们的花园,是神圣之地,每个大年,我们都会将叛徒和不服管教的奴隶带去那里献祭,直到我们在圣山深处发现永生井为止。

"早在分离之日以前,甚至早在女王陛下初次占据古城之前,奈琦迦山门便已经存在。它们十分坚固,附着了古老的咒歌,即便凡人的重型攻城锤上套着一只张牙舞爪的铸铁熊头,依然无法撼动其分毫。不过北方人已经闻到了血腥味,他们不达目的,誓不罢休。

"几个时辰过去,几天过去,攻城锤仍在持续撞击山门的巫木门板,每一声巨响都回荡在奈琦迦的诸多广场上,震撼了古城里的每一间房屋,浑如一头恐怖巨兽的脚步声。看起来,北方人如不撤军,山门终有一日会被他们撞倒。

"在这危急存亡之际,一位贵族挺身而出,意图挽救我们的城市。霓堪瑶将军,显赫的舒琢家族中最伟大的战士,召集了六十名英勇的殉生武士,他们每人都在回归之战中屡立战功。他与司祭及其他学者们商议后,带领他的队伍,穿过了可能是最后一条不为凡人所知的秘密通道,在山底蜿蜒而行——自从巫-奈琦迦被我族征服,我们还是头一次使用这条密道。

"他们经历了何等艰难困阻,征服了多少骇人险境,我们永远不得而知。但等这支威武之师于露弥亚湖岸附近山脚被遗忘的洞窟中再度现身时,已折损将近一半人马,许多生者还带着严重的创伤与烧伤。

"但敌人仍在持续不断地攻打山门,灾难迫在眉睫,将军无法叫队伍休息。霓堪瑶告诉将士们:'我等已是死士,我们的遗歌已然唱响!就用失去的一切去换取心爱之人的自由吧!为了女王陛下,为了华庭!'

"只要贺革达亚一息尚存,只要华庭的回忆依然存在,他们的英雄壮举便会被我们永远传唱。霓堪瑶率领幸存的士兵,借着山脚周围阴影的掩护,连夜打马疾行。据说他们的马蹄叩击着路上的岩石,迸出闪亮的火星,终于在日出之前杀到山门外的北方人身边。他们出其不意,攻其不备,斩杀了几百名仍在沉睡中的凡人,连攻城锤也差点被点燃,遗憾的是凡人的首领、艾弗沙公爵艾奎纳重新集结惊愕的士兵,发起反击。

"凡人如鼠群般涌来。霓堪瑶在无尽的人海中杀出一条血路,只差一点便能接近北方人的首领,可叹最终还是含恨倒地,身中数刀,鲜血流尽,倒毙在凡人公爵几步开外。其他英勇的殉生武士很快也被包围并屠戮殆尽。霓堪瑶的奇袭就这样结束了,奈琦迦的末日似乎已不可避免。

"听到霓堪瑶陨命的消息,人民聚在议事堂外号啕痛哭,认定万事皆休,要求将沉睡的女王陛下带离圣山深处,避免我族之母也被凡人杀害。但颇受族人尊敬的上将军凤奴酷站了出来,她登上大厅台阶,呵斥众人都是懦夫,宣称以他们为耻。她问道,如此多的同胞尚且存活,奈琦迦岂能陷落?

"'没有石头可以投掷了吗?'她质问道,'没有木棒可以削成长矛了吗?我们先祖的巫木古剑不是还挂在墙上吗?为何不将它们摘下,让它们再有机会痛饮凡人的鲜血?莫非贺革达亚都死绝了,只剩下了哀哭切齿的鬼魂?'

"夙奴酷令众人安静下来,又给了大家信心。她说,我族就算站着死去,也强如向征服者屈膝,却仍难逃一死,或者更惨,被贬为奴隶。她向众人提到伟大的罕满寇,他曾身中十余支致命的箭矢,依然走过了桃灼。她还提到多位先祖的名字,其中包括奥间鸣首。

"'如果我放下刀剑,任由凡人为所欲为,将来有一日在华庭,我还有何脸面面见我的先祖、女王陛下的配偶?如果我被恐惧压倒,临阵退缩,将来我该如何承受他的目光?八百季前,我在战斗中杀死一名凡人奴隶,而在殉生会中赢得了一席之地。如今为了保卫家园,为何我不能心怀喜悦地再杀他几十个?'

"她的话语振奋了众人的心,大家回到各自的住处与岗位,决心战至最后一息,流尽最后一滴血。有人说,在那一刻,夙奴酷也像一位英雄,正如她传奇的先祖、'殇瞳'奥间鸣首一般伟大。"

——文牍会的米嘉·杉夜-津纳塔夫人

"稳如山"埃尔林是个精瘦结实的瑞摩加人,长着黑胡子,过大的手掌,跟胳膊显得不太协调。波尔图请求入队时,这家伙皱着眉头,先问了两个问题。

"能爬高不?"

"我是在房顶长大的。我父亲是个木匠。"

"从房顶和从山顶摔下来,那可是两码事。到时候你就知道了。能听话不?"

"能,长官。"

埃尔林上下打量他一番。"你有点儿高哦,咱们经常要爬一些窄缝，你可能不方便，好在你还挺瘦，这点应该有用。"他眯起眼睛，"你不怕那些白皮鬼吧，嗯？"

"不怕。我恨他们。"安德锐空虚的面孔每晚都出现在他梦中，他朋友的鬼魂安静而忧伤。"我要看着他们全死光。"

"我完全同意。"埃尔林磨完了刀子，将磨刀石在马裤上蹭了蹭，塞进包里，"但要记住，他们只是看着像死人，其实跟你我一样活蹦乱跳。没错，他们诡计多端，但你拿刀砍中，他们同样会流出红色的鲜血，而等你宰了他们，他们就跟人类一样死翘翘啦。"

"你在海霍特跟他们打过仗？"

埃尔林摇摇头。"没有。当时我在北方，打我们自己的仗。'尖鼻子'司卡利死在赫尼斯第之后，我们挺进考德克，替艾奎纳公爵讨还失地。乡亲们帮我们打开镇门——他们早就受够'尖鼻子'啦——可司卡利还有个儿子叫葛利，一个狡猾的小厮包，死活不肯投降。他带着残党，爬到圣阿斯拉教堂的塔顶。他们用碎石封住楼梯，坐在塔顶朝下面射箭，不放过任何一个敢在镇子中间露面的公爵士兵，直到乌纳统领派我和我的一干兄弟上楼。"

"我记得你说，楼梯被封住了。"

"我又没说走楼梯，你这傻大个儿，我们是爬墙上去的，就像爬我老家奥森海姆的断崖。用绳子，伙计，绳子。如果你不晓得怎么打结，你最好快点儿学会，万一有人朝你的眼睛射箭，你却笨手笨脚地连个反手结都打不好，那就死定了。"他又盯着波尔图看了一阵儿，把手伸进包里，取出一捆粗绳。"给。瞧见那家伙没？半边胡子都烧焦那个。对了，千万别问他是怎么搞的，不然他又得从头到尾讲一遍，他娘的烦死人。那老家伙叫德拉吉，告诉他，就说我说的，让他教你怎么打反手结，还有其他有用的玩意儿——比如怎么解开，有时候这很重要。明晚你再来找我，看你学得怎么样。"

"塔上发生了什么？"

"什么塔?"

"圣阿斯拉教堂的塔楼。你说你们爬上去了。"

"我他娘的当然爬上去了。"

"后来……发生了什么?"

埃尔林哼了一声。"这么说吧。身为司卡利的儿子,小葛利的尖鼻子也长得跟鸟嘴似的,可惜他不会飞。"

维叶岐清楚地知道,他同雅礼柯大人一起从南方返回的亲密时光已彻底结束。同其他匠工会的高级官员一样,现在他也得在候见厅里等待老师的传唤。

维叶岐注意到,其他高级官员望向自己的频率明显比平时多得多,他们有的好奇,有的则带着毫不掩饰的怨念。不知道雅礼柯是不是告诉了某些人,说他已经指定维叶岐做自己的继任者。但不管怎样,大司匠似乎都不急着见他,维叶岐已在候见厅里等了好久。

终于,通往内室的门开了,几道人影走了出来。首先是凤奴酷,她将银白的头发紧紧扎成适宜行军的发辫,腋下夹着夜枭头盔,身后跟着几名表情刚毅而空洞的殉生武士。她看到维叶岐,脚步慢了下来,朝他正式地点点头。

"好好劝劝你们那位大司匠吧。"从旁经过时,她轻声说道。他突然意识到她很生气,活像一团炸裂的火焰,他必须努力压抑住后退的冲动。

雅礼柯坐在内室中央的宽桌后面,几乎被堆积如山的地图和施工图完全挡住。维叶岐的第一感觉是,老师比过去几个月苍老了许多。雅礼柯的背脊依然挺直,捧着文献的双手依然稳当,但眼睛和面容里有种维叶岐从未见过的衰弱感,说不清、道不明,却也无法忽视。那是绝望吗,还是某种更为复杂的情绪?北方人还在撞击山门,持续不断的声响已经化作末日接近的鼓点,将整座城市都拖进了它的节奏。还好他们的幕会纪律森严——或者说,监工的鞭子行之有效——总之从上至下,工作还算井然有序。

"进来吧,小维叶岐。"雅礼柯看到他了,"关上门。你去过咒歌会的总部了?"

"是,我刚刚去了,但没什么结果。我对着庭院里的传音石报出名字和来意,但他们既没开门,也没回应。"被轻视,受冷落,维叶岐感觉自己就像个传话的,哪里是什么大司匠的继任者。

雅礼柯慢慢摇摇头。"阿肯比大人是要独自赢下这场战争啊。"

"可是为什么,老师?他为什么不想跟您合作?"

"啊,需要时他自然会派人来的。他也不是跟我过不去,只是不想与殉生会合作。"

雅礼柯似乎主动降低了身价,努力再次与维叶岐以同等的身份对话,这让主师匠的心态缓和了下来。"现在可不是搞对立的时候啊,"他说,"凡人都打到门外了。"

"而女王陛下仍在沉睡。"大司匠摇摇头,从桌上拿起一件饰品。那是一颗猞骨牙的头骨。这种猛兽有着长长的牙齿,外形像狼,早在贺革达亚到来之前,它们便已在巫-奈琦迦周围安家落户。在过去,奥间鸣首和女王乌荼库很喜欢骑马追逐这些凶兽,除了猎矛,其他武器都不带,如今城里还有不少雕刻,展现了他们狩猎时的英姿。"女王陛下仍在沉睡,凡人呢,正如你所言,已经打到了门外。可现在恰好是搞对立的时候,一旦众人敬畏的乌荼库醒了,所有野心勃勃的大人和夫人们顿时成了罐子里的苍蝇,只能绕着圈嗡嗡叫,捡些蝇头小利。现在恰好是他们争权夺利的时候。"雅礼柯酸涩地大笑几声,"事实上,主师匠,再没有比这更好的时机了。他们都在毁灭的阴影里下了重注。"

"我在候见厅见到了夙奴酷将军。"维叶岐说,"她对我说:'好好劝劝你的老师吧。'请恕我斗胆,大司匠阁下,她这是什么意思呢?"

雅礼柯放下长牙头骨,弹走下颚骨上的一小片灰尘。"她希望我向阿肯比大人施压,迫使他合作,毕竟我是最年长的幕会元老之一——几乎与阿肯比一样权威。"他露出嘲弄的微笑,其中没有半点暖意,"她觉得咒歌会首领不顾大局,不愿倾尽全力。"

"她说得对吗?"

"站在她的立场,倒也不算错,但阿肯比眼中的大局是咒歌会和他自己。"

"所以您做不了什么。"

"有些事,我在离世之前还是能做成的,譬如对我族存亡生死攸关之事。不过这就不需要你来操心了,小维叶岐。等我离世之后,你会接替我坐上大司匠的位置,但你不会跟我一样,也不该跟我一样。将来也许还会发生许多祸事,我希望你不要被我的经验束缚,多运用本会之外的办法。以后我们不要再见面了,至少不要在公开的场合。"

维叶岐的心脏如遭重击。"不再见面……?"

"我有我的理由。"

"阁下,您当真没什么……"

"我自有我的理由。"

除了刚刚加入幕会那段时间,老师对维叶岐讲话的语气还从未如此严厉,如此不容置疑。他猛挥一下手,以示严厉的警告,接着又做个手势,意思是"别再说了"。

过了一会儿,雅礼柯才用平板的语气说道:"看得出来,你还有些问题。"

的确,维叶岐心如刀绞,虽然他努力不要显露出来,但老师还是一眼看穿,这让他的心情更加低落。"是的,大司匠阁下,我确实有些问题。为何最重要的任务都指派给了主师匠纳霁?"

The Heart of What was Lost

雅礼柯看着他，面无表情。"什么最重要的任务？"

"山门周围的任务，阁下。增强我们仅存的防御，以抵挡北方人。"维叶岐不再看向老师，而是看着脚下的石砖，试图保持镇静。

"啊。"过了很长时间，雅礼柯才回道，"我还以为你在担心什么呢。我知道你的真实想法了。"大司匠将座椅推离桌子，站起身，从容的动作很符合他的年纪与身份。一时间，维叶岐在雅礼柯的脖子上扫到一抹反射的火光，至少他感觉是——哪怕只是短短一瞬，再次看到失落之心，他不由又想起了那骄傲的一刻，当时雅礼柯是那么信任他，将家传珍宝都托付给了他。可纳霁被委以重任的消息，让这一切显得空洞。

"我送你到门口。"大司匠说，"没错，你该走了，主师匠。学着控制自己吧，任何情绪都可以隐藏——喜悦、愤怒、悲伤。不论盟友还是敌人都很容易看穿你。"

"是，老师。但我还是没完全明白。"

"你会明白的。"

维叶岐深吸一口气。"请原谅，大司匠阁下，但就算您将我驱逐出幕会，我也必须说出口。到目前为止，守护山门是我们最重要的工作。我们全族的性命都维系于此。而主师匠纳霁胜任不了这个挑战。他是个可靠的工匠，但能力还不够。"

老人看着他，看了很久。老师沉默不语，令维叶岐的心跳慢慢加快。一般来说，这代表雅礼柯要么很生气，要么很想笑，但不会是无动于衷。

"我在幕会这么些年，确实没见过比你更优秀而敏感的工匠。"雅礼柯最后说道，"你的绘图能力和想象力，一直让我惊叹不已……"他停了一下，"但主师匠，我不能只看技能，或者野心，我还要考虑更多方面。我必须做出自认为最好的决定，而我已经决定了。去隧道深处完成你的工作吧，尽量做好。既然你担心纳霁能力不足，那你更应该替女王陛下和族人们准备好最后的避难所。"

维叶岐什么也没说,直到他感觉再次控制住了自己。"如果这是您的要求,大司匠阁下,那我一定照办。"

"学会更好地掌控情绪吧,维叶岐。"雅礼柯走近些,貌似友好地扶住他的胳膊,也可能是为掩饰自己的虚弱,"至少在这一点上,你确实不如纳霁——他就像他堆砌的石头一样不动声色。不要让情绪驱动你。但也不必自责,这不是你的错,而要怪我。我希望你做我的继任者,但我不该这么早就告诉你。"

"所以,您改变主意了。"

"傻小子!"雅礼柯说,"我没必要让所有人都知道这件事,但他们已经有所察觉了。我只能让你尽量低调一些。"

"如果您还没通知司祭们,别人是怎么知道的呢?我发现好多人用异样的眼神看着我。"

雅礼柯没回答这个问题。"从今天起,维叶岐,除非我找你,否则你不要过来了。你也不要给我写信,只要专注于隧道深处的工作就好。如果有人问起你在幕会的未来前途,你必须礼貌地找些借口。你听明白了吗?"

"明白。"但他的心依然跳个不停。

老师看上去有些疏远。"今后的日子会很艰难、很危险,不光是对匠工会,更是对所有贺革达亚。凤奴酷将军正在崛起,但阿肯比不会让步的,尽管他会做做样子,以示配合。舞会才开场,可每一次迈步,每一次旋转,灾祸都隐藏其间。如果凡人攻破山门,一切都无所谓了。我们会像夜空中闪烁的星星一样消亡,化作一团灰烬,永远被世人遗忘。现在你可以走了。"

维叶岐转身走向门口,雅礼柯伸出一只手,拽住他的衣袖。"最后一点。"

这小小的非正式接触吓了维叶岐一跳,他赶忙停下。"怎么了,老师?"

"我不想干涉你的家庭生活,小维叶岐,但我强烈建议,你应该正告你的妻子,叫她别在殉生会和咒歌会的亲属之间传扬你的大好前途。这对你没有任何好处。你听清了吗?"

一阵寒意沉入肚腹。棘梅步竟然无视他的提醒,告诉了她的家人。"是,老师。我听清了。"

房门关上了。维叶岐调整心绪,给自己戴上一张异常沉稳的面具,这才走过大司匠的候见厅,从其他觐见者面前经过。

波尔图一整天都在没完没了地到处攀爬,偶尔在不时转换方向的寒风中抱紧身子。他尽力不去想自己的家乡和老婆孩子,想了又有什么用呢?他已经被困在了这里,在这世界的尽头,最最诡异的异族之地。能不能回到珀都因,他自己说了不算,就像他没法掌控在夜空中旋动的星星。

他花了很长时间观察那些星星,因为他虽然很累,但大部分夜晚都难以入睡,常被过去和新近的鬼魂骚扰。由于有些密道尚未被发现,天黑之后,山腰便成了北鬼的领地,任何凡人胆敢踏进他们的地盘,甚至只是因为没藏好,到了早晨就会变成尸体,致命的伤口间突兀地插着黑箭。

但在白天,凡人人多势众,"峭壁山羊"——波尔图所在的队伍给自己起的外号——更占优势。他们不断进逼,一旦在岩壁上遭遇北鬼的小股弓箭手,便会全力剿杀——当然对方也不会束手待毙,经常拼死顽抗。精灵的魔法诡计似乎已经用光了,但他们打得更加凶狠。有个白狐已经失去了武器,几乎被肢解,但还是设法抱住波尔图的一个同伴,将其压在地上,用牙齿狠狠咬他的脖子,一群人拉都拉不住。波尔图等人死命将北鬼拽开,刀枪齐上,直到那苍白的怪物不再动弹，可惜伤者也已失血过多，一命呜呼了。

波尔图痛恨白狐到了极点。他痛恨他们反常的敏捷，痛恨他们相似的面容，痛恨他们顽固地不肯投降的态度，但他也承认他们确实勇猛。他们就像身负重伤、被逼到绝境的濒危野兽，为了自己的土地，战斗到最后一息。他痛恨这些家伙杀死了安德锐、布林督之子弗洛基以及其他许多人，但他同样敬重他们的勇气。

如果我的家乡、我的妻子处于危险之中——我可爱的茜达，或者我幼小的儿子提尼奥——我能做出同样的事吗？他相信自己会的。他祈祷自己也能。如果事情走到那一步，只有上帝才知道人类能做出什么。

日子一天天过去，每一天他们都到山腰巡逻，每次巡逻都有突如其来的危险与死亡。又过去几个星期，北方人挖出的坟坑被一个个填满、盖住，然后再挖更多新的坑，但奈琦迦山门始终紧闭——大山一直不肯屈服。寒冷的空气愈发刺骨。峭壁山羊爬上变幻莫测的高坡，冻雪不断拍打他们的脸颊，如刀子般冷硬而锋利。

夏天渐渐退去，秋日渐渐横扫了北方，而冬天正在赶来的路上——真正致命的隆冬，连最耐寒的瑞摩加人都谈之色变。波尔图和他的伙伴们仿佛暴露在朽烂木桩上的一大群甲虫。

※

督工路阔跪在地上，抬起头，一副等待处决的模样。他举起双手，这个姿势被称为"向父母讨饶"，一般只有小孩子才会这么干，但在匠工会，哪怕是受过训练的官员们，时不时也会这样。

"他们不愿再往更深处去了，主师匠大人。"督工不敢直视维叶岐的双眼，"我和我的家族感到羞愧。我本该处决他们，可我做不到。"

维叶岐也不相信对方真会处决顽劣的工人，尤其是眼下，有经验的工匠已经是稀缺资源了。但他很想开个先例，就从这位督工开始。

"他们不明白族人的需要吗？"维叶岐适当地加了些轻蔑的语气，"我们要为同胞准备一个避难所，以免山门被攻破。如果避难所不靠近水源，那连咒歌会也救不了我们——咒歌会又不能从石头里唱出水来。所有族人都会渴死的，就像古老故事里那条自大的、走出水面的鱼。就像野兽。甚至女王陛下也会渴死！"他眯起眼睛，"我真该叫这些懒骨头挖个坑，把自己埋进去。你也一样，活埋都算便宜你了。"

督工向前扑倒，把脸埋在维叶岐脚前，哭诉起来。"把我的头从脖子上砍掉吧，主师匠大人！"他恳求道，"我辜负了您，辜负了华庭，辜负了我族之母。"

"我要你的头有什么用？"维叶岐继续燃烧自己的怒火，"拿走了又如何？很光荣吗？起来，告诉我，为什么这些家伙宁可一死，也不愿服从命令？下达命令的可不只是我，还包括大司匠雅礼柯阁下本人。"

路阎慢慢缩回身子。"工人们都吓坏了，维叶岐大人。除了咒歌会，没人敢来这么深的地方，也只有歌者能从里面回来。工人们说……他们说，他们控制不住自己。他们只往下方隧道迈出几步，心脏就会像拳头一样缩紧，人几乎昏厥过去。下面有什么东西。"

"下面当然有东西。下面有很多东西。但圣山属于我们，下面的东西我们无需害怕。阿肯比大人做出过保证。"

"有四位工程师直到现在下落不明，大人，就是您派去下层隧道的第一批人。他们没能回来，但有人说听到了这几位工程师的声音，说他们在哀求什么人……"督工犹豫了一下，"哀求什么人来唤醒他们。我听说是这样。"

"但你自己并没有听到。"维叶岐沉下脸。或许处决几个人还是有必要的。

"没有。但其中一位，老萨思崎，在我梦里出现了。我发誓是真的！他说他们都在黑暗中迷失了。会'呼吸'的黑暗。他担心自己再也找不到回来的路，而那东西会找到他，把他生生嚼碎，吞进肚里，让他永远醒不过来。"

"迷信。"维叶岐说道，但他自己也不由得寒毛倒竖，"只是个梦而已。我还以为你不会散播这些荒谬的言论呢，督工路阖。"他镇定一下情绪，"有多少人不肯履行职责？"

督工抬起头，露出游疑的表情。"呃，所有人，大人。不然我也不敢劳动您呀。"

这怎么行啊。维叶岐曾抱怨纳霁得到了山门周围的工作，而他只领到一份并不光彩的任务，可现在，如果连这都完不成，真不知老师雅礼柯会怎么想。但除了杀掉几个有价值的工人，以震慑其他人，他还能做些什么？这些洞穴被称为深渊禁地，正好切断了新运河的路线，若要绕过它们，替难所重新挖条运河，只怕北方人早就打破山门了。不过维叶岐也不是傻瓜，他能理解手下人的恐惧。他知道，他们有足够的理由厌弃那深深的地底。

差不多五十个大年之前——换做凡人的算法，大概是三千年——贺革达亚接管了奈琦迦，不过圣山依然隐藏着许多秘密。咒歌会了解其中一些，这让他们在女王的城市里攫取了不少权力，但圣山隐秘的深处，就连阿肯比，甚至女王乌荼库，都不敢轻易涉足。早些年间，维叶岐自己也曾领教过地底深处的恐怖，那就像冰冷的利爪，握紧了他的心脏，又如咆哮的狂风，席卷过他的脑海。甚至有一次，他亲眼看到雅礼柯匆匆走出一处洞穴，说什么"里面太黑，进不得"，虽然大司匠手里正攥着一支熊熊燃烧的火把。现在，他又怎能强迫这几位工人呢？

他没别的选择。"回去吧，督工路阖，叫他们不要声张。安排他们去已经完工的隧道，随便做些收尾工作。我会想出解决方案的。不许到处乱讲，叫他们也一样。"

The Heart of What was Lost

"回去？"督工办事不力，本以为自己一定会被处决，听到主师匠饶了他，一时喜不自胜。但他很快便恢复了平板的语气。"是，大人，感谢您的明智。我一定照办。"

虽然城市很多地方都能听到锤子敲打石头的声音，但今天的八船街异常安静，平时这里总会有不少工人和监工的。凡人的巨型攻城锤持续不断的撞击在宁静中显得越发骇人。匠工会的总部也看不到几个人，只有一些官员守在大司匠的办公室外，他们告诉维叶岐说雅礼柯已经外出，正在指导工匠们如何保卫城市。维叶岐十分沮丧，但官员们也说不清雅礼柯到底在哪儿——也许他们真不知道，或者就是不想说。他正准备转身离开，却在门口遇到了主师匠纳霁。

纳霁一向彬彬有礼，他做了个得体的手势，向自己的平级问候。这也提醒了维叶岐，虽然雅礼柯私下向他做出过保证，但此时此刻，他只是幕会中的一名主师匠而已。

"老人家心情可好？"纳霁问道。

"他不在这儿。"维叶岐突然有些好奇，"他没去你那边吗？山门附近？"

"他很少去那儿——起码好多天没去了。也许他对你我很有信心，所以把时间都花到别处。"纳霁总是喜怒不形于色，对自己不曾涉猎的东西很少表现出兴趣，但他也不是个傻瓜，懂得如何从容不迫地质询他人。"你找他有什么事吗？"

维叶岐不愿提起手下那些不服管教的工人——哪怕是面对大司匠，他都不知该怎么开口。"没什么，只是些琐事。你在山门前的任务怎么样了？"

纳霁做了个满足的手势。"山门依然无恙，只是石头门框上的巨型螺栓有些被震脱的迹象。它们承受的力道太大，要不是山门足够结实，可能门楣就撑不住了。"一时间，他好像要同维叶岐分享一下各自的经验，但脸上突然闪过一丝怀疑的神色，姿势也变得有些僵硬，"你不是负责地下深处的避难所吗？为什么回城里来了？"

"我说了，一些琐事而已——我有个主意，想跟大司匠阁下讨论一下。"维叶岐打算结束这场谈话。他的工人遇到了麻烦，如果消息传到城里，其他主师匠就能猜出他返回总部的原因了——他已无计可施。"如果你见到我们的老师，请转告他，我会换个时间拜访。"

纳霁看上去缓和了一些，姿势也不再那么正式。"我也说了，我很少见到他——他来无影，去无踪，如传言一样飘忽不定，一般只派信使跟我们联络。大司匠阁下还抱怨自己年事已高，我要是到了他那个年纪，能有他一小半的精力就好喽。"

岁月并不总是催人老，维叶岐心想。有些人，比如阿肯比大人，只会越老越残酷、越危险，也越强大。"眼下的形势生死攸关，"他对纳霁说，"我们的老师已使出全力，你我也不能落后啊。"但维叶岐觉得这太过虚伪，不好意思继续了，生硬地换了个话题，"山外的战斗如何了？殉生会那边有什么消息？"

纳霁摇摇头。"战斗依然残酷。元帅与凤奴酷将军必须保存实力，以防山门被攻破，所以与北方人交战的人数并不多，但每天都有伤亡，而我们连一个殉生武士都损失不起了。好在凤奴酷总能激励他们战斗，山门也还能支撑，远超大多数人的想象。"

"你觉得她怎么样？我是说，凤奴酷将军。"

这还是头一次，纳霁拘谨的面具完全滑落。"我觉得，她是我们当中最伟大的人物——当然了，仅次于我族之母。感谢华庭，在这黑暗的时刻将她赐给我们。她的勇气无与伦比！不单这样，其他人灰心丧气时，她还能把勇气分给他们。"

"是啊，她勇敢而且强悍。我在檀根麓古堡和三鸦塔都领教过。"维叶岐回忆起银发武士的闪亮瞬间，正如他第一次见到她时那般惊

The Heart of What was Lost

艳，当时他几乎相信她能拯救他们所有人。但那只是一个个瞬间而已。"我必须走了。我可不能放任那些督工长时间无人看管。"

"我明白你的意思。"纳霁说，"山羊不拴牢，很快就会彼此撕咬。"他做了个奇怪的姿势，伸出一条手臂，等着维叶岐来握住，"在这不幸的时刻，愿你我幕会兄弟能彼此信赖，主师匠维叶岐。谁知道我们何时才能再见面呢？"

维叶岐很惭愧，近来他可没少满怀恶意地指责纳霁的缺点。他也伸出一只手，握住纳霁手肘下方的小臂。"说得对，兄弟，愿你我都能让老师感到骄傲。即便我们不会在这世界再见，愿我们也能在华庭相遇。"

二人就此告别，纳霁回去应付他的差事，维叶岐返回地下，面对那些不肯听话的工人。既然没能求得大司匠的智慧，那他就必须独自解决了。他不能辜负女王陛下和族人的期望。

他走下总部的前门台阶时，铁撞锤再次敲击山门，震动了所有不够结实的岩床。就连祠堂塔楼上的大钟也被震得摇晃起来，发出一阵阵轻响，仿佛受到惊吓的孩子们的呻吟。

艾奎纳在野外一直睡不安稳。当然了，一部分原因是桂棠不在身边，床上没有了妻子那熟悉又令人心安的身影，夜晚没有了她安抚的声音、提醒他生活中不只有劳苦愁烦。这天晚上，他翻来覆去也只浅睡了几个小时，还断断续续地做了个梦，梦见长子艾索恩——已经过世的儿子——冲过一扇破损的大门，门后是个黑暗的无底深坑。艾索恩在巨坑边缘挣扎，他的父亲想大吼，却发不出半点声音。艾奎纳在睡梦中挥舞着手臂，口不能言，无计可施，这时有什么东西撞在帐篷壁上，发出一声巨响。他扑棱一下坐了起来，跳到地上。

他在黑暗中摸索佩剑，同时大声呼唤亲卫。"哈迪！卡尔！人呢?"又有东西撞在帐篷上,又是抓又是挠,搞得帐篷壁这里鼓出去一块,那边陷进来几分。某个沉甸甸的东西想撕个口子钻进来——也许是熊,或者更糟,一大群凶悍的白皮北鬼。"来人啊!"他大叫道,"都跑哪儿去啦?"终于,他摸到了克瓦尼尔,五指攥紧剑柄,猛地拔剑出鞘。

"艾奎纳公爵!"哈迪就在帐篷外,声音像个受惊的孩子,"我们……它们……!"

艾奎纳踢开缠在腿上的毛毯,站直身子,掀开门帘,钻出帐篷。他瞄了一眼哈迪,这个老兵看上去也像个受惊的孩子。紧接着,他身后又响起一阵噗隆噗隆的噪声,帐篷壁终于朝内侧倾倒下来。艾奎纳只能看到一团模糊的阴影在支杆和篷布间翻滚。"看在安东圣名的分上,到底发生了什么?"公爵怒吼道。

哈迪双膝瘫软,跪在雪地里开始祈祷。在他们周围,许多人影在公爵指挥所的帐篷间晃动,有的在跑,有的一瘸一拐地拖着腿,有的甚至在爬。艾奎纳搞不清发生了什么,只知道一定是什么可怕的灾难。难道是地震?还是大树倒了?

背后传来布料撕裂的声音,让他将注意力重新转回坍塌的帐篷,只见废墟之间升起一道黑影。短短的一瞬间,公爵的第一感觉似乎成真了,那应该是头熊,或者某种大型猛兽——只是它依然半蹲着,除了残破的牙齿闪闪发光,其他什么都看不清。终于,它挣扎着站直了,公爵在星光下看清了它的全貌。那东西外形像人,身上的破布沾满雪末,已经撕成条状的,活像一团蜘蛛网。它咧开大嘴,上方的眼窝只剩两个黑漆漆的圆洞。

这是什么鬼怪?不等艾奎纳公爵发出惊叹,对方便身子前倾,朝他扑来,肮脏的爪子划过空气。公爵扬起克瓦尼尔,横向闪身,将宝剑擎在自己和那凄惨的怪物中间。夜空下满是绝望的哭号,但艾奎纳呼唤手下时,却没听到任何回应。他感到一阵无边的恐惧,难道他的士兵在睡梦中遭到袭击，全都死掉了？

无眼怪物朝他逼近，脚步跌跌撞撞像个醉汉，脑袋左右摇晃，下巴一张一合。艾奎纳伸出长剑，将它挡开，这时他看到那东西的爪子上套着个金手环。他认出来了，那是海霍特战役之后，他亲手送出的战利品，用以奖励最勇敢的士兵。这具行尸曾是他的手下。

怪物的行动轨迹歪歪扭扭，像架破轮子马车，却全然不惧他手中的长剑。艾奎纳不再用剑尖戳刺，而是前跨一步，将克瓦尼尔抢出一道宽阔的弧线，砍向那东西的脖子。他感觉手上一震，破布下的骨头猛然折断，怪物往旁边一歪，倒在地上。

"哈迪！你他妈的，快过来！"艾奎纳高叫道。但不等公爵找到哈迪或其他任何一个亲卫，刚刚被他砍死的怪物又摇摇晃晃地站了起来。

"天杀的。"艾奎纳说不出别的了。

行尸的脖子几乎被完全砍断，脑袋垂向一边，上下左右地弹跳着，身子却仍朝他逼近。公爵骂不绝口，同时抬起长剑，捅进那东西的肚皮，或者至少是肚皮所在的位置。他压上全身体重，将这活死人推回到帐篷废墟里。

无眼怪物被帐篷布缠住，依然不停扭动，想站起来。幸运的是，公爵戳断了它的脊梁骨，那东西挣扎着，活像两个人抱在一起，套着同一件节日庆典戏服，彼此却互不合作。艾奎纳咒骂一句，用克瓦尼尔的宽刃一阵猛砍，直到剁掉它的脑袋，尸体才终于不动了。

哈迪不见了，艾奎纳的其他仆从也不在近前。营地里一片混乱。公爵的眼睛已经适应了黑暗，他不安地发现，周围许多人影都不是活着的士兵，而是被巫术唤醒的活尸。他再次大声召集手下，不等有人赶到，他又拼命砍倒了两只怪物，其中一只只剩一条腿，依然一蹦一跳地缓缓追来，好像不杀了他决不罢休。他舞动克瓦尼尔的方式更像抡斧头，而不是挥剑，好不容易才砍掉两具行尸的头颅。这时他已气喘如牛,视野边缘金星飞舞。恐惧让他呼吸困难,他感觉自己像在爬陡坡。看来北鬼发动了某种可怕的妖法。周围到底有多少怪物?

我们埋葬了多少死者?他绝望地心想,现在就有多少怪物。

有些手下终于找到了公爵,他们圆睁的双眼写满惊恐,像在乞求他给个解释,可他又能知道多少呢?他抬起头,看了一会儿营地上方的斜坡,那边能照到更多阳光,冰冷的地面更容易挖坑,所以他们把大部分死者都埋在了那里。一大群笨拙的身影正从坟坑里爬出,有的脚下打滑,有的不时摔倒,但都朝坡下的生者渐渐移动了过来。

"砍掉它们的头。"他告诉手下,"没有头,它们就倒地不动了。砍它们的头!"

公爵看到一个大块头,应该是布林督,正在集结手下的士兵,不由松了口气。再远一些,威戈里的旗帜犹如暴风雪后依然挺立的孤树,被人高高举起,在空中挥舞,召来了更多幸存者。

艾奎纳公爵亲率一支小队,冲向周围的活尸,砍掉它们的脑袋,其他队伍纷纷效仿。生者不再溃逃,众人的勇气渐渐恢复,战斗风向终于有所扭转,至少他自己是这么希望的。但许多瑞摩加人意识到自己的对手是谁,不禁流下眼泪。

又是该死的北鬼把戏,艾奎纳心想,这一次真是恶毒到了极点。不过敌人速度很慢,哪怕它们是我们死去的同胞,也不可能击溃我们。但在搏斗之余,他突然想到一件事。等等,上一次他们制造类似的恐慌,之后发生了什么?白狐的打算总是不止一个——

艾奎纳豁然开朗,不由得大声咆哮。"注意大门,伙计们!注意那座山!所有人,当心白狐!"

其他人应和公爵,也纷纷大喊起来,警告声渐渐盖过砍杀活尸的呐喊和咒骂。一个活死人差点从背后扑倒一名士兵,艾奎纳一剑劈掉了它的脑袋……就在这时,山脚大门旁,一名哨兵吹响了刺耳的号角。他听到有些士兵在叫喊。"大门!""大山!""门开了!"又有人

The Heart of What was Lost

开始尖叫,"白皮鬼来啦!"

艾奎纳暗骂一句,他果然猜对了,可惜不够及时。"这才是真正的危险!"他大吼道,"所有人集合,朝奈琦迦山门冲过去。我们遭到敌袭!北鬼想要逃出大山!"

虽然他是这么喊的,但他也意识到,这没道理啊。北鬼还能逃到哪儿去?大山分明才是他们最后的避难所。月光之下,人影纷乱,山门附近发生激战,保护攻城器械的哨兵和工程兵首当其冲地受到袭击者的猛烈进攻,对方的意图昭然若揭。

"该死的,是攻城锤!"公爵大喊。他终于明白了。"快去保护攻城锤!威戈里!布林督!他们要毁掉攻城锤!"

他知道手下可以砍倒大树,替换锤杆,但北鬼若是想办法摧毁或抢走了大熊的铁头,入冬之前他们就无计可施了。营地里可没那么多铁器再重新打造一个,除非整支军队都交出手中的武器。

"别管那些死人了,朝大门杀过去!"他大喊道。这真像一场梦。他做过的梦。在那梦中,他无助地坠入了黑暗。"看在所有圣徒的分上,你们没听见吗?保护攻城锤!"

波尔图永远不会忘记这一晚——死者苏醒的夜晚。之前他和"稳如山"埃尔林的其他手下在山上发现一条新隧道,一番对射后,杀死了对方唯一的守卫,然后在洞穴口用重石和木桩堵住了通道。忙完之后,天已经黑了。他们战战兢兢地爬下冰雪覆盖的陡坡,却又不敢点亮火把,免得变成北鬼弓箭手的活靶子。峭壁山羊好不容易回到山脚,懒得再去找指定的篝火堆,所有人挤成一团,倒头便睡了过去。

第一阵吵嚷时,波尔图就被惊醒了,但他又困又乏,没把那些叫声当回事儿——也许是有人打架吧,围攻战寒冷又漫长,发生摩擦是常有的事。但波尔图很快听到奈琦迦山门缓缓打开、发出吱吱嘎嘎的巨响，附近的哨兵也大喊示警，他这才意识到大事不妙。

许多骑马的身影飞速冲出大门，将面前的敌人尽数砍倒，这一切安静得反常，受害者的闷哼也不比裹了布的马蹄声响亮多少。波尔图赶紧往前跑，想找到一支被冲散的队伍，加入他们。这时他看到公爵的营地遭到袭击，敌人不但来自前方，后面也有一大群，制造出无数混乱。

一道黑影从夜幕中钻出，看着像个人，晃晃悠悠朝他走来。一开始，他以为那是个受了重伤的北方人——某种程度上讲，他没猜错，只是那人的伤口早在几天或几周前就害死了他。那东西几乎没有眼睛，只在眼窝深处闪烁着黏腻的微光，身上的裹尸布裂开了，面孔和胸前有几道干涸的伤疤。

是死人，他意识到。他吓了一跳，奇怪的是却并不惊讶。北鬼唤醒了死者。我们的死者。

那东西伸手抓来，他闪身躲过，没想到它另一只手里还握着一把生锈的短刀，差点砍中他。不过那东西好像没意识到自己拿着武器，只顾双手乱挥，波尔图感谢上帝和所有圣徒，因为对方的速度并不快。他跳到一旁，抡圆手中的长剑，狠狠砍向死人的脖子，剑刃咬进了骨头。活尸晃了几下，朝他慢慢转过身，脑袋依然半挂在脖子上。波尔图拔回长剑，这次猛砍活尸的小腿，劈断了胫骨，等到白色的骨茬和不流血的腐肉彻底分离，那东西才终于栽倒。与此同时，他听到同伴们发出惨叫。鬼魅般的白狐冲出山门后，在北方人的队伍中间往来穿梭，随心所欲地造成了大量死伤。

波尔图终于将活尸的脑袋从脖子上砍下，让它再也不能动弹，但他也被驱离了同伴的队伍，正孤身一人站在凡人与阴影之间。有些黑影快得惊人，有些却慢如冻僵的昆虫。他大声呼唤埃尔林和其他峭壁山羊，但更像冲着空旷的森林叫喊。

什么东西从斜刺里杀出，像个巨大的黑影，只在最后一刻，他才

The Heart of What was Lost

看清那是个跨着战马的骑手。他奋力扑倒在雪地里，感觉骑手的挥击在身体上方堪堪划过。等他翻过身子，那北鬼已再次融入了黑暗。

波尔图不知道自己战斗了多久，也不知道还有多少同伴活着，只是心里那块最大的石头始终没能落地：他"杀死"了五六只行尸，还打瘸了好几只，但没有哪张死人脸看着像安德锐。就算北鬼的魔咒唤醒了死去的年轻人，波尔图也希望墓穴上的石堆能把他留在地下。

他在原地站了一会儿，垂着头，大口喘气，这时听到一阵胜利的欢叫。这声音不像北鬼恶毒的狞笑，更像凡人嘶哑的呼号。他心里突然升起一阵希望，却不知发生了什么。

山门前最激烈的混战已基本平息，波尔图看到一大群活人围住了一名白甲骑手。那人挥舞一柄长剑，朝各个方向猛劈猛砍，黑暗之中，剑锋仿佛无形之物，但疾如流星，招招致命。一名凡人矛手幸运地打掉了那人的头盔。北鬼的战马人立而起，波尔图看到一头闪亮的月白色长发。是个北鬼女战士，他敢肯定自己在檀根簏古堡见过她。就是这个女北鬼带来援军，救走了被困在废墟中的族人。她的马蹄下倒卧着五六具北方人的尸体，而她也已陷入困守。虽然她的速度和武艺令波尔图啧啧称奇，但他还是冲进战团，去帮助自己的同袍。布林督统领带着几名手下，用手斧、长剑和尖矛围攻，试图将她放倒，但女北鬼好似施展了什么魔法，让战马如风车般狂转，而她每一次挥舞胳膊，就有一名凡人血如泉涌，乃至倒地不起。

有人在山门前大声呼喊。这次不是凡人的声音，而是鸟鸣般高亢的尖叫。女北鬼立刻拨转马头，朝那声音奔去，长剑迅捷地划破空气，迫使周围与她僵持的士兵们扑倒在地，纷纷爬开。白发女战士冲向山门，冲向等候她的阴影。北方人迈开双脚，发出胜利的吼叫，紧追不放。

奈琦迦山门

我们把他们赶回去了,波尔图意识到。他从没想到自己能在这死亡与疯狂的风暴中幸存下来,但北鬼军队确实退回了洞开的山门,逃进了大山。布林督率兵追赶,但他们只能用腿跑,北鬼却迅疾如风,好似在崎岖不平的山地间滑行,北方人说什么也追不上。

波尔图跪倒在地。沉重的山门发出呻吟,朝内侧关闭,并在最后几名北鬼身后轰然合拢。十几个北方人急得直跳脚,连喊带骂,用手中的武器捶打着山门。他们依然沉浸在战斗的疯狂中,好像只要跨过门槛,就能推倒整座大山。

波尔图全身的伤都隐隐作痛,其中有阴郁的北鬼砍中的刀伤,也有活尸用指甲留下的抓痕和血口。他很疲倦,真想一头倒在尸体和伤者中间睡个痛快,可又担心错被人拖走活埋了。

他站起来,试着调整呼吸,两腿抖得好像刚刚出生的马驹,突然看到有什么东西朝自己爬来。那东西紧贴着地面,他不禁怀疑是某种食腐动物爬出了野地,想来找人肉吃,可看它爬行的样子,又不太像是自然生物。

他抬起长剑,感觉剑身重得像根栗木房梁。

他很担心那是安德锐的活尸,或者其他同伴,不过那爬行的身影在星光下抬起头时,他的疑虑打消了。他不认识那痛苦的嘴巴和瞪视的双眼,但有些奇怪的东西吸引了他的注意力。那东西继续朝他脚边爬来,他一动不动在站在那里,酸痛的手臂擎着长剑,剑身不住发抖。是血,那东西在身后的雪地里留下一道湿滑的血迹,吸引了他的视线。它爬得更近了,颤抖着朝他举起一只手,随后,它明显耗尽了力气,苍白的手掌搭上波尔图的靴面。

"帮……帮帮我。"它呻吟道。

波尔图猛然意识到,这可怕的东西并非行尸,而是个活人。这是他的战友,一个受了重伤的瑞摩加人,难怪身后会流下那么多血。

这个垂死之人仿佛被最后几个字榨干了所有气力,瘫倒在纷扬的

The Heart of What was Lost

雪地间。波尔图大声求助，嗓音嘶哑，但没人过来帮忙。黎明前的天幕一片灰黑，整个山腰活像某个疯子画师描绘的地狱——并非硫黄火湖，而是一片冰冷，已死和将死之人置身其间，被飞旋的雪花渐渐染白。那人倒在他脚前，喘息着吐出最后一口气，彻底不动了。

波尔图从士兵的尸体前退开几步，蹲伏下来，身体前后摇晃。初升的太阳温暖了天空，可清晨的日光却让周围的停尸场显得更加恐怖，让那些尸体显得更加可悲。最后，他筋疲力尽，四肢瘫软，终于倒在冰冷刺骨的雪地里，哭了出来。

※

"阿肯比与他的歌者们唤醒了凡人的尸体，凤奴酷将军率领突击队冲出山门，意图破坏北方人的巨型攻城锤。但在讨论这场至关重要的攻防战之前，笔者必须暂停一下，用她自己的声音说几句话，好让读者理解，文牍会在串联这段时间的历史时都面临了怎样的难题。

"女王陛下陷入沉睡以恢复能力，我们称之为瞌榻－荫酊——'危险的长眠'——并非仅仅出于诗意。瞌榻一词的源头可追溯至华庭，而它的含义不只有'危险'，还包括'混乱'与'未知'。

"我们云之子不会用瞌榻一词形容其他危难。对我族而言，一头受伤的巨人或几千个围攻奈琦迦的凡人都算是危险，但这离未知还差得远呢。女王陛下的复原之梦给我族带来了另一层危险——混乱与未知——仅仅因为她没能亲自指引我们，许多事情都乱了套，仿佛群星脱离了空中的轨道，在天上各行其是、任意飞舞。女王陛下沉睡时，她那充满慈爱与信心的声音不见了，各种纷杂的话语取而代之，好多人都想伸手拨转我族的命运。一切都失去了正轨。

"第四任大司祭窟萨瑜曾这样形容瞌榻－荫酊时期的日子：'天地翻转，山川倒悬。'在窟萨瑜任职期间，女王陛下之子、受难者德鲁赫因凡人遇害。乌茶库女王悲愤欲绝，陷入比如今这次还更漫长的

奈琦迦山门

沉眠。在她沉睡期间，奈琦迦发生了许多变化。我族如在黑暗中迷失，一切都变得难以确定。

"我们谈到的最近的日子也是如此。北方人围攻奈琦迦期间，突然的大胜与突然的大败同时摆在我们面前，但最后，这两种可能性都消失不见了。

"有人担心，冒险打开山门，让凤奴酷将军率兵攻击黑铁撞锤，最终将导致灾难性的后果。好在他们错了。不过，在将军和幸存的殉生武士被迫撤退之前，他们也未能摧毁敌人的攻城器械。

"阿肯比大人唱响强大的咒歌，让数以百计的凡人尸体从坟墓里爬出，行走在夜空之下，屠杀了许多敌人，将恐怖散播进他们的内心。但这仍不足以将北方人驱逐出我们的土地。

"不确定的时期还催生出许多传说与谣言，一直流传至今，这也让我，一个卑微的史学家的工作变得越发艰难。这种时候，真相总是很难捉摸。有人甚至声称，女王陛下沉睡期间，许多真相同时涌现，而在平时，我们伟大的女王陛下会凭借她的智慧与能力，事必躬亲地裁断一切规则。一旦她不在了，事实便不再值得信赖。一旦她不在了，权威便受到质疑，甚至彻底消失。我们该如何判断何为真，何为假？而我区区一介史学家，又该如何在将近半个大年之后，分辨出事实的真相？

"关于那个夜晚，我们唯一能确定的是，阿肯比大人唤醒了凡人的尸体，凤奴酷将军则竭尽全力，向凡人的攻城器械发起进攻。虽然前者成功，后者失败，不过围城战确实拖延了下去。时至今日，对于山门打开的时机、在混乱中冲出奈琦迦的人数，甚至（据有些人声称）有多少探子偷偷潜入了我们的城市，仍有许多不同版本的传闻，但那些都是一家之言。毕竟在那段时期，真相并非一成不变。我们的女王陷入沉睡，除了混乱与未知，一切都变得难以确定。没人能说清到底发生了什么，真相本身也陷入了沉睡。"

The Heart of What was Lost

——文牍会的米嘉·杉夜-津纳塔夫人

艾奎纳已经累得挪不动步了,但这漫长的一天还远没有结束。感谢全能的上帝,至少太阳升起之后,复活的行尸便倒地不动了。经过一番祷告,这些尸体都将被拖去烧掉。公爵走回自己的帐篷,决定让军中的主领牧师主持这次的仪式。那家伙不就是干这个的吗?艾奎纳还有别的事呢。

有人已经在帐篷里等他了。那人一言不发,在阴影里一动不动。艾奎纳吓了一跳,猛地抽出匕首,对自己的粗心大意很是生气。他威胁似的上前一步,对方却没有反抗的意思。

"叫你的亲卫退下,艾奎纳公爵。我只想跟你一个人谈谈。"

"阿雅美浓?"艾奎纳的心怦怦狂跳,"安东在上,你这女人啊,鬼鬼祟祟躲在暗处想干吗?我差点儿杀了你!"

希瑟女子歪过头。"的确是差点儿。"但她的语气很是不以为然。

"你去哪儿了?"他质问道,震怒让他的嗓门比平时更大,"死人走路期间,我喊了你好多次,但你一次也没回应。"

"是啊,"她说,"我没有。不然我也不可能平安见到你了。"

艾奎纳不由怀疑,她是不是做了什么背信弃义的事,但他想不出她有任何理由。"那你找我想干吗,女精灵?"他最后问道,"我还要去烧死尸、围北鬼呢。"

阿雅美浓点点头。"之前我就说过,你并不了解这山里有多深,还有贺革达亚的血脉有多疯狂。在你策划接下来的战斗之前,我觉得有些事你应该了解一下。其中之一便是我族的历史,早在你们凡人来到这块土地之前,这历史便已经存在。"

艾奎纳拿起酒罐,给自己倒了一碗麦酒。酒很凉,让他很不满意,但他已经不想再咒骂这里的鬼天气了。他给希瑟女子也倒了一些，但对方摇摇头。"说吧。"他告诉她。

"我想你应该知道一些分离之日的事，当时，贺革达亚与我们支达亚分道扬镳。"阿雅美浓说，"贺革达亚——也就是你们所说的北鬼或白狐——一直声称，是你们凡人害得我们分裂成两派，贺革达亚想替乌茶库女王死去的儿子报仇，而支达亚不愿意同他们一起消灭凡人族群。"

艾奎纳从西蒙那里听说过一些。年轻的国王给他讲过精灵的历史，但他已经忘得差不多了。艾奎纳的父亲脱离旧信仰，皈依乌瑟斯·安东时，他还只是个小孩子，所以他对安东教的全新教义掌握得也不太好，直到现在，他有时还会对着那些伪神发誓呢；至于希瑟的传说，他更是毫无概念。"你就当我是个一无所知的凡人好了。"他建议道。

阿雅美浓竟然笑了一下。艾奎纳从没见过她笑，不禁有些吃惊。他一直以为她很老，部分原因是她的头发洁白如雪，而她说话也总是慢条斯理、小心谨慎。但不管以凡人的哪种标准来看，她都很漂亮，这一刻，他几乎被她迷住了。*精灵的媚术*，他告诫自己。*千万不能告诉桂棠，不然她饶不了我的*。

"在族人当中，我不是最年长的，"阿雅美浓说，"但无论如何也不是最年轻的。我出生在分离之日以前，起初一直生活在弘勘阳，那座城市位于西边远处的白岭雪山。我能看出你眼神里的不耐烦，公爵——但请耐心些。我对你已经很有耐心了，虽然我在这里的任务业已完成，但我并没有马上离开，因为我觉得，有些事你应该知道。"

"你的任务业已完成？什么意思？"

"就是字面上的意思。我从没说过我的族人与你们目标一致。他们要求我做的事，我做完了。"

"他们要求你做什么？"

她郑重地看了他一眼。"可能你永远都不会知道——眼下是个多事之秋，催生了许多奇怪的敌对和同盟，其中若干目前尚不明朗。有可能以后什么事都不会发生——这就只有岁舞才能知道了。不过我的任务完成了，我可以保证，我绝没有干涉你们的战争。"

"'我们的'战争？"他感觉怒火在上扬，"你竟然说'我们的'？"

她抬起一只手。"冷静，艾奎纳公爵。我有事要告诉你，而我们正在浪费时间。战争就像一团毛线。你说毛线的源头是羊毛，还是出产羊毛的绵羊，甚或是企图编织毛线的人？而它的结局又该怎样界定，到羊毛被编成了毛线为止，还是到毛线被织成了衣服？如果衣服最后被撕成了碎片，它还算存在吗？还有那些穿过衣服的人，它会存在于他们的记忆之中吗？"

"我一句都听不懂。你是教书先生吗？屁话连篇。"

"也许吧。不管这是谁的战争吧，此时此刻，我的任务业已结束了。我要回到族人中间了。假如有一天，他们允许我讲出我都做了什么，我保证，我会告诉你的。临走之前，我发自真心地想告诉你一些事，我觉得你应该知道的事。所以请耐心听，公爵。山里有一些——按你们的说法，一些北鬼——希望停战。"

艾奎纳感觉自己满脸通红。"你疯了吗？你没看到他们的所作所为吗？难道你的任务——你爱咋说就咋说吧，管它是什么——让你瞎了眼睛，看不到他们唤醒了这边的死人，将它们赶出墓穴，转而对付我们自己？"

"这是咒歌会领袖阿肯比的手笔。但他不是唯一想守护大山的人，贺革达亚的女王沉睡之后，主事之人不止他一个。"

公爵又生气又困惑地摇摇头。"你到底想说什么？要我们放弃围攻？就算我相信你，我们又凭什么放弃？我的手下要以牙还牙、以血还血。"

"他们当然会这么想。愤怒与痛苦是生物的天性。但你我的族类都选择了头脑最清醒的个体来考虑一切可能性，让其他人去忙于破坏。你的族人选择了你，艾奎纳公爵。"

"请直截了当地告诉我，阿雅美浓，你到底想说什么？我累了，发生了这么多事，我的心里堵得要命。"他倒了更多麦酒，这次一饮而尽，"你想告诉我什么？"

"我还没讲完我们的历史呢，艾奎纳公爵。"她依然站在阴影里，"请再耐心地等一会儿。我刚才说了，分离之日以前，我出生在弘勘阳。那段时期，在那座城市里，北鬼和希瑟没有这么大的分歧。我们生活在一起，彼此很相像，对全族忠心耿耿。但后来，情况变了，这不单单是因为女王之子的死亡。早在德鲁赫王子去世之前，乌荼库的心中已经生出了强烈的嫉妒。我不想说太多乱七八糟的细节，免得你迷糊。总之，当乌荼库和她丈夫带领忠实于他们的各大家族与我们决裂时，彼此之间已经充满了无穷的轻蔑与抱怨。德鲁赫之死只是个借口而已。"

"我已经迷糊了。"

"那我说得再简单些，艾奎纳公爵。正如有些希瑟不那么喜欢凡人，少数北鬼也并不完全憎恨凡人。我在弘勘阳长大期间，你口中的北鬼，以及你口中的希瑟，比如我，一直彼此和睦。尽管从那以后，又经历了许多风云变幻，但我仍有一些弘勘阳的旧识，我也依然明白他们的心意。"

"你的意思是，你能说服他们投降？"

她发出个让他不明所以的声音，像是叹了口气。"我？不行。只要女王还活着，他们就不可能投降，尤其是殉生会。但我想说的是，这场争斗的结局也可以不那么血腥，不那么暴力。"

艾奎纳呻吟一声。"看在我主上帝大爱的分上，别再提什么家族、什么会、什么历史了，算我求求你！直接告诉我结论。"

"跟他们谈谈，把他们当做被你围困的凡人。你可以开出条件，

The Heart of
What was Lost

让那些没那么嗜血的奈琦迦居民看到，除了彻底灭亡，他们还有一线希望。或许结果总会比你目前的预期来得好一些。"

"你怎么知道我会这样？也许我跟布林督一样，只有干掉所有嗜血的怪物，我才能真正满足。"

"我研究凡人已经很久了，虽然我对他们的了解并不多，艾奎纳——不过我对你还是有些了解的。我不会再多说什么了。我也没法再多说什么。也许我的建议起不到任何作用，但我要是根本不提，在我自己的歌谣唱罢之前，可能我永远都得不到安宁。"

这不老而怪异的女精灵在暗示什么？她对艾奎纳的了解比他自己都深吗？这让艾奎纳很不高兴。"所以，谈判？你说这么多，就为让我去跟敌人谈判？这些白皮鬼杀了我儿子艾索恩和成千上万凡人，你却让我去跟他们谈判？"

"是的，公爵，想想吧。想想谈判会带来什么。想想还有没有其他解决问题的办法。问题就在这里，艾奎纳——听好我的话。就算你们撞开了古老的山门，你的麻烦才刚刚开始。你已经见识了阿肯比的诡计，但你以为那就是最糟糕的吗？我向你保证，在巫-奈琦迦的黑暗深处，还有更多更恐怖的东西在等着你，会让你觉得打一出生就又聋又瞎反而是种恩赐。"她的声音提高了，虽然不算响亮，但公爵费了好大劲儿才不至于退开，"乌荼库征服的不是一座空山。这么长时间以来，北鬼不可能不去钻研大山深处隐藏的秘密。"

"你这算是警告还是威胁呢？"

"任何警告不都隐含着些许威胁吗？但我保证，我不会站在贺革达亚的立场威胁你。我说这些是因为，虽然我觉得你的族人仍像野兽一样危险——可惜的是，他们并没有野兽的纯真——但我对你还抱有一些希望。根据岁舞的惯例，每一场战争的结束都是另一些事情的开始，而那些事情往往过于宏大，当局者往往看不分明。"阿雅美浓做了一件比微笑更不可思议的事：她鞠了一躬。"我必须告辞了。我怀疑我们还能不能再次相见,艾奎纳,恐怕我再也没机会解释我来此的目的与原因了。世事不会按我们的意志运行,我只希望你能保重。"

公爵还在琢磨她最后那些话的含义,阿雅美浓已经闪出了帐篷。过了一会儿,等艾奎纳钻出帐门,希瑟女子已踪影全无,外面只剩下冰冷泥泞的营地,以及在飞扬的雪花中拖拽尸体的士兵。

第四章

The Heart of What was Lost

夺命险山

维叶岐翻出古旧的图纸，研究了很长时间，又经过痛苦甚至危险的实地考察，终于找到一条路线，既能绕开深渊禁地，又能继续挖掘，通往避难所。虽然问题解决了，他的心情依然沉重：哪怕幕会中眼光最狭隘的主师匠，也能看出悬在他们头顶的厄运，在它的重压之下，即使避难所完工都显得微不足道了。现在，不单单只有贵族才能意识到严峻的现实，奈琦迦的所有贺革达亚都已心知肚明，只是有些人或出于责任，或者只是单纯的固执，暂时不愿意承认罢了。

维叶岐很早以前就把家里的轿子充公拆散，用于维护山门以及其他的重要设施。所以今天，决定整个种族命运的会议即将召开，主师匠却只能步行赶去议事堂。他知道，与大多数人相比，他这点牺牲其实算不了什么——看看街上有多少饥民就再清楚不过了。许多奴隶和低等平民浑身无力，甚至连办完差事、回家休息的劲头儿都没了，只能在大街上随便找个地方，往地上一瘫。虽然维叶岐家里有些粮食，但也仅够自家糊口，实在没有余力拿出来分配，何况外面的灾民又这么多。在奈琦迦底层，超过一半的房屋都关门闭户、一团漆黑，其中有些同胞没能从南方的战争返回，有些则死于疫病和饥饿，更多的居民虽然活着，却只能躺在家里，一连几天一动不动，只为尽量保存些体力，以免饿死。

在泪泉瀑布脚下的低等平民街区里，不知什么原因，曾有整整一间仓库的黑麦受到污染，好多饥民因此染上疫病，行为癫狂，好似发疯。战事会议只好派出女王之牙，也就是乌荼库的私人卫队，封锁了整个周边地区。女王的精英卫队封闭了许多房屋，将嚎叫的居民一并锁在里面，等到吼声逐渐平息，已经没人再愿意接近这里。骚乱平息后，维叶岐只从附近经过一次，但今天为了赶时间，他没别的近路可走了。

即使到了第二层，也就是维叶岐自家大屋与其他贵族宅邸的所在地，族人的悲惨状况依然十分明显。就连拥有特权的神职人员和女王宫廷的司祭们也都日益消瘦，脸上皮肤仿佛半透明般紧贴着头骨。恐惧弥漫各处，如烟雾笼罩了城市。阿肯比的法咒和夙奴酷的突袭均以失败告终，北方人尚未退去，女王陛下仍在沉睡，殉生会仅剩几百人，而每时每刻，巨型攻城锤的撞击声都在奈琦迦宁静的街道上回荡。

除了泪泉瀑布的水声和祠堂的钟声，整座城市一片沉默，维叶岐注意到。这就是我们的天性。他感到一阵绝望，又对族人生出一阵无助的爱意。每当受到威胁，我们便逃向深处。我们封闭自己，沉入黑暗。我们确实活了下来，但生存若成了唯一的目的，幸存者又将变成什么？

在他眼里，大城奈琦迦就像一只洞穴生物——一只瞎眼的巨型甲壳虫，在大山最幽暗、最深邃的地方筑下巢穴，几乎看不到一点亮光。与同类们一样，这只洞穴生物也用甲壳裹住了身体，哪怕它就快死了，从外面也看不出任何迹象。这只多足爬虫会继续向前蠕动，好似生机勃勃，直到某一天突然停下，仿佛一架折断轮轴的马车，再也动弹不得——它的表面依然完整，内部却已死得干干净净。

这就是我们城市的命运吗？灯光一盏盏熄灭，却再也无法点燃？这就是我们全族的命运吗？如瞎子一般，跌跌撞撞地往前走，每一步都在消耗精力，直到最后，彻底停下不动？

维叶岐循路穿过奈琦迦的第三层，走向迷津宫的弧形大门，以及门后昏暗的议事堂。他仍沉浸在自己阴郁的思绪当中，如同漫步在厚重的迷雾里。

最后一名守卫检查过维叶岐的传召石，鞠了一躬，引领他进入议事堂的大厅。进来之后，他惊讶地发现巫木桌周围多了不少新人，其中包括回音会的多名贵族，以及他们在迷津宫的搭档、女王陛下的密语者们。

咒歌会的吉箜大人身旁坐着一位新面孔，明显是咒歌会的女成员，只是年纪甚轻，还没有资格佩戴长者的面具——能戴面具的基本都是逃离华庭后首批出生之人。她的脸上绘满了奇异的符文，远远望去，好像皮肤都是黑色的。

维叶岐走进宽阔的高顶大厅，在自己的座位坐下，大司匠雅礼柯看了他一眼，点点头，但除此之外再没有多加留意。仿佛是为了特意强调他们之间的距离，另有两名主师匠也坐在大司匠对面，其中一人便是维叶岐的竞争对手纳霁。维叶岐调整表情，面容好似一碗清水。他在战事会议里的位置似乎越来越不重要了，尽管这是雅礼柯的安排，好让他尽量保持低调，可他心里依然痛苦不堪。

我的心都快死了，表面上却要硬撑。他暗暗心想，随即责备自己的自怜自哀。他可是庵度琊家族的子孙，与在座的某些家族相比，他的家族虽然没那么显赫，但也侍奉女王陛下很久了。维叶岐乃是贺革达亚中的贵族，实在不该辜负自己的血脉。

"在今天的会议开始之前，"大司祭尊亚弼向华庭祷告完毕，又结束了其他准备事项，然后说道，"我们首先欢迎回音会的大司音窟君－瓦瑶阁下，以及女王陛下的密语者靡靡啼大人到场。另外，如果我没猜错，吉箜大人，您还带来了一位新人加入我们的讨论。"

盲眼歌者点点头。"同尊贵的女王陛下一样，我们伟大的主人阿肯比也在守护贺革达亚的过程中耗尽了心力。同她一样，他也陷入了复苏的沉眠。目前由我暂代咒歌会的首领，所以我带来了歌者妮姬卡做我的副手。"

年轻的歌者环视议事桌一圈，大大的黑眼睛镶嵌在满脸的黑色符文刺青之间，让人几乎难以分辨。但她既没有问候众人，也没有任何其他表示。最强大的阿肯比竟然也陷入了沉睡，其他人听到消息，不由交换了几个意味深长的眼神。

"阿肯比大人未能加入我们，真让我感到遗憾。"雅礼柯说，"本来我们有许多问题，希望得到他的解答。既然如此，我们只能在他缺席的情况下讨论之前在山门外的失败了。"

女将军夙奴酷率先开口，维叶岐在她的声音里听出了一丝怒意。"我和我的殉生武士已经使出了全力，大司匠阁下。阿肯比唱响复活咒歌之前，我们只有一个钟头的准备时间，而且尸体复活造成的混乱远远达不到我们的预期——凡人很快就组织起了反攻。"她的前辈、大元帅暮鸦耳做个手势，夙奴酷不吭声了，但她明显还有更多话要说。

"真不敢相信有人竟会指责我们的主人，为了唱响咒歌，他差点儿搭上了性命。"吉筌的语气充满了虚伪的温和，"这等召唤术可不是凭空实现的。它需要时间，需要精力——我们咒歌会的领袖几乎耗尽全部精力，才得以施展出来，而他更是勉强才逃脱了死亡。另外，咒歌的效力时间也没法精确计算。请告诉我，你们殉生会真要阿肯比大人为突袭失败负责吗？"

不等双方继续争吵，大司祭尊亚弼抬起一只手，提醒所有人注意。隔着象牙色的面具，他缓缓眯起眼睛。"此时此刻，我希望大家记住，我们的分歧只能有助于外面的敌人。我们有比相互指责更重要的事要讨论。凡人的指挥官要求谈判。"

有些人尚未听说这个消息——其中包括维叶岐——这下乍一听闻，不啻为晴天霹雳。到会成员面面相觑，想看看有谁面露惊讶，有

The Heart of What was Lost

谁无动于衷。一片嘈杂声中,第一个开口提问的是又高又瘦的回音会大师窟君-瓦瑶。

"到底怎么回事?"他质问道,"为什么凡人会在这个时候提出谈判?他们的人数明明大为占优。恐怕这不是个陷阱就是个阴谋。"

如果连窟君-瓦瑶和他手下都不知道凡人试图谈判,维叶岐心想,那还真挺奇怪的。要知道,回音会的职能就是利用"谓识"——一种镜子,据说用龙鳞打磨而成——将奈琦迦统治阶层的想法和命令传递给其他贵族幕会。人人都知道,最先掌握各种机密的便是回音会。但这一次,回音会的首领却显得异常震惊。

"也许我家主人的尸舞咒歌已经大大震动了凡人,其效果远超各位的预期。"吉箜说道,"也许他们吓坏了,所以这位艾奎纳国王想为撤退找个体面的借口。"

"他不是国王。"雅礼柯说,"他只是瑞摩加一地的领主,并非凡人全境的君王。他的主人在爱克兰,这位北方人的公爵只能靠写信跟他联系。"他慢慢点点头,"不过,当然了,这确实可能是个陷阱。"

"他们中间有个支达亚。"凤奴酷说,"我们看到她了。她带了一块谓识。"

"可那家伙已经走了。"吉箜接道,"几天前她便离开了他们的营地,彻底远离了我们的土地。这一点毋庸置疑。"

"也许他们闹翻了。"暮鸦耳元帅的语气十分得意,"岁舞家族与凡人,他们永远都不可能理解对方。这再一次证明,支达亚的选择是错误的;也再一次提醒我们,我们软弱的亲族必将重蹈凡人的覆辙。"

"我会亲手划开每个岁舞家族成员的喉咙。"凤奴酷一脸严肃地说道,"早在分离之日以前,他们就背叛了凯达亚全族。"

尊亚弼抬起一只手,提醒大家注意。但这一回,大厅并没有像上次一样马上安静下来。"古语有云:声音越杂,歌谣越乱。"等到众人都不说话了,他才开口道,"所以,我们眼下只讨论确凿的事实,请各位不要无端猜测与想象。事实就是,凡人写了一封信,上面盖着这位艾奎纳公爵的印章,送到山腰最后一处监视隧道——我们本以为那条隧道没被凡人发现。"他飞快地瞟了一眼暮鸦耳和凤奴酷,"但很显然,我们错了。"

"如果是我手下的殉生武士发现的,那他应该先交给我。"暮鸦耳抗议道,"这有违我们自古以来的传统……"

"总之,我收到了来信。"尊亚弼放低声音,他已不知不觉地抬高了调门,"以后再操心礼仪和传统吧,大元帅阁下。此事事关重大,在与诸位讨论出结果之前,我可不敢轻举妄动。"他环视一周,"信上要求我们派出一人,不得携带武器,走出山门与他们的指挥官对话,对方也发誓会空手而来。他的军队将撤到山门外足够远的距离,不会对我们造成任何威胁,以显示诚意。"

"简直荒谬。"回音会的窟君-瓦瑶说,"谁能代表我们所有人?只有女王陛下,而她还在沉睡!"

"我也怀疑,对方并不是想谈判,只为了提出某些要求。"尊亚弼说,"还有一件事。凡人特意要求我们派出凤奴酷将军——或者按他们的说法,那位'梳了行军辫的英勇的女战士'。"

话音刚落,许多人同时开口,有些声音在质疑,有些则是毫不掩饰的泄愤。

"不行。"维叶岐的同僚纳霁说道。他居然也会发表意见,真让人感到惊讶。"这明显是个陷阱。他们想抓住我们挚爱的女将军,族人不会同意的。"

"哈!我知道族人不会同意的——但我还是会去!"凤奴酷一拳砸在桌面上,"我向桃灼的圣墙起誓,等我走出山门,不等凡人酋长说出一个字,我便会徒手掏出他的心脏,叫他自己看个明白。然后让他的手下杀了我好了。没关系。这便是我们唯一的回复!"

反对的声音一浪高过一浪,尊亚弼只得再度抬起一只手,命令大伙马上闭嘴。

就连大司祭都很难约束我们了，维叶岐心中透出一丝绝望。女王陛下不在，阿肯比也陷入了沉睡，现在的我们就是一盘散沙。只要一个错误，一句狠话，几大幕会就会自相残杀。

"你不得加害凡人的首领，夙奴酷。"尊亚弼做了表示不快的手势，"谈判要在我们的监督下进行。我们必须听听他们的诉求。"大司祭转向暮鸦耳，"元帅？你能确保你的后辈理解这一点吗？"

英俊的暮鸦耳回望着大司祭，脸上的表情很难捉摸。"我保证，将军已经听懂了。"过了好久，他终于说道，"如果需要的话，她十分乐意遵行会议的决定。"

"很好。我们需要知道凡人的想法和打算。谈判时我们绝不能率先动手，除非他们背信弃义。"尊亚弼又转向歌者吉箜，"但我觉得，即便是夙奴酷将军这么显赫的英雄，也不该独自前往。你的意见呢，主领诗阁下？"

吉箜也等了很长时间才回答。"我同意。其他幕会的成员也应该在场，这样才能确保我们不会曲解凡人提出的条件。"

"你怀疑我不够诚实？"夙奴酷问他，"还是我对女王陛下不够忠诚？"

"都不是，但我确实怀疑你的自控能力，将军。"吉箜双手交叠——与他属下妮姬卡的面孔一样，他的手掌也绘满了错综复杂的黑色条纹。"我提议，出席战事会议的每个幕会都派出一名成员，陪同夙奴酷将军一起参加谈判。反正这次谈判也没什么好协商的，所以我指定主领诗妮姬卡作为咒歌会的代表。"

其他幕会的领袖们表示同意，也都各自选出了参与谈判的下属，并且承诺，等他们把北方人的要求带回奈琦迦后，再做最后的定夺。

维叶岐的老师雅礼柯最后一个发言。"我赞成我的幕会也派出一名代表，"他说，"但我等不及要与凡人面对面了。很可惜，从南方返回时，他们只看到了我的后背。这一次，我会亲自代表匠工会参加谈判。"

其他幕会成员只是稍稍有些吃惊——毕竟雅礼柯一向以离经叛道和固执己见著称——维叶岐却吓了一跳，几乎不假思索就开口了。"老师，您不能去！请原谅我的鲁莽，但除了殉生会的几位首领，您可是保守城市的关键啊。如果正如有些人的担心，这是凡人设下的陷阱呢？那样的话，各大幕会都有可能失去重要的人手，但他们至少还有首领坐镇。我们可不能在这紧要关头让您去冒险啊，大人。"

大司匠雅礼柯转向维叶岐，瘦削的脸上罕见地露出怒容。这时，女将军夙奴酷在桌子对面说话了。"我想主师匠说得对。最好的情况是，凡人害虫会信守诺言，提出要求让我们投降——虽然殉生会永远也不会接受他们的条件。最坏的情况嘛，如果真是个陷阱，我们依然要保卫城市，做好万全的准备，以免凡人撞开山门。所以，您还是派一位副手吧，大司匠雅礼柯阁下。"

维叶岐的老师还想争辩，但很明显，在阿肯比恢复之前，在座的所有人都不愿意再失去匠工会的领袖。那一张张面孔看似不动声色，但维叶岐能感受到他们的担心。最终，雅礼柯转向尊亚弼求助，但大司祭也摇了摇头。"这一次，我们不能同意你的心血来潮，尊贵的弟兄。你必须遵从战事会议的决定。主师匠维叶岐将代你出城。"

接下来还有很多事要讨论，主要是围绕谈判，以及更重要的围城战。所以会议一直进行，直到昭英祠敲响了晚钟。

从维叶岐当众反驳他老师的那一刻起，雅礼柯就再没正眼看过他。维叶岐尽量让自己的表情显得若无其事，但心里空落落的。看起来，我彻底断送了自己的前程。但我这么做，完全是为族人着想。不过他依然甩不脱一个想法：虽然他也担心老师的安危，但他之所以主动发言，更多是出于嫉妒与私心。

他还得告诉妻子棘梅步，他将要赤手空拳出城面对敌人。比起北方人的刀剑，为什么他更担心的反而是这个？

我想知道，是不是每件大事发生时都跟眼下一样混乱呢？长期置身于围城战的阴影，已让维叶岐变得心力交瘁、彷徨无助。未来的史学家只能靠猜测来厘清当前的形势了吧——假设他们还会存在的话。他酸溜溜地暗笑一下。不过呢，我这种小人物的生与死，恐怕也很难进入他们的法眼。

与白狐谈判的消息很快传遍了艾奎纳公爵的军队。黄昏以前，整支队伍都要退到山谷之外，但公爵首先要确保不能有北鬼的弓箭手藏在山门上方、山体高处尚未被发现的洞穴里，这个任务自然而然落到了峭壁山羊头上。他们寻找并封闭北鬼的逃生密道已经很久了，但可恨的不朽者一向诡计多端、顽固透顶，所以还是不得不防。

冰冷的下午渐渐过去，"稳如山"埃尔林带着波尔图和另外四名队员沿着矮坡巡逻。天色灰暗，头一个小时，除了之前那场冲突的痕迹、破碎的北鬼箭杆以及北方人营地的残留物，他们什么都没发现。北鬼从不丢弃自己人的尸体，所以在山腰的某些位置，即使峭壁山羊刚在几天前杀死了几位守卫，但过后再来一瞧，那些地方的尸首已经不见了，整个地方就像荒废了好几年似的。阴郁的天空低低地压在他们头顶。

"一处也不要落下。"他们在一块突出的岩石上休息，眺望上方黑糊糊的斜坡时，埃尔林说道，"白皮鬼不会善罢甘休的。这窝毒蛇怎么可能投降？咱们必须给他们来个连锅端。"

几周来的围攻已经让波尔图受够了，他们要寻找并清理北鬼的密道，有时还要在隧道里战斗。尽管峭壁山羊与白皮鬼的数量之比超过十比一，但无声又迅疾的北鬼总是很难杀死。一想到他们还要清理一整座地下城市，波尔图的肠胃就难受得不行。

等所有人歇够了，埃尔林带着大伙朝更高处进发。他们沿着之前留下的淡淡的足迹上山，虽然波尔图不如几位老兵那样信心十足，但他的两条长腿足够强壮，爬起山来并不费力，还能像其他伙伴一样，从一处险境跳到另一处，所以他一直走在小队的前半段，只比埃尔林落后了一点……这时他看到，上方浓密的树林间，有什么东西闪了一下，位置有些偏向南山腰。波尔图拽了拽埃尔林的马裤腿，提醒他注意。后面的峭壁山羊看到他的动作，立刻无声地蹲伏下来，原地等待。

波尔图轻声告诉埃尔林他发现了什么，队长点点头，朝队伍打出几个手势，叫他们分成两组。埃尔林叫波尔图跟上自己，外加一个灵活敏捷的年轻人。那人来自韦斯万，名叫考伯乔——他曾骄傲地告诉波尔图，这个名字的意思是"黑熊"——但名不副实的是，他长得又白又瘦，一点儿都不像瑞摩加人，反而更像个北鬼。埃尔林叫老兵德拉吉带上另外两名兄弟，从树林后方绕过去，波尔图三人则从前方逼近。

他们尽可能缓慢而安静地爬向树丛，肚子贴着雪坡，蹭过岩石，一直挪到树林边。除了波尔图，其他伙伴们都带了弓箭——有些人想教他射箭，最后都以失败告终，因为他觉得这东西有些碍手碍脚——所以波尔图抽出长剑，在埃尔林和考伯乔身后伏低身子。他们时不时停下，留神倾听并仔细观察，看波尔图发现闪光的地方有没有什么风吹草动。但山风平缓之后，山腰四下一片寂静。

最后他们来到目标下方一块高耸的山岩下，躲了很长时间，等待山风再次刮起。起风后，埃尔林朝二人示意一下，"噌"的一声蹿上山岩，冲进那块林间空地，波尔图和考伯乔紧随其后。

松林间的空地上一个人都没有，地上只有些泥泞的痕迹，半盖着

The Heart of What was Lost

积雪，表明有人曾经来过。不过齐胸高的树枝上确实挂着个闪闪发亮的东西。埃尔林抬手将它摘下，递给另外两人观看。那是一串项链，链坠是块手指大小的淡蓝色水晶，大致雕刻成女人的形状。纤细的链条已经断开，波尔图猜测，应该是某个北鬼撤退时被树枝钩断的。一开始，他觉得这链坠又朴素又粗糙，但等他凑近些，才发现它异常精美，每个棱角都看不出瑕疵。他看得越仔细，越觉得它的工艺非同一般。

埃尔林伸出手，把项链递给波尔图。"你发现的，南方人。现在它归你了。"

波尔图却下意识地后退一步。虽然这东西很漂亮——想想吧，如果他回到家里，把它送给茜达，让它在她胸前光辉闪耀，那有多好！——但这毕竟是异族之物，光是看着它，他的心里便突然充满了强烈的乡愁。

树后有人大声预警，但嘶哑的叫声瞬间便被截断。波尔图和两名同伴朝不同的方向猛转过身，想判断声音来自何处。这时又一声尖叫响起，凝聚成一个词语："宏瘟！"

波尔图愣了一下才明白过来，恐慌随之涌起。之前他听说过这个不吉利的瑞摩加字眼。巨人。这个词的意思是巨人。

一声巨响，如平地一个炸雷，震得周围的树木七倒八歪。眨眼之间，考伯乔已经转身蹿出了空地。波尔图意识到，其实大树都是朝同一个方向倾倒的，而考伯乔机智——虽然并不勇敢——地逃向了另一边。波尔图刚想责备自己反应太慢，有什么东西从倒塌的木堆间飞出，正好砸在埃尔林脚前。那是一具无头尸，但从靴子判断，应该是德拉吉，因为老兵总是小心翼翼地精心保养它们。

更多大树被撞倒，震得地面一下下发颤，其中一棵差点砸到波尔图，好在他及时扑到了一边。那头怪物在雾气中现身，大踏步跨过倒地的树干，将更小的树木纷纷扫倒，仿佛那些只是纤细的芦苇。

夺命险山

随军挺进北鬼领地时，波尔图见过巨人，但他只是在远距离外，看着瑞摩加人凭数量优势杀死它们。一般情况下，十几名士兵会一拥而上，先用弓箭射伤这些凶兽，再用长矛捅刺它们，直到它们倒地，鲜血流尽而死。他还是头一回离巨人这么近，只觉得心脏都快停跳了。

这头凶兽有一个半成人那么高，长着长长的胳膊，面容奇丑，一脸狂怒，活像来自另一个世界的魔鬼。它那蓬松的毛发如雪一样白，说明它只是头幼崽，而波尔图在战场上看到的那些都已成年，身上还穿着北鬼替它们准备的皮革挽具。巨人终于跨过最后一根断木，直扑埃尔林。它龇出一嘴大黄牙，喷出满口的恶臭，波尔图仓惶后退，被熏得喘不过气来。

埃尔林却被两根倒伏的树干夹住了，周围全是纠缠的树枝。峭壁山羊的队长想拽出短弓，却没能成功，只好放手，转而抽出长剑。巨人一声咆吼，震得波尔图胸骨深处隐隐作痛，又张开托盘大的巨手，拍向埃尔林。瑞摩加人抬剑刺中它的手掌，剑刃一直插进那东西的手腕，然而巨人大手一挥，将他从树枝间硬生生地拽了出来。埃尔林飞出去五六步远，划过空地，好像一袋生肉，摔在折断的木堆中间。

波尔图的血液直冲顶门，耳畔嗡嗡作响，脑袋已无法思考。他想跪地祈祷，想与妻子道别，但那怪物又朝他扑来，将脚下的木堆踩得稀碎。他的视野内只剩一张滴着涎水的血盆大口以及一对深陷的眼窝。波尔图转身就跑，却被树枝挡住，又被几根伏木绊倒。他连滚带爬，感觉自己已不可能全身而退，却又不敢回头张望。终于，他逃到空地中央，埃尔林就一动不动地倒在那里。现在他离之前爬上来的山岩只有几步远，但波尔图知道，如果他跳下岩架，不等他站起身，巨人就会压到头顶，到时他就真的完蛋了。

他用后脚跟站定，对方挥来一只毛茸茸的巨掌，他闪身躲过，随后转向那怪物的双腿，一剑劈出，却只砍在一根断木支棱起来的树干上，巨人的皮毛毫发无损。不到一下心跳的时间，这头凶兽往前一蹿，将他一把抄起，举到空中。波尔图的长剑从指间脱落，呼吸都被挤了出去。

怪物龇出的黄牙距他的脸只有几寸远，一对儿小眼睛在骨骼粗厚的额头间瞪视着他。极度的恐惧如噩梦般缠住了波尔图，一时间，他在巨人那毫无人性的目光中看到了什么东西，一种智慧的嘲弄，而这让他感觉更糟了。

怪物突然发出一声震耳欲聋的大吼，热烘烘的口臭扑面而来。波尔图被重重地甩到一边，在地上翻滚，整个世界上下颠倒、旋转不休，他已经分不清自己是清醒的还是在做梦了。终于，他停了下来，平躺在地，只能大口大口地喘气，拼命鼓动火辣辣的肺叶，好尽快站起身，免得那怪物再次抓住他。巨人却跳起奇怪的舞蹈，似乎完全没注意到他，只是原地转圈，壮硕的双臂胡乱拍打，大声吼叫，震得大树上的枝丫簌簌发抖。

巨人的脖子上挂着个什么东西，波尔图看不大清。他气息不足，只觉眼前一阵阵发黑，不管怎么努力，缩紧的胸腔都吸不进多少空气。不过他还是发现，巨人的喉咙好像在一下下地往外蹿血。

又一道人影加入舞蹈，瘦小、纤细但敏捷。是考伯乔，他手里端着一根长长的曲矛。波尔图饥渴的肺叶终于吸进了一点空气，视野渐渐清晰，他看出怪物的喉咙间也插着一柄粗粗打制的长矛。怪物扭动身子，滴溜溜乱转，想拔掉脖子上的异物，但考伯乔用另一柄长矛不停地戳它。原来，年轻的韦斯万人并没有逃跑，而是找到几根折断的树枝，把它们迅速削尖，制成了几件武器。

波尔图不能任由考伯乔独自战死。他奋力用双手双膝撑起身子，却感觉不到四肢的存在。现在他依然没法顺利地呼吸，只觉眼前金星直冒。他的骨头嘎吱作响，仿佛已经粉碎。他设法避开巨人沉重的脚掌，爬向自己的长剑。终于，那头凶兽拔掉了临时打造的长矛，转脸面向袭击者。

波尔图用单手握紧剑柄,继续往前爬。考伯乔再次戳刺,这次矛头对准了巨人的肚子,可惜他的矛杆上还留有一根分叉,所以矛尖被卡住,没能刺进去太深。巨人伸手抓他,考伯乔只好紧紧攥住武器的末端,把那截分叉当成野猪矛上的横挡。怪物又用一只巨掌抓住矛柄,用力一扭,从中间折成两段。矛尖在白色的皮毛上戳出一道创口,殷红的鲜血汩汩流出,但比起它喉咙间的裂口,这也只是一道涓流罢了。

巨人扑向考伯乔,咆哮声中充满了狂怒与痛苦,将后背完全暴露给了波尔图。波尔图站起身子,摇摇晃晃地接近。胸膛好像着了火,但他还是站稳脚步,将长剑抡出一道平滑的曲线,重重地砍向怪物膝盖上方的后腿。巨人吃了一惊,扭头大吼,趁它分神的当口,考伯乔捡起刺伤它喉咙的长矛,狠狠扎进它毛茸茸的白肚皮。咆哮再度化作惨嚎,声音愈发高亢而愤怒。那怪物展开双臂,晃晃悠悠地撞向考伯乔,这时,碎木堆中又站起一道人影。

波尔图本以为埃尔林已被巨人摔死,但峭壁山羊的队长步履蹒跚地站了起来。他利用断木撑起身子,一头钻到巨人的手臂下方,将手中的长剑捅进了怪物的腹股沟。巨人摇晃着后退几步,把埃尔林的铁剑带出了手掌,但它的大腿内侧血如泉涌。

怪物嚎叫着、呻吟着,双手高举过头,像在盛怒之下要将整个天幕都扯下来似的。它朝埃尔林迈出一步,鲜血喷洒在断树和积雪上。它晃了晃,又迈一步,随后栽倒在地。

波尔图朝巨人爬过去,他的脑子一片混乱,已经记不起自己在哪儿、这阵混乱又是怎么发生的。他爬上怪物的后背,发觉它还在艰难地呼吸。身下热烘烘的巨兽让他恶心,让他发狂。波尔图将长剑狠狠地扎进它的后背,接着用力拔出。他的肋骨痛如针扎,但他不管不顾,只将长剑一下下戳进巨人的脊背,直到剧痛带走了全部知觉。

The Heart of What was Lost

下午即将过去,他们才找齐其他峭壁山羊的残骸,安葬在空地里,旁边便是宏瘟鲜血淋漓的尸体。德拉吉的人头在百十步外的山腰间被发现,不知是滚落还是甩飞过去的。他们找到人头时,发现老兵脸上的表情与其说是害怕,不如说是惊讶。

"一头换一头。"埃尔林说完,开始猛砍巨人毛茸茸的脖子,一直折腾了好久。波尔图这辈子都忘不掉这砍头的声音了。灰白的天光渐渐暗淡,剩下的峭壁山羊一瘸一拐地走下山,埃尔林始终将那沉甸甸、血淋淋的头颅抱在胸前,好像抱着个什么宝贝。

为了谈判,公爵的军队已经开始从山门前撤离,但波尔图几人在大山高处出现时,立刻有哨兵迎了上去。波尔图站在那里,瞪着几张面孔在周围晃来晃去,看着营地间忙碌的景象,好像头一回见到似的。

哨兵们也不客套,直接簇拥着三人返回一片狼藉的营地,一大群人很快围了上来。不用他、埃尔林和考伯乔对战友们多说什么,那血淋淋的战利品便已经说明了一切。艾奎纳公爵亲自来看他们,不到一天时间,波尔图就接连近身接触到两位传说中的形象。这位公爵跟波尔图差不多高,腰围却是他的两倍。虽然艾奎纳被即将来到的谈判搞得焦头烂额,但还是握住三位峭壁山羊的手,逐一感谢他们。

"感谢上帝,今日你们完成了一项壮举,你们三个都是。"他说道,"要是我们正在谈判,手上没有武器,那玩意儿却从山上冲下来……"他摇摇头,"瞧瞧你,伤口还在流血!上帝慈悲,你们都没长眼睛吗?"他招手呼唤军医。

波尔图看着公爵和其他人,仿佛置身深深的井底。他听到有人在说话，却搞不清是什么意思。他的脑袋还在神游。

"伙计，你傻站着干吗？"艾奎纳招呼他，"啊，没错，你是珀都因人。你叫什么名字——是不是波尔图？嘿，你在斗篷下面藏了什么？"

"没什么。"波尔图终于找回了声音，"我的肋骨，我想……应该是断了。"

"那你跪得下来吗？"艾奎纳问他，波尔图却没搞懂对方的意图，他现在对什么都迷迷糊糊的。"瞧见没，施拉迪格？他都快站着死掉了，这可怜鬼。"公爵气呼呼地说，"丰乐娅的裙带啊，医师都跑哪儿去了？"

"如果可能的话，公爵殿下希望你跪下。"艾奎纳身边一位黄胡子的副官说道，他看上去不大高兴。

他要处决我们？波尔图心想。眼下这也没什么奇怪的了。他、埃尔林和考伯乔就像在鲜血和毁灭中浸泡过一样，已经与普通的士兵不一样——他们成了可怕的怪物。

年轻的考伯乔抬头看着公爵。年轻人目光冷淡，如坠梦中，两手红红的，满是干涸的血迹。"它杀了德拉吉。扯掉了他的头。"

"我听说了，小子。"艾奎纳说，"我比你想象的还要难过。但你表现得很英勇，你们三个都是。"

"我们出发时有六个人。"埃尔林说。他还抱着巨人的头颅，活像抱着一件传家宝。

"我保证，今晚我们会为你勇敢的弟兄们祈祷。"公爵说，"而现在，以至高王座上的国王与王后的名义，我要加封你们为骑士。"

波尔图试图弯腰跪倒，可他的胸口疼得厉害，只能晃了几晃。

"施拉迪格，帮帮他。"公爵说道。黄胡子男人伸出一只有力的大手，扶住波尔图的胳膊，帮他慢慢跪下。

艾奎纳开始念诵誓词，但波尔图只听清了一部分，因为他的脑海

The Heart of What was Lost

里升起一阵红色的声响，仿佛喧闹的激流。他听到塞奥蒙国王和米蕊茉王后的名字，还奇怪自己怎么对他们没有印象。在疲惫的思绪中，他猜测那两人应该是艾奎纳的主人，可能是极北的君王，坐在寒冰宝座之上，身上包裹着皮毛与珠宝。

有什么东西碰了碰他，是艾奎纳的宝剑克瓦尼尔，它从他脑袋一侧轻轻移到另一侧，拍了拍他的双肩。"我任命你等为至高王座的保卫者，"公爵说道，"授予你等骑士称号。起身吧，埃尔林爵士、考伯乔爵士、波尔图爵士。"

波尔图却站不起来，名叫施拉迪格的黄胡子男人只好又来帮他。他感觉自己像只刚出生的马驹，两腿战战发抖，只能勉强撑住。公爵已经被人叫走，去忙活其他事务了。一名军医终于赶来，包裹里装满了亚麻布绷带和各种油膏。

埃尔林还紧紧抱着血淋淋的巨人头颅不放，不准任何人从他手中抢走。

这是项荣誉，他的妻子曾这样问道，还是你老师想看着你被杀掉？

即使到了现在，维叶岐走近等在古老的门房前的人群，他依然没能得出答案。他没向棘梅步承认，他已经毁掉了接替雅礼柯成为大司匠的一切可能性。维叶岐有胆量面对北方人的大军——哪怕只是一时的血气方刚——却没法在妻子面前承认自己的愚蠢。结果就是，棘梅步站在家门口，板着面孔、两眼木然地向他道别时，好像几季之前就已经当了寡妇。

女将军凤奴酷在门房前来回踱步，显得精力充沛又极不耐烦，这在感情很少外露的贺革达亚中间可不常见。她没穿惯常的白色铠甲，只套了件同样颜色的家族制服，似乎一点也不害怕敌人会耍什么阴谋诡计。同平时一样，维叶岐既被她的精神鼓舞，又有些担心她的顽固与冲动。随着谈判的时刻一点点临近，他发现自己竟然很希望出点什么事情，好把原计划彻底推翻。他不是担心自己受伤或被杀，而是陷入一种更深刻、更无形的惊恐，好像一个人站在野地里，看着风暴逐渐逼近，将天空染得一片漆黑。

真是个傻瓜，他告诉自己。今天什么事都不会发生。北方人会提出条件，我们会把它转达给各位首领。不会有什么大的变故。凤奴酷已经发誓遵守战事会议的决定，不管她有何特质——在这黑暗又安静的世界里，她确实有些不同寻常——但她绝不是个叛徒。

维叶岐走到另外两位特使身边。一位是咒歌会的妮姬卡，她的脸上绘满了符文，另一位是身材瘦小的司祭，名叫"点指"雅亚奴，他是尊亚弱的亲眷，也是十分强大的贵族。他们三人跟着凤奴酷穿过回音阵阵的门房，女将军似乎一点儿也不想浪费时间。他们还没走到门前，凤奴酷就示意守卫打开大门的突击口——山门内侧打着重重补丁，加了许多屏障，都是主师匠纳霁命令工匠们临时修补的。横杠与门闩从门扇上抽离，殉生武士们结成密集的队形，以防凡人耍诈，维叶岐与一众特使安静地站立等待。最后，滑轮吱嘎作响，沉重的巫木门板发出呻吟声，又高又窄的突击口缓慢开启。

虽然外面光线昏暗，但再次看到天空，还是让人感觉很不协调。维叶岐返回奈琦迦有段时间了，现在他反而觉得，头顶被石穹笼罩方为自然之道。山外覆盖着灰暗的云团，压抑得让人喘不过气，好似一头巨兽霸占了广阔的天空。山门两侧的岩坡仿佛会无休无止地延伸出去似的。

十几名北方人等在山门对面的无主地带，面前稍偏一点儿便是他们的巨型攻城锤，那东西还留在原地——算是一种警告吧，维叶岐对此毫不怀疑。他扭头望向山门，在石制门板上看到一个巨大的凹坑，那个位置已不知被金属桩子撞击了多少下，大部分装饰早被砸成了碎片。长久以来，两扇山门本是力量与保护的象征，如今却显得古老、脆弱，似乎被遗忘已久。目睹这些损伤让维叶岐五内翻腾，他只好转而观察夙奴酷的表情。即使女将军看到的东西与维叶岐一样，她也没停下驻足，而是直接面对凡人，迈步朝他们走去。

"应该只有四个人吧？"雅亚奴说，"他们四个，我们四个！"

"其他人只是护卫，确保我们没带武器。"夙奴酷扭过头，厉声喝道，"看在生养你的华庭分上，别在凡人面前示弱！"

她走近那些大胡子北方人，停在他们几步开外，对方也盯着眼前的贺革达亚，仿佛面对着完全未知的生物。夙奴酷抬起胳膊，岔开双腿，护卫们愣了一下，才明白她在等他们过来搜身。五六名健壮的北方人围了上去，维叶岐觉得，比起凡人，其实这些家伙更像矮个儿的山岭巨人。他们粗鲁地摸遍了夙奴酷的全身，其中一人对他的伙伴们说了句什么，惹起一阵紧张分分的大笑。

"我很擅长你们的语言。"夙奴酷说道，"不管怎样，你们应该明白，我不需要任何武器就能了结你们。只用双手就够了，你们不等倒地就会丧命。"

这些瑞摩加人都是久经战阵的杀手，听到夙奴酷的话，也没露出太大的反应。不过维叶岐的目光相当敏锐，他看得出，对方的肌肉有些绷紧，眼睛也眯了起来。

几名贺革达亚特使都被搜过身，随后凡人护卫们退到一边。对面最高大的北方人挥挥手，叫他们退得再远一些。那些人遵命行事，但看上去不大高兴，活像一群被短绳拴起来的狗。维叶岐相信，那个大块头便是他们的首领艾奎纳公爵。他的胡子不如其他人那么又长又密——有个凡人头领个子最小，胡须却特别长，都能塞进腰带里了——却显得壮硕无比。他胸膛宽阔，肚皮鼓起，维叶岐怀疑他一定很难控制食欲。他的脸膛也很宽，面色发红，似乎有些暴躁，双眼却闪烁着狡猾而冷静的光。

夺命险山

"好吧，夫人，我们终于见面了。"公爵嗓音低沉，隆隆作响，"我们这边没人会说你们的语言。你能把我们的话准确无误地翻译给你的族人吗？"

"我说过了，我很擅长你们的语言。"凤奴酷回答，"虽然我不太清楚你们的花腔和俗语，无论如何，我算不上某人的'夫人'。我是凤奴酷·杉夜-伊瑶拉，女王陛下殉生会的上将军，大元帅暮鸦耳阁下的代表。说出你的条件吧，我们会据此做出回应。"

艾奎纳抽动嘴唇，大概是微笑了一下。"很好。你也看到了，我们是带着诚意前来的，正如我们以上帝大爱的名义发下的承诺。我和我的伙伴们都没带武器。我们只想跟你们面对面谈谈。"

"你已经谈得够多了。"她说，"说条件吧。"

"你的谈判方式跟打仗一样直接。"公爵几乎带着赞许的语气，"很好。你一定明白，你们没有获胜的希望。我们清除了你们在山腰上的士兵，封闭了你们的密道，如今你们已被困在你背后的石山中间。你的族人穿过我们的土地来攻打我们，还协助风暴之王，试图将我们彻底毁灭。但我们不是野兽。只要你们投降，打开这山中要塞的大门，我们绝不会加害无辜的女人与孩子。事实上，我们可以让开一条路，放他们自由离开，只要他们永远不再接近凡人的土地。"

公爵的几名手下瞪圆了眼睛，张大了嘴巴，好像听到了什么前所未闻的奇谈。那个长胡子的矮个子开口了。"放他们走？就算只是女人和孩子，这也够疯狂的了，我的大人。"

"安静，威戈里。爱克兰的国王与王后赋予我全权处置这场争端，我可以相机行事。"艾奎纳的眼睛一直没离开女将军凤奴酷，"你听明白了吗？"

他当我们其他人不存在吗？维叶岐心想。他以为我们都是宫廷乐师，只有凤奴酷才是万众瞩目的舞者？但他看到白发的殉生武士站在粗壮的凡人面前，腰杆笔直，面不改色，决定还是让她代替所有人说话。

"真的吗?"夙奴酷问道,"也许你注意到了,公爵,我也是女人。你会放我自由离开吗?我们很多殉生武士都是女的。你也愿意放了她们?"她摇摇头,"你对我们根本一无所知,凡人。孩子?即使是我们的孩子,岁数也有你的两倍大——甚至三倍、十倍都不止!——我怀疑,他们的智慧也有你的好几倍。"

一个黄胡子凡人凑到公爵耳边,轻声但愤怒地说了句什么。

"冷静点儿,施拉迪格。"公爵说,"正如我们所料,她是个战士,不是外交官。我说了,要'无辜的'才行,将军。我知道你们的女人也会打仗。我说的是没对我们动过刀剑的那些。"

"这就是你的条件?"夙奴酷质问道,厌恶之情已溢于言表,"交出我们的家园,换女人和孩子自由离开?"

公爵摇摇头。"你们的士兵——你叫他们殉生武士?——必须交出全部武器。无论男女,必须照做,然后我们会决定他们的命运。你们的首领也必须向我们投降。至于其他人,我可以网开一面。我以一个男人和安东教徒的身份向你保证。"

其他特使第一次开口。"我们的首领?"质问的是司祭雅亚奴。维叶岐相信,即便最迟钝的凡人也能察觉到他的惊讶与愤怒。"你叫我们的首领向你们投降?难道也包括女王陛下本人——我族之母?"

艾奎纳的神情有些不悦。"我向你们保证,我们会对她以礼相待。但是,没错,她必须带着她的顾问们向我们投降。你们的女王可不是无辜的。她是风暴之王的强大后盾,对我们的人民和土地发动了不义的战争。"

维叶岐同所有人一样震惊。虽然这场会谈并没有多大意义,但他起初还有些好奇,想看看凡人到底想达成什么目的,可他万万没想到,对方居然想让他们交出伟大的女王陛下。他感觉怒火在心头燃烧,但夙奴酷抬起一只手,止住了更多愤怒的提问,他也只好压下火气。接下来,女将军一定会咒骂凡人,严词拒绝他们,随后他和大伙便可以返回圣山,做好准备,以合适的方式迎接死亡了。既然他们只剩这一条路,那么也该考虑一下怎么唱响贺革达亚全族最后的遗歌,无论如何,这好过向一群长毛野兽投降。

但出乎维叶岐的意料,凤奴酷只是简单说了一句:"如果你讲完了,我会把你的话转告给我们的首领。明日拂晓,你会得到我们的答复。"她转过脚跟,走向山门。维叶岐与其他特使一起,跟在凤奴酷身后,大脑惊愕得一片空白,像被狂风扫荡过的山口。

走到巍然的山体脚下,凤奴酷突然停下。巨门正要开启,但她高喊一声,门内的守卫立刻将门停住。

"等我一下,"她告诉维叶岐等人,"我再去跟公爵讲一句话。"

"不能让她一个人过去。"雅亚奴说。他看向咒歌会的特使妮姬卡,但歌者文了一脸刺青,根本看不出表情,雅亚奴也搞不清她是否同意自己。

一阵不祥的情绪如寒雾般笼罩住维叶岐。"别去了,将军。"他恳求道,"没什么好讨论的了。他们叫我们投降,这种条件我们不可能接受。"

"我没征求你的意见,工匠。"凤奴酷看都没看他一眼,"你去给我们的主人带话吧。把这些屈辱的话带给他。"她的面庞好似古老神庙里的雕刻,她的表情恐怕任何生者都无法解读、无法领会。"我已经履行了职责,现在我不再是特使了。"

"可是,将军……!"维叶岐刚开口。

"闭嘴。"她瞪了他一眼,目光肃杀而冷硬,令维叶岐浑身一寒,"回去摆弄你的图纸和工具吧,虽然它们也帮不上什么忙。仅凭山石已经救不了我们了。"说完,她将几人留在山门的阴影里,迈步走向凡人。

艾奎纳公爵及其手下正要走回凡人的阵线,一名护卫大声发出警告,让他们转过头。维叶岐看到公爵想离开队伍与夙奴酷交谈,但其他人不让他过来,令他十分生气。

  石头上的瑕疵,维叶岐突然有所领悟,虽然他也说不清为什么。他看着二人走向彼此,一个是纤细修长的贺革达亚,一个是粗壮多毛的凡人,这一瞬间,他知道自己正站在世界与时间的缺口面前,这道瑕疵已经存在了无穷岁月,却在眼下浮出了水面。他不清楚这瑕疵是如何形成的,也不晓得它将变成怎样,但他知道此时此刻至关重要。于是他想也不想,便朝夙奴酷追去,但其他特使抓住他,将他拉了回来。

  "该死的,施拉迪格,我爱你像爱我的儿子,但你再敢拦我,我就把你的手剁下来。"

  "我的大人,艾奎纳公爵,拜托……"

  "天堂的宝血战锤啊,让我跟她说话!"艾奎纳知道,身处爱克兰的年轻国王与王后希望他这么做。尽管这要求他咽下自己的仇恨,但他知道这也是上帝的旨意,不想让自己的信仰蒙羞。

  他返身面对北鬼女战士。尽管有一丝恐惧滑过,他还是忍不住钦佩对方。她的脚步决绝而有力,每一下动作都像个老练的捕食者,比如豹或狼。公爵的块头有她的两倍大,但他见过北鬼徒手格斗的模样,他知道,如果对方突然扑过来,他必须拼尽全力才能保住性命,好让手下有时间赶来救他。

  "我等着你呢,将军。"他大声道,"你想杀了我吗?我警告你,威戈里都统个子虽小,却有颗巨人的心。他对你的族人满腔仇恨。此外还有好些贵族,我都不敢带他们出来谈判,因为我不相信他们会保持冷静。"

  "我不是来杀你的,艾奎纳公爵。"她在他前方停下,"我只想告诉你一些事，你应该知道的事。贺革达亚永远不会交出我们的圣山和女王。永远不会。"

"干吗急着通知我？反正明天早上我们依然会继续厮杀。"

精灵女子盯着他看了很长时间。艾奎纳尽量平静地迎上她的视线。真是奇怪，这纤瘦的女北鬼比他矮了整整一头，他却费了好大的劲儿才让膝盖不至于发抖。

"我觉得，你们的族类不比野兽强多少。"她终于说道，"但你这凡人还算诚实可信。尽管如此，我还是很乐于杀了你，摘下你的脑袋，把你毛扎扎的胡子绑在我的马鞍上。"

"我相信。所以你为什么回来——就为了奉承我？"

她笑了一下——没别的词再能形容她的表情了。公爵从没见过北鬼微笑。这真是个令人不快的体验。

"我之前说过，你对我们根本一无所知。现在我再说一次，华庭会见证我的坦诚。我们不会投降的，凡人。即便你们推倒古老的山门，投入全部兵力涌进我们的圣山，我们也绝不会投降。你说你会放过我们的女人和孩子，但你一点都不了解我们。即便你们杀死所有殉生武士，最低等的仆役和奴隶也不会屈服。"她抬手指向大山，"你所轻视的那些贺革达亚，那些女人和孩子，会藏在我们家园的每一个暗处，每一条隧道的每一处拐角，以石块和削尖的木棍为武器，恭候你们的士兵。等到最后的某个时刻，咒歌会将孤注一掷，从圣山深处召唤出更古老、更黑暗的住民。你们那些未能战死的屠夫将在清醒的噩梦中徘徊，走过完全的黑暗，直至死亡。你没法想象你们将面对怎样的恐怖，艾弗沙的公爵。胜利？你们军队的幸存者别想从奈琦迦带走胜利——他们只会逃跑。疯狂将是他们唯一的奖励。疯狂与死亡。"

她话音刚落，上方便传来一阵隆隆的巨响。艾奎纳抬头望天，但低垂的灰色天幕间挤满了黑暗的云团，让人搞不清雷声来自何方。

"感谢你的坦诚，将军。我不会再错叫你什么'夫人'了。"他

The Heart of What was Lost

在胸前抱起双臂，"但你也别错看了我的士兵。他们都是骁勇的战士，都是硬汉。他们跟你的族人面对面打了很多场，一点儿都不怕你们。他们失去了很多，一心只想报仇雪恨。"

夙奴酷再次看向他。公爵发现她那平静的面庞背后有什么东西在流动，好像是一丝丝惊诧。

"失去？"她的声音如头顶的天空一样冷冽，"你说失去？在阿苏瓦，我眼睁睁看着一百名最精锐的殉生武士战死在我面前。我看到我的先祖、最伟大的元帅扑倒在地，被你们那群乌合之众蜂拥践踏。最后我只找到他残破的尸体。"

"阿苏瓦？你是说海霍特吧？"公爵勉力压下心头的怒火，"就在那里，我的儿子兼继承人死在你们手上。我的亲生儿子。还记得吗？就在不久之前，布林督统领的儿子被你的士兵活活烧死，整个战场都能听到他的惨嚎。"天空再次闷响，这一次似乎连地面都在发抖。艾奎纳怀疑，北鬼是不是在鼓捣什么恶毒的天气魔法。难道对方在拖延时间？不然谈判已经结束，这个冷面杀手干吗回来跟他东拉西扯？

"那我们都没必要再说下去了。"奇怪的是，她看上去有些解脱，"到此为止吧。"

"我看也是。"艾奎纳说，"但我还想再问一个问题。你很勇敢，将军——也许远超你那些凶狠的同类。我第一眼看到你时就发现了这一点。我不会奢望你对我们抱有什么同情之心，但你连自己的同胞也不同情吗？害死他们所有人会让你感到骄傲吗？"

"这与骄不骄傲无关，艾奎纳公爵。我的族人是我的全部。"她说道，"我愿意为他们死上一千次，但为了女王陛下和我们的家园，他们也愿意死上一千次，且没有任何怨言。"她说得很明白了，公爵知道，对她来说，这是绝对的真理。同样她也说对了，他们之间的谈话结束了。

接下来的巨响不是来自天空，而来自四面八方。艾奎纳惊讶地抬起头。施拉迪格朝他跑来。

"山门!"他大叫道,"白狐正在打开山门!是陷阱!北鬼要偷袭啦!"

但山门依然紧闭,艾奎纳发现,只有突击口打开了,另外三名北鬼特使还站在入口前,朝这边张望。他看看凤奴酷,但她似乎跟他一样困惑。她抬眼望天,搜寻了很长时间,这才转身看向黑糊糊的大山。

施拉迪格跑到艾奎纳近前,抓住他的胳膊,用力一拽,害得公爵差点儿摔倒。另一名护卫也冲过来,二人合力架住公爵,撤回瑞摩加人的阵线。"快啊!"施拉迪格大喊道。

周围的声音越来越响,震耳欲聋,有如上万名骑手驾马狂奔,不过山门始终一动不动,并没有北鬼的军队出现。

艾奎纳被手下拖着,脚下磕磕绊绊地往回逃。他抬首望向山坡,只见在山门上方的高处,有块巨石突然脱离了岩坡的背阴面,伴着一阵比雷鸣还要响亮的爆裂声,颤抖着滑向山脚,沿途分解成几块。

"山!"艾奎纳大喊,"铎尔的战锤啊,山要垮了!"

第一批石块坠落在山门附近,在雪地间砸出一道道深沟,溅起大量泥巴。在大门正上方的山体表面,又一条长长的巨石松脱了。这块山岩大得不像话,似乎能盖住一整个瑞摩加小镇。它颤抖着、呻吟着,一边朝下方滑落,一边迅速解体。周围的人都在大喊大叫,艾奎纳本人可能也在其中,只是轰鸣声每时每刻都在增强,连他自己都听不清自己的叫喊。隆隆声化作深沉而刺耳的咆哮,几乎震动了每一块骨头,他怀疑大家是不是已经粉身碎骨了——但奇怪的是,他的双脚还在身下跑个不停。

艾奎纳半跑半颠地奔向自己的队伍。突然,他脚下一滑,重重地摔倒,脸砸在泥巴当中。有什么东西粗暴地砸上地面,震得他身体离地,凌空翻个筋斗,后背着地。他看到一块黑色圆石滚下山谷斜坡,足有房子大小，朝他们这边碾来。他想逃却挪不动步，因为施拉迪格压住了他的双腿。

巨型圆石从他们身旁滚过，撞上山谷谷底的泥土，往旁边歪了歪，下一刻又滚了回来。它碾过地面，行进路线距公爵和施拉迪格只有十几码远，一路崩溅起无数冻土和碎石。大块大块的岩石碎片掉落在众人周围，大小跟艾奎纳本人差不多。公爵只能抱住头，两眼紧紧盯着大山。

最后一批也是最巨大的山岩滑下陡峭的山体，其中有些长度超过一百肘尺。艾奎纳似乎仍能看到北鬼女将军凤奴酷的白色身影，她还在站在他们最后交谈的位置，面朝大山，一动不动，好像被钉在了原地。很快，无穷多的坠石倾倒在她身上，挤压着，碰撞着，将她彻底淹没。

山谷间回声激荡，宛如暴风雪退却时的哀鸣，长久不愿停息。很久以后，声音才渐渐消失。

古老的山门和整片山脚都不见了，被难以计数的黑色山石埋葬。无数砾石和粉碎的山岩堆成一座船形的巨大山包，将原本的山坡抬升起老高。

艾奎纳抹了把脸。他的手上一片血红，他却一点儿都不觉得疼。施拉迪格爬到他身边。公爵听到有人大声惨叫，那是他手下的士兵，被山崩波及，却没能幸运地死掉。但在山前及北鬼的城市周围，安顿下来的石坡一片死寂，只是偶尔有些石头蹦蹦跳跳弹过砾石堆，一旦找到落脚之处，便静止不动了。

"艾奎纳公爵？"施拉迪格拽拽他的胳膊问道。艾奎纳几乎听不清，他的耳朵都快震聋了。"你还活着吗？受伤严不严重？"

艾奎纳瞪着自己手指上的血迹，好像以前没见过血似的。他抬起眼睛，看着坟墓般寂静的大山，它矗立在那里，周围环绕着烟尘与雪末。

"结束了。"艾奎纳说。他的嘴巴被泥灰呛到,几乎吐不清字。奇怪的是,现在他眼前依然萦绕着女将军夙奴酷的白色身影。她站在那里,迎接死亡,腰杆如剑锋一样挺直。他吐了几口唾沫,清了清口腔。"上帝保佑我们,施拉迪格。我们不用清理战场了……他们也永远逃不出来了。战争结束了。"

第五章

The Heart of What was Lost

漫漫归途

"奈琦迦最底层的大道上挂满了雪白的丧幡,即便最贫乏的穷人,也在手臂或脖子上缠了条白布。女将军手下的殉生武士们亲自为陨落的指挥官送行,他们在辉烁街两侧列队,所有赶往黑水苑祭奠她的人都得从他们中间经过。

"当然了,凤奴酷·杉夜-伊瑶拉的棺椁是空的,但奈琦迦的大部分居民都走出家门,送别他们敬爱的女将军。尽管损失了这么一位英雄,很多人却在葬礼的空气中嗅到了胜利的喜悦:虽然结果出乎大家的预料,但凡人的围攻已经结束,敌人退军了,奈琦迦却依然挺立。

"女王陛下与阿肯比大人仍在瞌榻-荫酌的遮掩下沉睡,除了他俩,我族所有的高等贵族都出席了凤奴酷的葬礼。圣祠亲王菩逖岐——与女王陛下一样出身于罕满堪家族——将一顶神圣的巫木王冠摆放在空棺上。将军的上级与亲属、大元帅暮鸦耳·杉-伊瑶拉献上一圈紫衫花环,以示尊敬。为了纪念凤奴酷的勇敢和她为众人付出的一切,匠工会的大司匠雅礼柯阁下带来了他家族中最珍贵的传家宝、名为失落之心的宝石项链,放置在其他祭品旁边。

"葬礼结束后,女将军的棺椁和供品被缓缓抬起,穿过人群,送进了伊瑶拉家族的墓室。在我族最艰难的时刻,是凤奴酷鼓舞了贺革达亚的士气。我族永远不会忘记她。"

——文牍会的米嘉·杉夜-津纳塔夫人

漫漫归途

"来嘛,夫君,连这都吸引不了你吗?熏盲鱼很贵重的,这是多久以来咱们家最好的东西。而这条还要更棒,它是从你的湖里打上来的。"

"那不是'我'的湖。"维叶岐说,但他自觉语气很没有说服力。

"当然是你的。"棘梅步示意一名新仆役给他端来盘子,"还能是谁的?"

当初巨石崩坍、封闭山门时,发生了一件最不可思议又最凑巧的事。由于圣山摇晃不休,导致山体深处的深渊禁地周围也发生垮塌,而维叶岐手下的工匠们正好在那一带挖掘隧道。断裂的山岩间露出一道缺口,通往更深层的山洞。自打时间伊始,一片未知的大湖便隐藏在奈琦迦黑暗的山脚,时至今日终于显现在贺革达亚面前。山崩后的第二天,工人们将维叶岐带到湖边,他惊讶无比,将这片新水域命名为黑夜华庭。后来他们发现,湖中有着大量盲鱼、苔藓及其他可食用生物,大大缓解了城市对饥饿的恐慌。尽管有迹象表明,公众更想给它改个名字叫夙奴酷湖,但从多方面考虑,最后这项伟大的发现还是成了维叶岐的功劳。他自己并不太想居功,但他妻子可不这么想。

"不想吃吗?"她问道,"就算不吃鱼,至少也尝尝豪猪苔嘛。这可是厨师的拿手菜哦。"豪猪苔是一种鬃毛状的苔藓,很难寻找,将它煮熟之后再加上香料,便成了古老的贵族家庭的最爱。

"我还是觉得,这也太凑巧了。"维叶岐说,"大司匠雅礼柯比奈琦迦的任何人都更了解山体深处。他一定知道我们有机会发现那片湖。"

"那又怎样?"棘梅步快快地说,"雅礼柯喜欢你,这是你应得的。你还操那么多心干吗?他已经通知迷津宫了,你将成为他的继任者,担任下一届的大司匠!他希望你发现那片湖,有什么奇怪或不对的地方吗?"

维叶岐放下叉子,上面还戳着一块尚未品尝的鱼肉。"请原谅,夫人。"他说,"我确实有很多烦心事。我害你担忧了。"

"是啊,没错。"她回答,"但我原谅你了。"她嫣然一笑。棘梅步的少女面容已渐渐生出几分成熟女性的风韵。"我亲戚甲似谣说,他相信迷津宫会以女王陛下的名义嘉奖你。想想吧!"

他猛地站起身。虽然不想显得过于唐突,可他的肠胃却一阵阵反酸,食物的味道突然令他作呕。"是啊,当然了,我很荣幸。"他说,"也很感激。我先失陪了,夫人。我的头很疼,我需要呼吸点儿新鲜空气。"

他需要的不是空气,甚至不是一时的自由。维叶岐走在第二层的街道上,他知道自己真正需要的是确信,至少也是理解。他需要让自己痛苦又纷扰的情绪平静下来。

在奈琦迦,贺革达亚的生活一直与大地的摇动与颤抖相伴,所以在巨石坍塌、堵住山门的那一刻,大多数人并没有太多诧异,他们认为这不过是圣山又一次没睡安稳罢了。但从山崩开始的一刹那,到被其他人拖进突击口,维叶岐始终待在山外。他亲眼看到晨曦化作黑暗,天空被坠石取代。他看到十多个瑞摩加人瞬间便被滚落的巨石掩埋。他看到凤奴酷将军平静地迎接死亡,看到她的生命如烛火一般熄灭。每天晚上,他都会数次惊醒,大口大口地喘着粗气,想在落石的暴风雨中徒劳地隐蔽自己。

而他之所以坐立不安,不仅仅因为山崩时的可怕遭遇。真正困扰他的,是在女将军的葬礼上,雅礼柯做出的可疑举动。

雅礼柯为陨落的女战士献上了无上的供品,那可是失落之心,齐珈达家族的传世之宝。同其他到场的贺革达亚一样,无论农奴还是贵族，维叶岐也向老师的雅量致以热烈的掌声；但与别人不同的是，自打凤奴酷的棺椁被移进墓穴的壁龛，维叶岐的心里便打了一个结。而他越是琢磨，就越是觉得不对劲儿。时至今日，只要他还清醒着，这个心结就在一直缠磨他。

老师为什么要这么做？确实有不少贺革达亚发自真心地爱戴并仰慕凤奴酷，但这其中绝不包括雅礼柯。如果有别的高等贵族对凤奴酷说过一些刻薄话，又在她的棺椁上放下一件华丽又珍贵的传家宝——来自华庭的传家宝！——维叶岐一定会以为这是种讽刺，或者政治姿态，只为收买普罗大众，因为民众崇拜这位女将军，几乎相信她凭一己之力打败了北方人，救奈琦迦于水火之中。但维叶岐的老师出了名地藐视政治手腕，不论对公众还是对权贵，他都不屑使用这些宫廷虚礼。无论如何，雅礼柯不需要讨好任何人，由于匠工会在围攻期间起到了重要作用，维叶岐又有了巨大的发现，所以即便在山崩之后，大司匠的地位依然无人可以撼动。

所以，雅礼柯大人为什么会做这么奇怪的事？维叶岐的老师从来不会感情用事，这次为何会一反常态，将自家最名贵的宝物送进别人的坟墓？

为何每次他有了晋升的机会，便又会产生新的疑惑，令他踟蹰不前？维叶岐五内翻腾，独自行走在黑暗的街道上，其他贵族向他问好，有些仆役和低等平民从他面前匆匆躲开，他都像没看见。

"我围攻过别人，也被别人围攻过。"艾奎纳抿了一口碗里的麦酒，"可这么操蛋又诡异的情况，我还是头一回见。"

他坐在帐篷前的一口木箱上，亲信们正在篝火边准备晚饭。天空清澈，尽管大山午后的阴影一直延伸到山谷，天气却没那么冷了。施拉迪格裹着一身毛皮，让人给自己的酒碗重新倒满。

"落石，"施拉迪格说，"山崩。上帝有他自己的计划。"

"不尽然。"艾奎纳用手背抹抹嘴唇，"我们都知道，白狐还在山里。他们就像钻进一间屋子，关上了大门，封闭了窗户，却把我们无助地留在大街上。那些杀人凶手还在洞里，离我们只有几步远，我们却无能为力！如果我有两倍人手，我宁可花上一年半载，也要清理掉这些石头。"

施拉迪格耸耸肩。"就让精灵饿死在洞里好了，大人。我们是进不去，可他们也出不来呀。"

"他们不可能永远待在里面。"艾奎纳说，"我不相信他们找不到出来的路。这些北鬼，挖起洞来就像鼹鼠。"

"真是那样，我们就回来把活儿干完。"施拉迪格痛饮了一大口。

艾奎纳看着手下们拆掉帐篷，准备南归。他们干得不紧不慢，毕竟已经没必要着急了。许多伤员的身体还很虚弱，迈不动步，而他们需要走很长的路才能回到瑞摩加——大部分雇佣兵的路还要更长。他想起了那个高个子，那人帮忙杀了个巨人，被他封为骑士。他是纳班人？还是珀都因人来着？反正是从南方来的。在安东祭之前，那个可怜鬼是别想到家了，但他的新头衔也许在路上能给他提供些方便。"那几个杀了巨人的，我们给他们东西没有？比如金子？"

"我会亲自去办的，大人。"施拉迪格伸了个懒腰，"但我自己没当过骑士，我也不知道给多少才算合适。"

艾奎纳咧嘴苦笑一下。"你殷勤服侍我很长时间了，施拉迪格，我不会忘记的。不管怎么说，国王和王后不是都认可你、嘉奖你了嘛？总之，别亏待他们。杀掉那样一头怪物，既需要运气，也需要勇气。"

"勇气随叫随到，"施拉迪格说，"运气却不常有，所以感谢这座大山吧，幸好它把我们的敌人都埋葬了。如果硬要杀进山门，夺取城市，只有仁慈的上帝才知道我们会死多少人。"

漫漫归途

"要敬这大山一杯吗？听着怎么这么别扭。"艾奎纳仰头望望锥形的大山。山巅依然环绕着蒸汽与烟雾，仿佛不论发生了什么，不论周围散落了多少碎石，不论凡人与精灵打了多大的战争，这山峰总会挺立于凡尘之上。

"为什么不呢？"施拉迪格挥挥酒碗，一名亲信尽职尽责地跑过来，手里端着一把酒壶。"还记得从前，只要敌人战得英勇，输得高贵，我们都会敬他们一杯。若不是大山终结了战争，很多人见不到家乡和亲人。光凭这一点，我就愿意向它致敬。"他举起酒碗，"敬这大山！愿它保守住它的秘密，永远别叫敬神之人担忧。愿它关住北鬼，叫他们永远不见天日，永远别再踏足我们的土地。"

"好，那我也敬它一杯，我的朋友。"艾奎纳也举起酒碗，"敬这大山，感谢它结束了杀戮。"

"敬我们所有勇敢的死者。"

艾奎纳想到儿子艾索恩，突然说不出话来，只能点点头。

二人喝干了碗里的酒，施拉迪格静静地坐着，注视着阴影憧憧的山峰。"不管怎么说，"他突然开口，"我们终于可以放下刀剑，安静地生活一阵子了。战争结束了。风暴之王被消灭，北鬼被赶进了黑暗深处。"他看着公爵，似乎有些不好意思，"事实上，我可能会买一片农场。"

艾奎纳纵声狂笑，喷出了最后一口麦酒。"救主在上，我敢打赌，哪怕再过一千年、一万年，这种事也不可能发生——我最勇猛、最血性的施拉迪格去当个农夫？我想都不敢想，谢谢你成功逗笑了我！"

施拉迪格露出微笑。"也许不会吧，我的大人。迄今为止，我做过不少错事，在别的事上也改过无数次主意。但此时此刻，我们见识了这么多，也经历了这么多，或许看着庄稼成长起来挺不错。"

⚔

匠工会的修复工作几乎遍及奈琦迦各处，凭借高贵的血统、伟大的官职，再加上最新的重大发现，维叶岐想去哪儿就去哪儿，想看什么就看什么，想问什么问题就问什么问题。但他想搞清的事不会出现在任何官方文件上，所以他花了一些时间，才找到那名带队干活儿的工头。

工头是个又瘦又老的贺革达亚，两手长满焦黄的老茧。他带着维叶岐来到山体内侧最高处的隧道。为了加固山门，保卫巫-奈琦迦，工匠们在许多场所设置了施工点，而这里比所有位置都高，甚至比山崩的地方还要高出几百肘尺。

"就是这里，主师匠大人。"他的下属说道，"围城战刚开始没几天，这里就停工了，后来更是彻底废弃了。"

维叶岐看看四周。天然洞穴被草草扩建，但他关心的不是这些。有人在粗糙的洞底、靠近山体外侧的位置凿出了一排坑洞，数量有十多个，每个洞口都有维叶岐的腰那么粗。更奇怪的是，这乱糟糟的洞穴里居然还有一口水井。

"水是从哪儿来的？"维叶岐看向黑糊糊的井口。他丢出一块小石头，听声音，水面离他并不远。

"从一条流过山顶的融雪小溪来的。"工头告诉他，"感谢华庭，连圣山都在保护我们，让我们不至于渴死。"

"你们在这儿动工，目的是什么？为什么要在高出山门这么远的位置凿洞？"

"没人告诉我们啊，维叶岐大人。"

查看完水井，维叶岐又检查了那些沉陷到洞底以下的粗陋坑洞。他用火把照了照，每个坑洞的尽头都超出了火光的范围，但看上去没什么特别的。维叶岐曾在幕会的档案库找到一份记录，上面提到了这里，当时他相信自己的发现很重要；可实地看过之后，他才发现这里跟其他的废弃施工点没什么不同，毕竟围城战刚开始那些天，到处都是一片混乱。"你知道是谁下令终止挖掘的吗？"

漫漫归途

工头惊讶地看着他。下级工匠一般只管干活儿，很少得知工程的目的，更没有人会向他们询问。"不知道，主师匠大人。但一开始，大司匠阁下亲自来看过。他或许不高兴在这里施工。"

所以雅礼柯来这里视察过。"工程被荒废，他有没有说过什么？"

对方又是一副无所适从的表情。"没有，大人。八到九次钟鸣之后，我们就收到了命令。当时还有很多工作，时局也无比混乱。很抱歉，我没能帮上您什么忙。"

维叶岐点点头。"没关系。我只是核实一下幕会总部里的记录。感谢你的协助。"

工头露出谨慎的喜悦表情，但仍保持着极度谦卑的姿态。"侍奉您是小人的荣幸，维叶岐大人。"他说，"人人都知道，是您拯救全族免于饥饿。"

维叶岐挥挥手，打断了他的赞美。"是华庭之灵在看顾我们所有人。"

跟随向导走下陡峭的隧道，返回更低层的施工处时，维叶岐忍不住又问了一句。"这里被废弃之后，围城战的最后几天里，有没有人上去看过？"

"我想没有，维叶岐大人。为什么要上去呢？"

"也对。"维叶岐说，"没必要嘛。"

祠堂的大钟一次次敲响，预示着日子一天天过去。围城战结束之后，奈琦迦生活依旧，城里一边为死者哀悼，一边在欢庆这突如其来的拯救。可维叶岐无论怎样都得不到慰藉。山崩之前到底发生了什么？这个问题像溃疡一样折磨着他的心。虽然他的妻子棘梅步对形势心满意足，但也注意到了他心中的烦乱。

"你应该体面地为死者默哀，穿上白色的丧服，出钱资助司祭，

The Heart of What was Lost

让他们在节日里敲响大钟。"她告诉他,"不该进进出出都拉着一张脸,袍子上覆满灰尘,活像一个平民劳工。我的家人都想知道你出了什么毛病——我也想知道。"

偶尔他想解释几句,可她不想听。

"你怎么总是这样?你不明白我们有多幸运吗?你为什么总想麻烦别人?他们已经受够了,事情都过去了,你干吗还要问东问西?"

所以,虽然维叶岐在山崩的分界线上方发现了更多类似的废弃工地,每一处都有各自的水井,连接起来就像山体表面的一串宝石项链,他也没告诉任何人。说起来,维叶岐只想跟某个人谈谈这件事,只是他还没做好心理准备。

———※———

"这个故事迎来了尾声,在此,笔者必须真诚地向各位读者道歉。一是因为,写下这些文字时,距离事件发生已经过去了将近半个大年;二是因为,在围城战发生期间,笔者恰好居住在城内,并且亲身经历了那场山崩。当局者迷,加之笔力有限,笔者恐怕很难客观公正地描绘出所有事实的真相。

"唯一确凿的事实是,我们这一代人幸存了下来,并有幸为后人提供一些教训。历史能让我们了解过去,过去则会凝聚成永恒不变的真理,让族人知道我们是谁——知道我族历代的受难者、我们神圣的家园,以及我族挚爱的君王。

"但围城战期间,乌茶库女王一直在瞄榻-荫酌的保护下沉睡,直到笔者落笔之时,女王陛下依然在梦境之路徜徉,不曾返回族人身边,所以这段历史将注定难以完备,充满瑕疵与错谬。身为卑微的史官,笔者既没有勘破时间的双眼,也无法得到贤者的斧正,只能尽力而为之。毕竟这是文牍会的使命,笔者必须全力以赴。

"南方的惨剧发生不久,另一件更大的灾祸便接踵而至,几乎毁

漫漫归途

灭了我族长久以来的家园和我们的所有族人。但在我族三大幕会——殉生会、咒歌会与匠工会——诸多贵族的努力下，我们幸存了下来。笔者在此敦促全体族人：不要相信某一时某一刻的真相，要将信心定睛在永恒不变的真理上。你们要热爱我们的女王陛下，热爱我们的圣山，热爱并铭记失落的华庭，唯有如此，我族的圣歌方能找回合适的旋律。

"笔者言尽于此。卑微的史官再次为笔下的错谬之处向各位读者道歉。希望笔者的努力至少能提供一些帮助。"

——文牍会的米嘉·杉夜-津纳塔夫人
第十六任大司祭尊亚弼在职的第八个大年

维叶岐的工匠们正在挖掘一条通往山外的、被堵塞的主隧道。他检查完工人的进展，沿着一条不起眼的窄巷返回奈琦迦主城区时，突然感觉后颈的毛发都竖了起来。过了一会儿，他听到沉闷的软靴声。有人从他后方走来，维叶岐并没有站在原地等待，他将竖起的汗毛视为警告，于是闪到一旁。

是一队歌者，身上长袍的颜色宛如干涸的鲜血，总计有十多个，最后四位抬着一顶轿子。队伍经过时，有人打了个无声的信号。轿子停在原地，轿帘朝两侧分开，其间露出一顶阴影笼罩的兜帽。维叶岐看不到兜帽下的脸，但那人一开口，他立刻认出了那极不悦耳的声音。

"停一下！我看到一位熟人。这不是匠工会的维叶岐·杉-庵度琊吗？"

突如其来的相逢吓了维叶岐一跳，甚至让他有些发慌。他尽可能恭敬地弯下腰，鞠了个躬。"正是在下，尊贵的阿肯比大人，您竟然记得我，真让小人诚惶诚恐。几次钟鸣之前，我才听说您苏醒的消息。我已在祠堂点燃几根香烛，以庆祝您的回归。我相信，整个奈琦迦都在庆祝。"强大的咒歌会领袖令维叶岐十分害怕，然而他并没有夸大其词：虽然奈琦迦的居民们会在咒歌会的魔法前颤抖，但除了女王陛下与少数几位古老的廷臣，所有人最熟悉的人物就属阿肯比了。他苏醒的消息让许多人异常振奋，毕竟这意味着奈琦迦渐渐走回了正轨。

一如既往，尊贵的歌者对他人的奉承无动于衷。"我听说，主师匠，雅礼柯大人已任命你为他的继任者。在重大事务上，你的老师与我的幕会一向团结一致，希望有朝一日，等你坐上雅礼柯的位置，我们仍能合作愉快。"

阿肯比没再说话，也没有其他表示。四名轿夫抬起小轿，头戴兜帽的队伍迅速走向街道，消失在黑暗之中，只留下维叶岐琢磨咒歌会领袖的弦外之音。

合作。他希望我像雅礼柯大人一样，与他合作愉快。这话似乎平淡无奇，好像只是普通的客套，但在当前的语境下却隐隐透出一丝恶意。当然了，围城战期间，我们两家幕会精诚团结，只为守护奈琦迦。但阿肯比指的是不是与咒歌会的另一种合作呢？某种更黑暗、更隐秘的合作？

维叶岐已在大山深处闷了一整天，吸了一肚子烟尘，现在他只想赶紧回家，休息休息，恢复平静。但阿肯比诡异的言辞却在啃咬他的心，他知道，今天剩下的时间又将十分难熬，而他已经好几个夜晚辗转难眠了。有些问题还在折磨他，想要安顿下来，他就必须找到问题的答案，尽管他清楚，这些答案很有可能毁掉他的人生。

他不想再拖延下去了，但还是先回了家一趟。他必须去拿些东西。

"南方人！波尔图！这边！"

漫漫归途

是考伯乔,他正隔着一排赶牛车的队伍朝这边挥手。"嗨!这边!"北方人高叫道。

泥巴路上堆满粪便,波尔图踩过路面,朝他走去。今日的风冰凉刺骨,牲口贩子们一边赶着车,一边缩起脖子,任凭冷风吹过后背。

"我到处找你呢。"年轻的瑞摩加人说,"公爵派来一位手下,正在营火那边等咱们回去。"

波尔图裹紧斗篷。"为什么?仁慈的上帝啊,他们不打算放咱们回去了?我还有五百里格的路要赶呢,艾莱西亚祭之前能到家就谢天谢地了。"

"你不被蛇吃了才该谢天谢地呢。"考伯乔说,"我听说南方的蛇凶得要命。"

波尔图翻了个白眼。瑞摩加人都以为他生活在雾气腾腾的丛林里,可他明明是在高度开化的城市里长大,又不是在乌澜的沼泽地。"对,没错,我家那边的蛇比猫咪还常见呢。它们会大半夜爬进你的床铺取暖,饿了就舔舔你的鼻子,把你弄醒。"

考伯乔盯着他看了一会儿,想判断对方是不是在拿自己寻开心。"呃,我宁可每天都跟巨人战斗,也不希望这些魔鬼的造物在我脚下爬来爬去。"

波尔图哈哈大笑。"那你可比我勇敢多了,考伯乔,虽然这点我们早就知道了。公爵的手下有什么事?"

"你自己问吧。他就在那边。"

黄胡子的瑞摩加人独自一个站在营火边——人们都叫他"双斧"施拉迪格,乃是艾奎纳手下最凶悍的战士之一。这会儿他好像有点走神,但看上去还算亲切。

"您找我,大人?"

施拉迪格抬起头。"啊,对。珀都因人波尔图,对吧?别叫我什么'大人'。你是位骑士,但我不是。"他咧嘴苦笑一下,露出牙齿,

"对，我是在找你。公爵送你的。"他抬起一只宽宽的大手，托起一只钱袋。

波尔图再三确认之后，这才伸手接过。"是什么?"他解开细绳，往里面瞧了瞧，"好心的安东亲娘哟，真是给我的? 三个金皇帝? 还有这些银币?"

考伯乔嬉皮笑脸。"我也拿到了。数数吧，一共值五枚金币呢。"

"可是，为什么?"

"按照传统，某人被封为骑士，就可以得到土地或财富。"施拉迪格咧嘴微笑，"艾奎纳公爵叫我告诉你，目前他的土地不足，得等新国王与王后将国政事务全部理清。但他至少可以给你点儿钱，让你的归乡之路舒服些。你能接受吗?"

"能不能接受? 我要说不能，我老婆准得剥了我的皮。请帮我谢谢公爵——他太慷慨了。"

"何止是慷慨?"考伯乔说，"埃尔林分到了吗? 就是我们的头儿。"

"已经给他了。"施拉迪格说，"但我必须说一句，他好像不太对劲儿，只顾打磨那颗巨人的头骨。"

波尔图摇了摇头。"自打山崩那天……他就不太正常了。"

施拉迪格点点头。"事实上，我们都一样。现在我必须走了。明天就要拔营回家，在那之前还要做很多准备。南方人，分手之前，记得跟这位韦斯万年轻人一起找我喝一杯。"

"这家伙人不错。"施拉迪格离开后，考伯乔说道，"你知道吗? 他赤手空拳掐死过一只白狐。"

波尔图耸耸肩。"在这大地的尽头，人能做出什么事来都不稀奇。"

大司匠的办公室位于幕会总部的最高层，雅礼柯一直让房间显得

漫漫归途

冷气森森，书桌上只有一盏小油灯，提供了仅有的光与热。他们已经工作了几个小时，为幕会当前的事务列出了清单，只是维叶岐的心中充满不安，从始至终就没说过几句话。

"你好像有些情绪低落，小维叶岐。"雅礼柯终于说道，"我说话你基本没搭过腔，我只好一再重复。这可不像你啊。你不是我最积极的学生吗？"

维叶岐吸了口气，然后又吸一口。"因为，我有些苦恼，大司匠阁下。"

雅礼柯犀利地看了他一眼。"那就说来听听。希望别是之前谈过的旧账。发现那片秘密湖泊，理应是你的功劳，这并不会有损你的谦逊。"

"困扰我的不是这件事。我可以畅所欲言吗，老师？"

"当然可以。"

箭在弦上，他却很难启齿。墙壁一齐朝他压来，古老的玄武岩发出无声的责备。头顶的弧形天花板见证了无数主师匠来来去去，维叶岐只是其中微不足道的一个，他有什么资格对大司匠阁下指手画脚？何况老师并没有亏待他。他感觉脚下的地面在滑动，正将自己推向一面断崖。

反正都要跌落，不如纵身一跃。

"我一直在想，当初您怀疑自己能不能活着回到奈琦迦，曾把失落之心拿给我看，还让我保证将它带给您的家族。这是份无上的荣耀，大司匠阁下。"

"我信任你，就像信任我的同族血亲，小维叶岐。"

"但为了纪念凤奴酷将军，您马上就把神圣的传家宝与她一起埋葬了。您将众人的喜乐置于自己的欲望之上。"

雅礼柯平静地看着他，语调中却露出一丝疑问。"没错。这是大司匠的职责。"

The Heart of What was Lost

"我会尽力理解您的一切教导，老师。出于同样的原因，我想了很久，最后决定给您看看我自己的家传遗物。可以吗？"

"当然。"

维叶岐从长袍里取出一只布包，放在老师面前的书桌上。他小心翼翼地打开布包，露出一件灰色的物品。

雅礼柯低下头，长久地看着那柄巫木匕首，看着它又长又薄的剑刃，看着它鲜花形状的剑柄，那花瓣其实是乳白色的水晶。"很漂亮。"大司匠最后说道，"有多古老？"

"自然比不上失落之心。"维叶岐说，"这把雪玫瑰匕首并非来自失落的华庭，而是在这片土地打造的——在陷落之前的刻蔓拓里古城。第五任大司祭在职时期，女王陛下将它赐给了我的先祖庵度瑶，以示感谢。从某种程度上讲，这是我们家族的根基。"

"如果这礼物是女王陛下亲手所赠，那你的先祖真是很有荣耀了。我能拿起来看看吗？"雅礼柯抬眼迎上维叶岐的目光，质询的表情愈发充满侵略性。

维叶岐摊开双手。"当然可以，老师。"

隔着包裹布，大司匠托起匕首，侧过纤薄的刀刃，借着摇曳暗淡的灯光仔细观瞧。黑暗，维叶岐心想，无论是在山腹里，还是贺革达亚的内心，总是充满了黑暗。类似的想法压迫着他的头脑，令他心跳加速，他过了一会儿才平复情绪。他再次感觉自己像只生活在隐秘之处的生物，像只在黑暗的深渊里打洞的瞎眼爬虫。就算贺革达亚在圣山深处亡族灭种，外面的世界也永远不会知晓。

就算知晓，他们也不会在意，顶多长出一口气。想到这里，维叶岐好像什么都不在乎了——无论是荣誉、痛苦、对老师复杂的感情，还是婚姻、家族，以及任何他原本觉得重要的事。

他突然虚弱得难以站立，来不及请求对方的同意，便瘫坐在对面的座椅里。雅礼柯从雪玫瑰匕首上抬起目光，草草地扫了他一眼，但什么也没说，而是又赏玩了一会儿，这才放下短刀。维叶岐将其收回。

"我隐约记得，关于庵度瑶好像有些非议。"雅礼柯说，"但我不记得细节了。"

"请原谅，老师，我不相信您不记得。"维叶岐发现自己越发莽撞，好像已经放开了缰绳，离开了之前让自己安心的领域。"没错，像您这么睿智的人物，肯让我做您的继任者，那我相信，您一定会查清我的全部背景，比如我在八船街的先祖——甚至我家族在华庭的起源。况且您所谓的非议，您自己亲身经历过，当时您已经是匠工会一位年轻的主师匠了。所以您一定记得，对吗？毕竟那件事害我先祖丢掉了性命。"

雅礼柯薄薄的嘴唇冷漠地抽动一下，但那确实也算是个微笑。"啊，可我年纪大了，还是需要好好回忆一下。或许你可以提醒我，小维叶岐。"

"我的先祖、刻蔓拓里的庵度瑶曾是宫里的廷臣，一位上层牧师。迷津宫有两位牧师是他的同僚，但女王陛下的誓约者怀疑他们变节，便命令庵度瑶彻查。他没找到这二人有罪的证据，但宫廷相信他们有，于是命令他指证他们，如若拒绝，整个家族都有失宠和毁灭的危险。庵度瑶别无选择，只好用这把匕首结束了自己的生命。就像这样。"维叶岐掀开长袍，将短刀凑到怀里，灰色的刀尖正对自己的胸膛。"就连他被迫控告的两位牧师都参加了他的葬礼，心中充满敬意。当然了，最后他们依然被判有罪——甚至还被处决了。"他抬头看着老师，"所以，您瞧啊，在处理难题方面，这把匕首很有经验。"

"这就是你让我看它的原因？"大司匠问道，"希望你今天不是想用它结束某人的生命……不管是你的还是别人的。"雅礼柯拿起桌上的酒罐，给自己倒了杯酒，又径直给维叶岐倒了一杯并推送给他。"喝吧。这云莓酒有些年头了。据说每一桶里都有少量的稞蜜。"

The Heart of What was Lost

维叶岐从未尝过这种巫木萃取液，也知道这样的机会可能绝无仅有。他端起杯子，深深地喝了一口。酒水辛辣，还有点儿酸，余味萦绕在舌间经久不散，活像苦甜参半的浓烈记忆。"谢谢您，大人。"但他不愿意就此转移话题，"您瞧，我发现自己也陷入了困境。大司匠阁下，在所有人当中，恐怕只有您才能帮我解决。"

"什么困境……"

"我有两个选择。一是告发某人，他做了我大半生的导师和领路人，而我也像敬爱祖父一样敬爱他。"

"听起来好吓人。另一个选择呢？"

"对一起严重的罪行保持沉默——该罪行不但害死了一位受人爱戴的英雄，更是对真相和历史的践踏。所以我陷入了两难，要么背叛导师，要么背叛女王陛下。"他摸了摸横在膝上的匕首，"您也发现了，这两种选择都让人无法承受，或许追随我先祖的脚步才是最光荣的选项。"

他的老师痛饮一口，用手背仔细地擦了擦上唇。"我觉得你最好跟我说说，你是如何陷入如此危险的境地的，主师匠？"

"因为夙奴酷将军的死，大司匠阁下。还有山体崩塌一事。我相信这两者都不是意外。"

雅礼柯稍稍眯起双眼，但示意维叶岐继续说。

维叶岐讲述了他在山体内侧、山门上方发现的那排坑洞，在幕会的记录中，这些都属于废弃工程，无一例外。他的声音如此平静，让他自己都感到惊讶。

"你所说的这些坑洞，你觉得开凿的目的是什么？"雅礼柯问道。

"为了造成山崩。"

"可这要怎么实现呢？——更别说还要保密了。"他的语气像在督促聪明的学生，让对方考虑得再仔细些，而不是争论一件蠢事。

维叶岐终于要说出憋了许久的秘密了，他感觉自己的肠胃活像打

漫漫归途

了个痛苦的结。"最麻烦的环节当然是保密了,这可不是简单草率就能达成的。说起来,光是在三鸦塔敲下一块小得多的石头,我们就用了四十来名工匠,花了好几天时间。"

"太对了。所以在奈琦迦,谁能完成如此复杂又危险的工作,而又不为人知呢?再说为什么要隐瞒呢?不管怎样,山体崩塌拯救了我们的城市与同胞。"

老师说出的每一个字都在拉扯他的肠胃,将那结系得更紧。"我只能猜测,之所以保密,是因为保卫圣山并非唯一的目的。至于另一问题,促成此事的某个人,或者某些人,他们既要具备相关的学识,又要拥有足够的能力,方能付诸实施,同时瞒住奈琦迦的所有居民。"

雅礼柯缓缓点头。"请继续,主师匠。告诉我,这骇人听闻的诡计是怎么在山体内侧完成的。"

"那些坑洞是由工人们开凿的,只是他们不明白凿洞的用意——坑洞下的隧道直通山体表面岩石最脆弱的位置。随后工人们被遣散,坑洞在名义上遭到废弃。不过每排坑洞旁边都有一处水源,所以会不会有人经常往那些坑洞里灌水,让水流下坑道,渗进山体表面的薄弱之处呢?就算我们幕会最年轻的学徒都知道,一旦有水流进坑道,最后一定会冻结,因为外面的空气很凉。水结冰会膨胀,会向外压迫周围的岩石,更多的水可以灌进来,重复这一过程。这工作虽然隐秘而缓慢,但积累到一定程度,最后便会削弱整片岩层,让它脱离山体表面,倾覆下去,摧毁山下的敌人,封闭山门,令入侵者一时间进不来。恐怕只有最娴熟的工匠才能让这种事在最合适的时间发生。即便如此,实施起来依然没那么简单。"

"我在你这番话里听到了许多有趣的点子,小维叶岐,但很多都经不起推敲。而且就算山崩导致了凤奴酷的惨剧,它同时也拯救了我们的城市——或许还有我们整个种族。要指控一位贵族犯下如此不可思议的'罪行',并不是一件容易的事。"

The Heart of What was Lost

"我明白，老师。我之所以带来这个，这也是原因之一。"他拍了拍膝盖上的匕首，"有了它，我便能解决问题，又不至于让这位官员或我的家族蒙羞。"

"具体什么问题？"

"问题就是我的心始终放不下。我必须知道真相，大司匠阁下。我必须知道这是怎么回事，因为它牵涉到了我最尊敬的某个人。"

老师看看维叶岐手中的匕首，又看看自己的双手。他优雅而有力的手指因处理过无数石料而变得粗糙。"那就让我们尽快解决你的难题吧。"雅礼柯突然掀开厚重的外袍，露出里面的薄罩衫，"你的怀疑没错，小维叶岐——全都没错。引发山崩是我的主意。正是我造成了凤奴酷的死亡，尽管这并非我的本意。杀了我吧，然后让我的双手攥住刀子，这样看起来就像我自己刺穿了心脏。不然我的家族会追捕你，但你没必要因为我的错误受到惩罚。"

维叶岐摇摇头。"不。这把匕首不是用来对付您的，老师——我会用它结束我自己的生命。我没法活在这个世界上了：您对我恩重如山，您对我的栽培远超我的父母，但您却做出了这种事。"他用一只手握紧刀柄，抬起锋利的刀刃对准自己的胸膛，"请告诉我原因吧，老师。为什么您要害死凤奴酷将军？她既勇敢又可敬，你为什么如此恨她？"

雅礼柯露出惊讶的表情。"我并不恨她。我在她的坟墓前没说假话——她确实是我们当中最优秀的一个。"

"可你害死了她！"

匠工会的领袖叹了口气。"这不是我的选择——山石坠落时，我更希望她能逃到北方人那边，可山崩发生的时间比我们预计的晚了一些。你以为我为何要去参与谈判——结果你却不分轻重地抢走了我的名额。我不希望看到你被杀或被凡人俘虏，一旦情况有变，我希望你接替我成为幕会的首脑。"

漫漫归途

维叶岐注意到一个用词。"你说'我们'是什么意思，大司匠阁下？难道你招募了纳霁，却不信任我？"

雅礼柯摇摇头。"唉，维叶岐，你为何如此敏锐却又如此愚蠢呢？主师匠纳霁根本无关紧要。他对此一无所知。我派他去加固山门，只是因为，即便我的计划出了纰漏，你也不用受到任何牵连。"

"可你说了'我们'，老师。还有别人跟你合作？"

"你刚刚提到了保密。这便是阿肯比大人的功劳了。要完成这样的工作，在一百名工匠的眼皮子底下破坏山体，还有谁比他的歌者更合适呢？必要时他们可以走进异界。他们几乎可以隐形。"

"可是……阿肯比陷入了沉睡！"他的老师竟然与咒歌会的领袖合谋，这才是他最不敢相信的事。

"我们对奈琦迦的全体居民是这么说的，只因这样更有利于他的工作——我们的工作。但参与计划的不止他。我再说一次，你以为我为什么要把你支开？听清楚了，因为我不想让你同我的密谋有任何瓜葛。因为这小圈子里只有我、阿肯比以及大元帅暮鸦耳。"

"大元帅？凤奴酷的亲族居然谋害她？"维叶岐持刀的手臂无力地落回膝头。他本以为自己是个愤世嫉俗者，现在才发现自己既幼稚又天真。"她是最伟大的将军，可她的同族却要她死？"

"只要能拯救所有同胞，没错。"雅礼柯说，"多愁善感之人别想爬到奈琦迦的最高层，而暮鸦耳很清楚，他被凤奴酷取代只是时间问题。不过暮鸦耳加入我们是有条件的，阿肯比和我必须同意凤奴酷的主张，通过与奴隶通婚，增加我族的人口。暮鸦耳明白组建一支新军队的重要性，所以不久的将来，贵族中便会出现混血凡人——隶属于他们幕会的混血凡人。"

"所以你们联合起来，杀害了她？"

"我并不想杀她，但这是阿肯比的条件，他会拿全族人的存亡做赌注，我可不会。我刚才说了，我只希望放逐凤奴酷——让她成为凡

The Heart of
What was Lost

人的俘虏,与出去谈判的特使们一起。我说她是我们当中最优秀的,这并非谎言。在与北方人的战争中,她成了最后一名受难者,依然让我十分悲痛。"

"简直是毒蛇的话语——真相与谎言参半。"维叶岐感觉五内翻腾,脑子一片混乱,理智纷纷碎裂,而要结束这一切其实很简单,只要把匕首猛地插进自己的胸膛。"您是想告诉我,您和他们都很钦佩你们的牺牲品?"

"暮鸦耳我说不好。但阿肯比不会,他只看到了一个争夺权力的对手而已。他以恐惧支配众人,夙奴酷却是用真诚——族人也更信赖她。"

"您却帮他害死了夙奴酷。"

"正如我所言,我钦佩她,但我也知道她会带来什么——我族的末日。我不希望她死,但我确实希望将她赶出奈琦迦。"

刀尖已经划破衣物,刺进胸前的皮肤,维叶岐能切实地感觉到疼痛,它就像颗燃烧的小太阳,距他的心脏只有一掌。他迫切地希望终结脑海中的痛苦,同时又想得到更多答案。"我不明白你的意思,雅礼柯。"

"夙奴酷便是活着的失落之心——她全心全意地相信古老的真理,还能凭借自身强大的信念,令其在众人面前成真。但恐怕,古老的真理已经不合时宜了,小维叶岐。下一代人会寻求不同的主张,不同的真理。夙奴酷将军的心就像纯粹的火焰,她永远不会放弃与凡人争斗。她会静静等待,等待我们培养出足够的士兵投入下一场战争;她会率领全族,迎向蜂拥而来的凡人,直至我族伤亡惨重,这样的战事会一而再再而三,最终导致亡族灭种,原生血脉彻底断绝。"雅礼柯伸出一只手,轻轻地碰了碰维叶岐持刀的手腕,"你还不明白吗?我年轻的学徒啊,我之所以选择你,就是因为你能见常人之不能见,及常人之不能及。我曾经说过,你的眼界足够开阔。抬头看着我。让你的心告诉你，我是否做错了。让你的心告诉你，我为族人所做的一切是否真是错误。如果你的答案与我的相悖，那我的确错看了你——错看了所有事——你完全可以否认我。"

维叶岐闭上了眼睛。族人们最信赖的楷模怎么可能是错的？凤奴酷就如耀眼而华丽的火焰，她怎么可能成为全族最大的危险？他还不如直接说女王陛下背叛了大家呢。"您的智慧远胜于我，老师，但您别想三言两语就说服我。今天来这儿之前，我已经寻到了平静。"他说，"同殉生武士一样，我已经是个死人了。"

大司匠突然身形一闪，速度远超维叶岐的想象，巫木匕首从后者手中被拍落，"啪嗒"一声掉在地板上。"看在华庭与逃出华庭的先祖分上，我们不需要更多殉生武士了！"雅礼柯伸出一只手，将维叶岐按在座椅里，不准他去抢地上的匕首。相比年纪，他的手劲儿真是大得惊人。"听好了。我们从来不缺殉生武士，他们也总能完成职责，没有丝毫怨言。但在今后的日子里，我们需要的不是他们。我们需要工匠。"

雅礼柯站直身子，随后弯下腰，捡起匕首，放在维叶岐面前的桌子上。他的动作有些刻意，几乎像是一种仪式。"拿回去吧。这是你的刀子，但别急着用它结束自己的生命。好好想想，三思而后行。凤奴酷、阿肯比、大元帅暮鸦耳——他们都是我族过去的代表。就连我也只是个老顽固，这点自知之明我还是有的。如果你选择活下去，责任便将落在你们这一辈身上，你们将找到一条新路，让我族在这个世界存活下去，让华庭和逝去的先祖重获荣光。"

维叶岐只是盯着那把匕首。老师的声音像从很远很远的地方传来。

"我要走了，"雅礼柯说，"先回家，回到我的仆人和家人中间。明天我会回来，继续重建我们的奈琦迦。如果你选择活下来，你依然可以去告发我。尽管去吧。其实不论宫中降下怎样的惩罚，都无法洗刷我犯下的罪行。我只希望你明白，实际上我已经在惩罚我自己了。与之相比，失去珍贵的家传宝根本算不得什么。至于你嘛，小维叶岐……你的前路依然是个未知数。"出乎维叶岐的意料，雅礼柯竟然深深地鞠了一躬，仿佛对方是自己的同辈。随后他转过身子，朝大门走去。

维叶岐坐在椅子上，定睛看着匕首。很长时间过去，看来老师确实离开了，且没有召来任何守卫。维叶岐心情沉重，精神疲倦，活像个遍体鳞伤的奴隶，完全不知道接下来该怎么办。来到幕会总部之前，他已经做好了必死的准备。可如果选择活着呢？他本以为世事可以简单明了，但现在不行了，很多事更像腐烂的树根，纠缠而肮脏，他到底该如何面对今后的每一天呢？

油灯逐渐暗淡，只剩最后一点微光在房间内闪烁，维叶岐依然呆坐在那里。

他穿过前门时，妻子和仆人们正在等他。棘梅步看到他，做了恭敬的手势，只是其中还掺杂着惊愕与气恼的意味。"夫君！我正担心你有没有出事！"

"我没事。"他从她身旁经过，将包裹好的雪玫瑰匕首放进壁炉架上的盒子里。"没什么异常。也没什么改变。"话虽如此，但他知道这并非事实。从这一刻起，一切都与从前不同了。

"我以为你出了什么意外，可能受了伤，甚至死掉了。"听她的口气，担惊受怕这么久，结果什么事都没发生，她好像还挺失望的。

他摇了摇头。他让这个家冷清了太久，因为他把自己当成了死人。但现在不同了——正如他老师所说，他的眼界开阔了。他已经开始设想未来了，毕竟日子还将继续。

"只是出门几个时辰而已，别自己吓自己了，我的夫人。"他耐心地站好，仆人们急急忙忙地帮他脱下外袍，"我能出什么意外？明日我还得照常起床，替我的老师和族人们效劳呢。说到底，我又不是殉生武士，对吧？不，我只是一名工匠。"

埃尔林还在忙活他那吓人的活计，波尔图想暂时离开营地，向安德锐辞行，特意赶来请示，可对方连头都不抬。埃尔林上次放下巨人的首级是什么时候，波尔图已经记不清了。他刮掉人头上的血肉，用石粉和积雪擦净骨头，即便在北方昏暗的阳光下，那颗头骨也闪闪发亮。用这种方式纪念死去的战友真挺诡异的，不过来到北方之后，波尔图已在太多人的脸上见过埃尔林的表情，他知道，自己还是不要多嘴比较好。如果波尔图有块镜子，他甚至怀疑，自己脸上也是同样的神情。

"今天上午我们时间不多，"埃尔林说，"有要紧的事就快去。"他终于抬起头，这一次，除了空洞，他的脸上又多了些别的东西。"我们必须牢记。我们全都需要牢记。既然你有必须牢记的东西，那就去吧。"

波尔图点点头。

埃尔林不再看向波尔图，再次将目光转回龇牙咧嘴的巨人头骨。"我也需要记住点儿什么。"他用双手捧起头骨，歪过来看看，又重新放回膝头，用小刀刮削着头颈连接处几块残存的干肉。"我要带它回家。"他说，"我要把它放在壁炉上，"他喃喃道，"这样我就不会忘记了。"

"我也会牢记他们的，头领。"波尔图沉默了一会儿，继续说道，"老德拉吉，还有其他人。他们死得英勇。你可以如实告诉他们的家人。"

埃尔林摇摇头。"不是说这个。我要带这玩意儿回家，这样到了晚上，我若流着冷汗、心脏狂跳地醒来，想起这怪物居高临下地盯着我，我就可以看看它，提醒自己，它已经死了。死了。"他点点头，仿佛已经证实这个方法确实有效，手上继续忙活着。

波尔图走出营地，再次跻进大山狭长的阴影，如今的山谷看上去既普通又无害，但他心里还是忍不住泛起嘀咕。难以数算的巨石与碎岩堆积在山脚，仿佛几百年都是如此。山门已被埋葬，山中的怪物消失无踪。融化的雪水从大树枝头滴下。他的战友们准备撤退的声音也显得越来越遥远。

他寻路穿过荒废的树林，周围的林木如此高大，他怀疑凡人来到奥斯坦·亚德之前，这些树是不是已经在这里了。附近愈发安静，像幢空旷的教堂。他希望冬天别急着到来，至少等他离开寒冷的瑞摩加再说。波尔图十分眷恋南方纯正的阳光，还有大海的声音与港口的味道。虽然他被艾弗沙公爵赐封为骑士，但在北方人和冰冷群山的环绕下，他还是头一次如此想念珀都因。一旦回到家里，他估计自己再也不会离开安汜·派丽佩了。他肯定不会再出来打仗，看着朋友和同袍一个个死在面前。

波尔图来到空地边缘，一眼便注意到安德锐的坟墓出了问题。他奔到近前，发现坟墓已被掀开，心立刻一沉——他堆砌的石冢明显没能挡住某些食腐动物。这时，另一个念头爬上脑海，令他五脏生寒。他站在墓穴边缘，只见石头都被推到一边，散落在土坑周围，冻土却都沉进了坑里。

他曾祈祷安德锐的坟墓不要处于北鬼的妖法范围之内，但看到地上的手印活像鼹鼠的爪子刨出地面一样，他就知道自己没能如愿。墓穴已经空了，但不是从外部挖开的。如果安德锐也变成了行尸，被人一把火烧了，倒不算一件坏事。

波尔图转身离开之前，不经意朝空地南边瞟了一眼。那边有一丛小树，那些也就两个成人那么高，其间立着一道人影。那东西一动不动,活像纳班田野里一个蔫巴巴的稻草人。

"哦,亲爱的上帝。"波尔图轻声呻吟道,在胸前画了个圣树标记,"仁慈的乌瑟斯保佑我吧。"

他慢慢走近那道人影,发现它的衣服确实很像安德锐,还沾染了不少泥土和融雪的印迹。走到一码左右的近处,他终于看清是什么拦住了死者的脚步,让它远离所有人,既远离生者,也远离了其他被魔咒唤醒的行尸。安德锐的港壕区红围巾缠住了低处的树枝,像绞索一般勒紧了尸体的脖子。年轻人低垂着头,藏起了面孔,但波尔图仍能看到他那斑驳发黑的皮肤。

他抬手碰了碰尸体,竭尽全力忍着难闻的恶臭,嫌恶与怜悯之情令他的双手不住发抖。安德锐面朝南方。波尔图意识到,它既没有遵从北鬼的召唤,也没有奔向活着的伙伴。他突然明白了,泪水立刻涌出了眼眶。这位死者只想回家。

安德锐动了一下。

波尔图吓得往后一跳,这次他画圣树标记时,几乎戳痛了自己的胸膛。死者手指抽搐,往前迈出一步,但马上停了下来。波尔图也动弹不得,尽管他的脖子上并没有勒着围巾。

尸体抬起头,显露出在地底埋了几周所造成的恐怖效果。那对损毁的眼珠里似乎蕴含着什么东西,而它认出了波尔图。死者抬起一只手,努力地朝他伸去。

"上帝慈悲,它们到底对你做了什么?"波尔图低声说道。

他再也看不下去那张腐败、塌陷的面孔了。他抽出长剑,用尽全力砍向那东西的脖子,只是周围逼仄的树木让他没法利落地挥剑。他笨拙地劈砍几下,人头终于与脖子分离,"砰"的一声掉到地上。躯干也脱离了绷紧的围巾,瘫倒在旁边。

"现在你可以回家了。"他俯视着脚下的尸体,难受得快要说不出话,"安心地去吧。"

The Heart of What was Lost

波尔图将尸体搬回它的墓穴,先是躯干,然后是头颅。死亡的味道浓烈无比,他只能拼命压住呕吐的冲动。他告诉自己,这是他的朋友安德锐,理应得到更好的待遇。他又回去取那条围巾,将它从枝丫间小心地解开。在坟墓里,他将人头摆放在躯体上方,用围巾仔细地裹住安德锐的脖子,这件心爱的织物出自男孩的母亲之手,正好可以挡住波尔图用长剑劈开的、参差不齐的伤口。

他用泥土填满墓穴,又在上面堆起许多石头。随后他跪下来祈祷,第二次、也是最后一次向他的朋友道别。终于,一切都结束了,波尔图站起身子,朝营地的方向慢慢走去。

附录
Appendix

关于"被称为希瑟的精灵族，
与他们的表亲北鬼，
以及他们曾经的仆役海洋之子"的说明

——摘自《爱克兰人及其伟大国都海霍特的历史》，由至高王座参事、鄂克斯特的提阿摩撰写。

希瑟皮肤金黄，北鬼的面孔和四肢却苍白如雪，单看外表，二者似乎出自两个完全不同的精灵种族，但实际上，他们却同出一脉。该种族名叫"凯达亚"，在他们自己的语言中，这个词的意思是"巫木树之子"。

早在凡人有记录的历史之前，古代种族凯达亚便一直生活在一块遥远的土地，那里叫望都沙，又称失落的华庭（传说中是这样，我们只好姑且信之，毕竟从未有凡人真正到过那片土地）。凯达亚为何离开望都沙，来到我们这片土地，真正的原因尚未大白于天下。但我们的至高王塞奥蒙曾与希瑟一同居住，他同古代的纳班旅人凯亚斯·斯特纳一样，都听说了不少传闻，可以帮助我们一窥不朽者来到奥斯坦·亚德之前的悠远岁月。据说凯达亚生活的那座城市毗邻大洋海岸，按照他们自己的历法，他们在那里度过了一百多个和平而繁荣的世纪。但到后来，和平被什么东西打破了，那可能是他们的仇敌，也可能是场瘟疫，而我们只知道它叫"虚湮"。凯达亚与之对抗，但虚湮的力量过于强大，他们最终不敌，只好在魔法仆役庭叩达亚的帮助下建造了八艘大船，逃出华庭，将故土完全留给了虚湮。

于是，他们来到了我们的土地奥斯坦·亚德。尽管不朽者声称，

附录

他们登陆的时间远远早于我们的第一批先祖，不过这说法与安东教会的教义明显相悖，所以学者们并不接受。值得注意的是，根据遗留下来的罕蒂亚著作，我们知道，早在很久很久以前的瀚恩帝国时代，罕蒂亚人笔下的"不朽之民"便已经在全世界建起了恢弘的城市，从遥远北方的矮怪落，直到南方的海岛。

另一个毋庸置疑的证据是，凯达亚见证了纳班帝国的成长，后者从其最初只是几块小采邑的同盟，到体量横跨整块大陆。凡人与不朽者，两大帝国分庭抗礼，产生过一些摩擦。后来凯达亚分裂成两大宗族，支达亚与贺革达亚，也就是希瑟与北鬼，但他们仍将更多的注意力放在自己身上，进而放弃了许多土地，对凡人不断地开疆拓土也大体不以为意。

与消失已久的罕蒂亚人一样，现如今，我们也称凯达亚和他们的两个分支为"不朽者"。但据研究发现，他们只是寿命极长而已，并非真正的不老不死。当然，他们也能被杀死，不然刚刚结束的大战就将我们彻底消灭了。现在看来，经历了无穷多个世纪，某种形式的衰老终于征服了他们。这些古老的生灵最终都将死去，只是具体需要多少年月，就不是我们凡人所能想象的了。

塞奥蒙国王见过尊贵的希瑟女族长阿茉那苏。国王说，她又被称为"舰船降生"，因为许多个世纪之前，她就出生在前往奥斯坦·亚德的航船上。但国王见到她时，她仍像一位中年女性一样俊美而健康。阿茉那苏是被杀害的，所以没人知道她的正常寿命会有多久。而众所周知，女王乌茶库，也就是北鬼的女主人，年纪比阿茉那苏还要大得多——乌茶库可能是阿茉那苏的曾祖母——在族人逃离之前，她居住在传说中的华庭。北鬼女王可谓无限接近不朽，与同胞相比，她无愧于这个称号……

【此处略去一些文字】

……自凡人帝国罕蒂亚崛起到后来的纳班皇帝统治期间，不朽者

The Heart of What was Lost

凯达亚因某些矛盾分裂成两派：一派长着金色皮肤，名叫希瑟，又称"支达亚"——在他们的语言里，意思是"黎明之子"；另一派便是苍白而恶毒的"贺革达亚"，翻译过来是"云之子"，敌对的凡人又称其为"北鬼"，因为他们的家园位于遥远的北方。

后来，瑞摩加人渡过西边的大海，带来了铸铁兵器，接连打破了与凡人和精灵种族两方面的和平。他们征服了不朽者位于阿苏瓦的宫殿（如今它只剩废墟，被埋葬在爱克兰的海霍特城堡地下），希瑟也只好放弃了他们的诸多大城，退避到森林、荒野，以及奥斯坦·亚德其他各处偏远之地。北鬼仍由不死的女王乌茶库统治，他们同样逃离了新来者瑞摩加人的暴行，最后，这支精灵种族最后的幸存者们藏进了北方的山中要塞奈琦迦，这也是不朽者建造的最后一座大城……

【此处略去一些文字】

……最后还要讲到一个种族，因为凯达亚并非独自来到这片大陆，而是带着他们的仆役与奴隶"庭叩达亚"——或曰"海洋之子"——一道前来的。后者形态多样，有时又被凡人学者合称为"换生灵"。尽管在华庭时，庭叩达亚与希瑟、北鬼同出一脉，可他们的外貌却不尽相同。凯达亚有金色和白色两大宗族，二者的外形都与凡人接近，身材匀称纤细，眼睛硕大，眼角上翘，面容狭长。有些庭叩达亚却如山岭巨人一般壮硕，似乎只能充当负重的牲畜。其他一些则身材小巧，很适合在狭窄的地下通道里劳作，仿佛上天故意将他们塑造成了这副模样。事实上，许多庭叩达亚不但擅长挖掘，在雕刻石材与其他技艺方面也是一把好手，他们帮助凯达亚建起了诸多大城。甚至有人提到，也正是这些庭叩达亚仆役建造了八艘大船，载着不朽者离开凋敝的华庭，来到我们的大陆，只是这种说法尚无定论。一位高等希瑟贵族曾告诉至高王塞奥蒙，说是凯达亚挟持并奴役了庭叩达亚，违背他们的意愿，将他们强行带到我们的土地，这也成了希瑟最大的羞耻。后来，许多"海洋之子"逃出了主人的掌控，据说他们同希瑟与北鬼一样，大多居住在远离凡人的角落。但也有一些生活我们中间，比如纳班的呢斯淇，他们会用歌声保护自己效力的船只。

这便是三支不朽者的概况，他们正与凡人分享这个世界。贺革达亚好似苍白的死尸，支达亚宛如金色的太阳，庭叩达亚的尺寸与外形则多有不同。也许有朝一日，三支精灵种族都将逝去，只在我们凡人当中留下些许回忆，化作模糊而破碎的传说，就像旧帝国罕蒂亚的屠狮勇士一样。又或者，现在替他们书写祷文还为时尚早，也许有一日，他们会在各地的阴影中崛起，与我们再起纷争。我们对他们的了解并不多，但我们十分清楚的是，他们并不喜欢凡人，其中有些成员更是对我们嗤之以鼻。

名词表

人物

瑞摩加人

"稳如山"埃尔林——"峭山羊"的队长。

阿弗威——黑茨格的瑞摩加统领（男爵）。

布伦亚——木匠班的领队。

布林督——诺思侃统领（男爵）。

德拉吉——"峭山羊"中最老的士兵。

法尼——布林督手下的思侃盖士兵。

方戈仑——瓦汀兰的瑞摩加贵族，曾经的国王乔戈仑的亲属。

"血手"芬吉尔——曾经的瑞摩加国王，艾弗特的后代，阿苏瓦的征服者。

芬伯吉——瑞摩加统领（男爵），战死于海霍特。

弗洛基——布林督的儿子。

葛利——考德克统领"尖鼻子"司卡利的儿子，后来成了艾奎纳的敌人。

桂棠——艾弗沙公爵夫人，艾奎纳的妻子。

哈迪——艾奎纳的亲卫。

"石手"海奎纳——瑞摩加统领（男爵）。

海夫纳——"石手"海奎纳的外甥。

卓特——"驴车"（投石机）队的队长。

艾弗特——瑞摩加的缔造者。

名词表

艾布恩——哈格雷谷统领（男爵），艾奎纳的父亲，后来成了艾弗沙公爵。

艾奎纳——艾弗沙公爵，至高王座治下瑞摩加全境的统治者。

艾索恩——艾奎纳的儿子，战死于风暴之王战争。

乔戈仑——曾经的瑞摩加国王，被爱克兰的约翰打败。

卡尔——艾奎纳的亲卫。

考伯乔——韦斯万士兵。

"铁须"梅里——布林督手下的思侃盖士兵。

"双斧"施拉迪格——艾奎纳最忠诚的手下，参与过风暴之王战争的老兵。

乌纳——瑞摩加统领（男爵）。

威戈里——安吉达都统（侯爵）。

贺革达亚（北鬼）

乌荼库·杉夜-罕满堪——北鬼女王，已陷入沉睡。

"殇瞳"奥间鸣首——乌荼库女王已故的丈夫，伊瑶拉家族的族长。

奥间夙奴——大元帅，已经战死。

阿肯比——大司乐，咒歌会的领袖。

刻蔓拓里的庵度瑶——维叶岐的先祖，宫里的廷臣，庵度琊家族的创立者。

"斩虫"罕满寇——罕满堪家族的创立者，乌荼库女王的先祖。

罕崖奴——殉生会的军团长。

昔冀——大司祭，尊亚粥的前任。

甲似谣——棘梅步的亲戚，喜欢饶舌。

吉筌——咒歌会的高等贵族，阿肯比的副手。

棘梅步——维叶岐的妻子，出自答莎家族。

The Heart of What was Lost

窟君-瓦瑶——大司音，回音会的领袖。

窟萨瑜——第四任大司祭。

鹿卡娅——大司农，丰饶会的领袖。

米嘉·杉夜-津纳塔夫人——大司文，文牍会的领袖。

靡靡啼——女王的密语者。

暮鸦耳——殉生会的大元帅，凤奴酷的亲属，接任奥间凤奴成为军队统帅。

纳霁——匠工会的主师匠。

霓堪瑶——舒琢家族的贵族。

妮姬卡——咒歌会的主领诗。

菩逖岐——"圣祠亲王"，出自乌茶库女王的罕满堪家族。

路阖——匠工会的督工。

"鹰瞳"露扎瑶——巨人战争中知名的贺革达亚英雄。

萨思崎——匠工会成员。

苏纶——第十三任大司祭。

凤奴酷——殉生会最显赫的女将军，出自伊瑶拉家族。

二十四众——与露扎瑶并肩战斗的著名英雄。

吒音-堪——咒歌会的主领诗。

维叶岐——匠工会的主师匠，出自庵度琊家族。

雅礼柯——大司匠，匠工会的领袖，齐珈达家族的族长。

雅罗-摩——雅礼柯的曾祖，逃出华庭的幸存者之一。

"点指"雅亚奴——贵族司祭，尊亚弼的亲属。

尊亚弼——第十六任大司祭。

其他

安杜鲁——波尔图的弟弟。

阿雅美浓——希瑟女子，出生于弘勘阳。

名词表

克莱西斯皇帝——乌瑟斯·安东被处决时的纳班统治者。

安德锐——珀都因士兵，来自安汜·派丽佩的港壕区。

哈拉维——珀都因贵族，曾到海霍特作战，被贝肯杀死。安德锐曾是他征募的新兵。

米蕊茉王后——本故事发生时的奥斯坦·亚德至高王后。

波尔图——珀都因士兵，来自安汜·派丽佩的岩角区。

茜达——波尔图的妻子。

西蒙国王——又名"雪卫塞奥蒙"，本故事发生时的奥斯坦·亚德至高王。

提尼奥——全名"波尔提尼奥"，波尔图与茜达的儿子。

乌瑟斯·安东——在纳班圣树上被处决的殉道者，后死而复生，被尊为上帝之子。

地名、生物与物品

阿苏瓦——希瑟与北鬼对其古代都城的称呼，如今被埋葬在凡人城堡海霍特的地下。

凯旋大道——通往纳班的塞斯兰·玛垂府的游行大道。

黑水苑——奈琦迦的公共大广场，位于泪泉瀑布脚下。

徙离桥——奈琦迦遗址的一处建筑。

寒根——凤奴酷的长剑。

冷叶——凤奴酷的短剑。

小地鬼——俗称"贝肯"（瑞摩加语）或"掘地怪"，擅长在地底打洞的人形怪物。

寿古堂——埋葬死者的墓地。

掌旗苑——贺革达亚军队在圣山外的阅兵场，如今已成为奈琦迦遗址里的一块荒地。

石华苑——纪念乌荼库女王最心爱的死者的场地。

召圣祠——桃灼中央的建筑物，位于失落的华庭。

辉烁街——位于奈琦迦第一层的宽阔主干道。

灰炎——贺革达亚英雄罕满寇的佩剑。

绿天使塔——凡人对海霍特最后一座希瑟建筑的称呼，在风暴之王战争结束时倒塌。

矛隼堡——建于巫 - 奈琦迦山壁上的要塞。

月祀河——曾经贯穿奈琦迦遗址的几条运河之一，如今已干涸难辨。

《乐师与士兵》——流传于土美汰的凯达亚古歌谣。

殉眠堂—— 一块墓地。

弘勘阳——曾是希瑟与北鬼共同居住的城市，如今已荒废，位于奈琦迦西边远处的白岭雪山。

安眠居——下葬之前安置死者的场所。

云霍特——瑞摩加的某个地区。

稞蜜——巫木树皮的萃取液。

刻蔓拓里——凯达亚的城市，如今已荒废，位于瓦伦屯岛。

瞌榻 - 荫酌——外表如死亡一般的沉眠，可用于恢复能力，只有古老的不朽者才能熟练掌握。

克拉齐旷野——靠近赫尼斯第边界的瑞摩加战场。

克瓦尼尔——艾奎纳的佩剑。

露弥亚湖——位于巫 - 奈琦迦（瑞摩加人称之为"风暴之矛"）山峰东北方向的湖。

奈琦迦遗址——奈琦迦大山外的废城，贺革达亚曾在此居住。

诺思侃——布林督的家乡，紧挨思侃盖。

奥森海姆——瑞摩加城市，埃尔林的家乡。

女王阁——奈琦迦遗址中的建筑。

名词表

王家大道——穿过奈琦迦遗址的古代大道，如今已废弃。
静幽宫——结构复杂的北鬼建筑，寿古堂便位于其中。
司枯崎隘口——夹在瑞摩加北部边界与北鬼土地之间的隘口。
鉴天宫——奈琦迦遗址中的观星台，贺革达亚曾在此观测星象。
天舞——贺革达亚对星象变幻的称呼。
圣阿斯拉教堂——瑞摩加的教堂，司卡利之子葛利曾在此避难。
圣特纳图日——岱萨德月 21 日，在北方又称圣特纳斯日。
八船街——奈琦迦一条宽阔的大道。
檀根麓古堡——荒废的贺革达亚边境要塞。
昭英祠——位于奈琦迦中心的建筑，因水钟而著名。
寒萧堂——位于奈琦迦深处的行刑地。
失落之心——雅罗-摩从华庭带出来的宝石。
三鸦塔——一座要塞的名称，建在用于保卫北鬼土地的城墙中。
永生井——又称流琴井，位于奈琦迦的核心地带。
白熊与星——艾奎纳公爵的家族旗帜。
猁骷牙——一种凶猛的野兽，外形像狼。
夜挞敌箱——用于挑选贺革达亚孩童的装置。

词汇

贺革达耶！——字面意思是"贺革达亚同胞们！"
奥古·美楠涂——"檀根麓古堡"的贺革达亚称呼。
风暴战矛——"风暴之矛"的瑞摩加语称呼。
闻都飒——凯达亚被迫放弃的古代家园，意思是"失落的华庭"或"受祝福的华庭"，支达亚称之为"望都沙"。
苏毒渣亚——指凡人，意思是"日暮之子"，支达亚称之为"苏霍达亚"。

奇幻巨匠间的较量，魔剑对战魔戒，
一部挑战《魔戒》的奇幻野心之作！

Memory, Sorrow and Thorn

回忆、悲伤与荆棘 系列

[美] 泰德·威廉姆斯 / 著
项 瑛 / 译

万众期待，时隔四年，终于完结！

欧美最受读者欢迎、
史诗奇幻TOP前10经典之作！